CW00939992

PRINCESSE NOIRE

SERGE BRUSSOLO

Princesse noire

LE LIVRE DE POCHE

AVERTISSEMENT

Il est de bon ton aujourd'hui, dès que l'on fait référence aux dieux vikings, d'utiliser la prononciation corrigée des noms nordiques. Ainsi, Walhalla devient phonétiquement *Valeule*, Thor : *Dzor*, Odin : *Ozin*... et ainsi de suite. Rendu méfiant par le trop fameux «Mao-zé-dong» auquel personne n'a jamais réussi à s'habituer, l'auteur a choisi de conserver la forme ancienne de ces noms célèbres afin de ne pas dérouter le public.

Quant à l'aventure viking elle-même, il est utile de préciser qu'elle fut de courte durée, à peine deux siècles. Après avoir été exagérément noircis et accusés de toutes les barbaries, les Vikings bénéficient aujourd'hui d'un revirement d'opinion qui tend à les présenter comme de sympathiques marins faisant honnêtement leur métier de pillards (et tant pis si cela les amenait à tuer ou à razzier de malheureux villageois pour aller les vendre sur les grands marchés aux esclaves de l'époque!)... Encore une fois, un excès chasse l'autre. Où se situe la vérité? Les spécialistes eux-mêmes confessent qu'en définitive ils ne savent pas grand-chose de cette étrange civilisation vilipendée par les clercs et les historiens du temps. Les écrits auxquels on se réfère sont-ils mensongers, partiaux... ou au contraire parfaitement réalistes? En tout cas, ils apparaissent souvent contradictoires.

Avant d'aborder le récit qui suit, le lecteur devra procéder à certains réajustements, notamment en ce qui concerne l'âge des protagonistes qui lui paraîtront peut-être extraordinairement jeunes. Il devra garder à l'esprit qu'à cette époque on est considéré comme un adulte à partir de 12 ou 13 ans. De même, les relations familiales sont assez différentes d'aujourd'hui. Les enfants quittent très jeunes le foyer pour être placés dans des «familles d'accueil», ceci afin de leur forger le caractère et de favoriser les ententes entre clans.

L'AUTEUR.

La nuit du loup

Le loup a rompu sa chaîne. Il est là, qui court, silhouette géante à l'horizon du monde. Il se hâte pour un rendez-vous de mort fixé de toute éternité. Dans un instant il ouvrira la gueule pour dévorer la lune et le soleil. Alors, la lumière s'éteindra dans le ciel, et la nuit tombera sur Asgard, le château des dieux, ainsi que sur le Midgard, la terre du milieu, là où demeurent les humains…

Le loup a rompu sa chaîne. De tous les coins de l'horizon des guerriers colossaux se lèvent et rassemblent pour l'ultime bataille, le chaos final. Même le serpent géant qui fait le tour de la terre s'est redressé. Le venin coule de sa gueule sans discontinuer, empoisonnant les campagnes.

C'est le dernier combat des divinités. Jetées les unes contre les autres, elles périront l'épée à la main, et toute vie s'éteindra, et le vent ne soufflera plus que des bourrasques de cendre grise.

Fenrir le loup a rompu sa chaîne. Il va dévorer la lune et le soleil. L'âge des ténèbres s'installera sur le champ de bataille des dieux morts. Ce sera l'obscurité des temps nouveaux voués à la désespérance.

Oui, dans un instant, le loup aura déchiqueté le soleil

à grands coups de dents, car sonne la dernière heure du monde. Aujourd'hui c'est Ragnarök, le crépuscule des dieux.

La fin des temps.

Demain, lorsqu'ils ouvriront les yeux, les pauvres hommes ne distingueront que ténèbres, car le ciel sera tel un lac d'encre. Alors il leur faudra apprendre à vivre à tâtons, livrés à eux-mêmes dans un monde sans dieux ni lumière. Alors il leur faudra se cogner aux choses comme des aveugles et se résoudre à aimer des femmes dont ils ne verront jamais le visage, à élever des enfants qui demeureront toujours pour eux des inconnus.

Tremblez, frères humains, et contemplez le chaos qui vous entoure, car ce seront les dernières images qu'il vous sera donné de contempler.

Le loup est là…

Fenrir bondit, il plante ses crocs dans le soleil qui se brise et s'éteint.

Aujourd'hui c'est la fin du monde connu.

Aujourd'hui… *c'est Ragnarök.*

Les squelettes de fer

La nuit nordique gelait le souffle d'Inga. La buée s'échappant d'entre ses lèvres se chargeait de paillettes de givre à peine sortie de sa bouche. La jeune femme s'immobilisa. La forêt lui semblait vivante, pleine de trolls et de mauvais génies. Elle devait faire des efforts pour résister à la panique qui s'insinuait en elle. D'ordinaire elle n'était pas peureuse, mais elle craignait les choses qui grouillent dans les ténèbres. Les nains, les farfadets, toujours occupés à fourbir quelque méchant tour contre les humains.

La main gantée de cuir de la dame en noir se posa sur son poignet, lui signifiant de ne pas aller plus loin. Inga se figea. Elle avait seize ans. Deux jours auparavant elle avait été vendue sur un marché aux esclaves par les pillards vikings qui l'avaient arrachée à sa famille, trois semaines plus tôt. La dame vêtue de noir l'avait achetée pour une poignée d'argent haché qu'on avait soigneusement pesée avec la balance monétaire qui présidait à tous les échanges commerciaux.

– Là, ne bouge plus, souffla la femme. Ils vont venir. Ils viennent toujours les soirs de grand froid, car les enfants meurent plus vite.

Inga lui jeta un coup d'œil en biais. La dame, enveloppée dans une cape noire à capuchon, se confondait avec les ténèbres. On distinguait à peine son visage blanc ; beau, mais figé, dont la bouche ne souriait jamais.

Inga répondit d'un hochement de tête. Elle grelottait et serrait les mâchoires pour empêcher ses dents de claquer. À seize ans, elle était mince, le nez retroussé, les joues couvertes de taches de rousseur. Ses cheveux blonds, noués en queue de cheval, voletaient dans l'air glacé. Elle jeta un coup d'œil entre les troncs. Un tertre occupait le centre de la clairière.

– C'est un lieu d'exposition, lui avait expliqué la dame. Les villageois viennent y déposer les enfants mal formés pour que les loups les emportent. Mais la plupart du temps le froid suffit à les tuer. Il faudra se montrer prudentes. Les paysans n'aiment pas qu'on récupère ces gosses. Ils préfèrent de loin les savoir morts gelés ou dévorés par les bêtes de la forêt.

– Pourquoi ? demanda ingénument Inga.

– Parce que les Vikings détestent la faiblesse. Pour eux, permettre aux infirmes de survivre, c'est affaiblir la race, c'est porter atteinte à l'ordre naturel des choses. Et l'ordre naturel veut que les faibles et les tortes[1] périssent. C'est ce qui se passe avec les animaux.

Inga avait baissé la tête sans plus poser de questions. Elle venait d'une île située plus au sud, où le christianisme avait fini par s'implanter de façon durable. Les croyances vikings des premiers âges s'étaient diluées dans l'eau bénite des préceptes nouveaux.

1. Torte ou méhaigné : infirme.

Elle se rappelait que sa mère, Herra Olaffsdottir[1], avait coutume de marmonner :

– Les Vikings sont de mauvaises gens, ils détestent le Christ parce que la croix évoque pour eux l'image d'un être vaincu, torturé et mourant. Ils n'ont que mépris pour un tel être. Ils n'aiment que les dieux guerriers, arrogants et stupides. Ils prétendent adorer Odin, Thor, mais sont tous en vérité dignes fils de Loki[2].

– Ne t'endors pas ! souffla la voix de la dame à l'oreille d'Inga. Tu veux mourir gelée ? Prends cette arme. Il faudra peut-être repousser les loups. N'oublie pas qu'ils attaquent toujours par-derrière. Ils te sautent sur les épaules, crochent ta nuque entre leurs mâchoires et se mettent à se balancer pour te briser les vertèbres. Il ne faut jamais leur tourner le dos. Compris ?

– Oui, maîtresse, murmura la jeune fille en refermant les doigts sur le pommeau de la dague qu'on lui tendait.

Elle l'examina. Il s'agissait d'un fer de mauvaise qualité. Les Vikings ne savaient pas fabriquer de bonnes lames. Leurs épées se tordaient pendant les batailles. Leurs casques ne valaient rien. Inga savait apprécier la trempe d'un métal rien qu'en l'effleurant. Depuis plusieurs années déjà, elle ciselait des motifs en creux sur les bijoux, la vaisselle d'argent, voire sur les casques et les lames.

---

1. Littéralement «Herra fille d'Olaff», le nom de famille n'existe pas encore. Il est remplacé par le lien de parenté ou un surnom.   **2.** Loki, dieu farceur et malfaisant, toujours occupé à multiplier les blagues mortelles. Menteur, filou, il s'amuse à faire le mal pour se divertir.

– Écoute ! haleta la dame en noir. Quelqu'un vient. Cache-toi. S'il nous voit, il nous tuera.

Inga obéit. Depuis qu'elle avait débarqué sur l'île aux corbeaux, elle ne s'étonnait de rien. Ici, le temps semblait s'être arrêté. Les gens continuaient à vénérer les croyances d'autrefois et vouaient une haine farouche aux chrétiens. Venir en aide aux déshérités leur semblait une aberration.

– Tu es une fille de la ville, avait ricané la dame peu de temps après l'avoir achetée. Tu n'as aucune idée des lois qui nous gouvernent en ce coin perdu des mers. Ici, on continue à jeter les vieux du haut des falaises quand ils ne sont plus d'aucune utilité à la communauté. On ne soigne pas les malades, on les abandonne à l'écart, confiant ce soin aux divinités, c'est tellement plus simple.

Un homme approchait, faisant craquer les brindilles. C'était un homme fort, barbu, un bonnet de laine enfoncé au ras des yeux. L'air maussade, il tenait entre ses bras un bébé emmailloté dans un chiffon. Le nourrisson, enivré à l'hydromel en prévision de ce qui allait suivre, dormait à poings fermés.

L'homme le déposa au sommet du tertre et s'en retourna sans un regard. Il avait honte, pas d'avoir abandonné le marmot aux loups, non, mais d'avoir engendré un fils affligé d'une jambe plus courte que l'autre. Il décida d'en rejeter la responsabilité sur sa femme. Trop vieille. « Un mauvais moule », songeait-il. Un moule qui avait trop servi. Il faudrait en changer. Prendre une jeune concubine capable d'enfanter sans mauvaise surprise. Il pressa le pas. Baste ! ça n'avait pas trop d'importance, il mourrait tant d'enfants en bas âge… L'ennuyeux, c'était que ça se sache. Il ne tenait pas à ce que ses compagnons de combat se mettent à penser qu'il était diminué dans sa virilité au point de fabriquer des gamins tordus. Ne l'appelait-on pas Otar le Grand Chêne ? Un chêne ne pouvait tolérer de produire des rejetons difformes.

« Je ne la toucherai plus, se promit-il, la prochaine fois elle serait bien capable de donner naissance à un marmot pourvu d'un groin de cochon ! »

Il disparut entre les arbres, guettant le moment où les loups, alertés par l'odeur de la chair fraîche, pousseraient leur cri de rassemblement.

Inga se redressa. Elle devait bouger. Le froid la prenait dans sa gangue. Elle ne sentait plus ses doigts. Elle avait la certitude que le gel les avait soudés sur la poignée de la dague.

« Prenons l'enfant et partons ! » se répétait-elle. Elle n'en pouvait plus. Fille des villes, elle n'avait pas acquis l'habitude du froid intense qui pénètre les os pour y geler la moelle.

« J'ai l'impression que mes veines sont en train de se changer en tubes de verre, songea-t-elle. Elles casseront dès que je me mettrai en marche. »

– Attends, répéta la dame en noir. Nous ne sommes plus seules. Tu ne sens pas l'odeur ?

– Les loups ? gémit la jeune fille.

– Non, des hommes, dit la châtelaine d'un ton sourd. D'autres hommes, encore plus mauvais. Je flaire leur puanteur. Ne bouge pas, ceux-là nous captureraient pour nous infliger les pires supplices. Si tu veux conserver ton joli museau, deviens aussi raide que cet arbre… et cesse de respirer, la buée qui sort de ta bouche signale ta présence.

Inga s'aplatit contre le tronc couvert de paillettes de givre. Son cœur faisait un bruit énorme dans son torse. On eût dit qu'un troll forgeron frappait une enclume avec un marteau enveloppé de cuir.

La dame ne s'était pas trompée. Deux inconnus surgirent des buissons épineux. Barbus, enveloppés de guenilles. Pour échapper à la morsure du froid, ils s'étaient frotté le visage avec de la graisse de phoque. Ils chuchotaient dans une langue que la jeune fille ne comprenait pas. Arrivés au pied du tertre, ils dénudèrent l'enfant. Son infirmité parut les réjouir. Sans attendre, il le glissèrent dans une besace et s'en furent par où ils étaient venus.

— Suivons-les, murmura la dame. S'ils vont à pied, c'est que leur campement est proche. Je connais cette race infâme, ils sont toujours à rôder à proximité des lieux d'exposition.

— Pourquoi ? osa demander Inga. Je pensais qu'ils voulaient peut-être adopter ce bébé.

— Pauvre sotte ! siffla la châtelaine. Ce sont des pourvoyeurs de monstres. Ils travaillent pour les forains, les bateleurs. Ils fabriquent des anomalies de la nature, des gnomes, des phénomènes humains pour amuser les rois. Or, rien n'est plus malléable qu'un bébé dont le squelette est encore mou. On peut le déformer au gré de sa fantaisie. Un nourrisson, c'est une pâte docile... un pantin de glaise qu'on tord dans tous les sens. Après quelques années de ce régime, on le vend un bon prix en prétendant qu'il s'agit d'un enfant né de l'accouplement d'un troll et d'une paysanne, ou d'une créature tombée des airs.

Inga avala sa salive avec difficulté. Jamais elle n'aurait imaginé que de telles choses puissent exister, mais il est vrai qu'elle avait passé ces six dernières années penchée au-dessus d'un établi à creuser de délicates ciselures sur des bijoux, des assiettes de métal précieux. Le rapt dont elle avait été victime l'avait jetée dans un monde inconnu, un univers barbare issu en droite ligne d'un passé qu'elle croyait révolu depuis longtemps.

Les deux femmes marchaient vite, évitant les brindilles pour ne pas signaler leur présence. Dans ses habits de deuil, la dame semblait une créature née des ténèbres, une princesse noire de la race des elfes, descendue sur terre pour le malheur des hommes, ces êtres vils, à mi-chemin entre le pourceau et la fiente.

Soudain, elle s'immobilisa derrière un tronc. Un éclair d'argent brilla dans son poing. Inga comprit qu'il s'agissait d'une dague d'abordage dont la garde en coquille témoignait d'un travail étranger. Il n'y avait rien d'étonnant à cela, les Vikings voyageaient fort loin et en ramenaient mille curiosités.

– Voilà leur campement, souffla la dame. Fais attention, ce sera dangereux. S'ils te capturent, tu ferais mieux de te trancher la gorge, car ils te briseront les membres et les réarrangeront à leur guise pour faire de toi une curiosité. Il y a parmi eux des chirurgiens fort habiles. S'ils te barrent la route, n'hésite pas à t'ouvrir un chemin à la pointe de la lame. Sois sans scrupule, ces boucs ne méritent aucune pitié.

Inga plissa les paupières. Grâce à la peur, elle ne sentait plus le froid. Ses doigts avaient trouvé sans mal leur place sur le pommeau de la dague, car elle avait acquis l'habitude des armes. Pour les damasquiner, elle les retournait inlassablement. Elle n'avait pas à leur endroit cette maladresse effarouchée qui est le lot commun des filles.

Quelque chose d'étrange s'insinuait en elle, se mêlant à l'angoisse. Une excitation sourde. Brusquement, elle prit conscience qu'elle aimait ce qui était en train de lui arriver, et cette révélation lui fit tourner la tête. Elle songea à son atelier, à ses outils, à ce travail de ciselure précieuse qui avait été toute sa vie jusqu'au mois dernier.

«Quelque part je m'ennuyais, songea-t-elle. Sans autre perspective que de choisir un fiancé parmi les commis, pour faire aller la boutique… Un fiancé convenant à ma mère, de préférence. Un gentil garçon un peu effacé, qui, même dans son lit, m'aurait toujours considérée comme sa patronne. Piotr aux belles mains aurait fait l'affaire. Je sais que ma mère avait fixé son choix sur lui. Il lui plaisait. Plus jeune, elle l'aurait pris pour elle. Elle me l'offrait, donc.»

Le rapt, imprévisible, l'avait arrachée à tout cela, et voilà qu'elle se retrouvait en haillons, dans la nuit glacée d'une île perdue, le couteau à la main, s'apprêtant à poignarder des fabricants de monstres.

Rêvait-elle?

– Ils vont boire et dormir, chuchota la dame. Tu vois la grande tente? Les spécimens sur lesquels ils travaillent sont dedans. Ils ne donneront pas l'alarme, car on les drogue pour les aider à supporter les souffrances des arrangements aberrants auxquels on soumet leur anatomie.

– Faudra-t-il les libérer? s'enquit Inga.

– Non, pour eux il est déjà trop tard, répondit la châtelaine d'une voix sourde. Ne t'occupe que du bébé. Je ne peux pas remplir mon manoir de monstres, ce serait trop demander aux villageois. Ils ont déjà le plus grand mal à admettre l'idée que je puisse venir en aide aux infirmes.

Elle se tut. Un feu flambait au centre du campement pour éloigner les loups. Les chevaux dormaient à proximité, sous une couverture, les jambes verrouillées en position verticale.

Les deux hommes disparurent rapidement dans une petite tente. Un vieillard demeura embusqué près du bivouac, cramponné à une lance, montant la garde. À sa tête dodelinante, on devinait qu'il ne résisterait pas longtemps aux assauts du sommeil.

Inga n'avait plus peur. Quelque chose d'étrange et de brûlant courait dans ses veines, une liqueur, un poison qui la faisait se sentir différente de ce qu'elle avait été jusqu'à aujourd'hui. Elle ne se reconnaissait plus. Où était passée la sage jeune fille penchée sur son établi, ciselant à petits coups précis bagues et colliers ? Elle se revoyait, glissant de temps à autre un coup d'œil en direction du commis. Piotr n'était pas vilain garçon, mais elle n'éprouvait rien pour lui, si ce n'est une vague curiosité sensuelle. *Comment serait-ce, une fois allongée sous lui ?* Serait-il habile, ou maladroit comme la plupart des garçons ?

La vraie peur, elle l'avait ressentie à ce moment-là, entre les outils, la chandelle en graisse de baleine, et les bijoux d'argent étalés sur la table. Est-ce ainsi qu'allait s'écouler le reste de sa vie ? Au chaud, loin du monde, dans le cocon feutré de la maison familiale. Une existence d'artisan, honnête, sans surprises… si ce n'est

l'arrivée de la guerre ou de la peste. Elle regardait sa
mère, épaissie, les mèches blondes virant au gris. Sa
mère, qui avait détesté la vie aventureuse de son époux.
Une fuite en avant qui avait causé sa mort précoce. Elle
avait voulu s'éloigner le plus possible de l'océan, des
rivages hantés par les pillards à casque conique, elle
avait cherché refuge au cœur des villes, là où les brigands se heurtaient à de solides murailles moins faciles
à incendier que les villages de pêcheurs.

Mais Inga désirait-elle réellement mener cette vie-
là ?

– Maintenant ! souffla la dame en noir. Le vieux s'est
endormi. Glisse-toi dans la tente et cherche le bébé. Ne
te laisse pas distraire. J'assurerai ta protection. Vite.

Inga se détacha de l'arbre. Il lui semblait que ses
pieds ne touchaient plus terre et qu'elle courait avec la
légèreté d'un elfe. Elle contourna le feu de camp et se
glissa sous le chapiteau en cuir de chèvre. L'odeur de
sueur et de pisse lui sauta au visage. Elle s'immobilisa
sur le seuil. De curieuses architectures de fer brillaient
dans l'obscurité. D'abord elle crut qu'il s'agissait
d'armures entassées, puis elle s'imagina contempler des
squelettes d'acier jetés pêle-mêle. Les squelettes de
cadavres divins sans doute, les dépouilles de dieux
assassinés par des trolls. Elle fit un pas en avant, et l'illusion se dissipa. Il s'agissait d'adolescents couchés sur la
paille. Leurs corps se trouvaient pris dans d'étranges
machines, des sortes de cages qui leur tordaient les
membres et les obligeaient à pousser de travers.

« Des moules… », pensa-t-elle avec horreur. Elle se
rappela les explications de la dame en noir. Les enfants,
pantins de glaise dont on déformait le squelette au

moyen de corsets de fer, de gantelets. Elle les contemplait à présent, étendus à ses pieds, prisonniers d'un sommeil artificiel résultant de quelque drogue. Il y avait ceux dont la tête se trouvait coincée dans une cage carrée qui forçait les os du crâne à prendre l'aspect cubique d'une petite boîte vivante, ceux dont l'échine, prisonnière d'un corset, se courbait à l'extrême, amenant la tête du malheureux entre ses jambes, le nez sur son pénis… Et tant d'autres encore…

Inga s'aperçut qu'elle avait retenu son souffle au point de suffoquer. La fabrique de monstres lui donnait le vertige. Elle se contraignit à bouger pour rompre le maléfice. Où se trouvait le bébé ? Elle le vit, dans un tonneau scié par le milieu, qui lui tenait lieu de berceau. Il dormait toujours, abruti par l'hydromel dont son père l'avait abreuvé. Elle le saisit, le serra contre sa poitrine.

– Hé ! toi, la gueuse…, grommela soudain la voix d'un homme qui se réveillait. Que fiches-tu là ?

Inga recula. Hypnotisée par les enfants prisonniers des «machines», elle n'avait pas prêté attention au gardien dormant dans la paille, au milieu des malheureux. À présent il se dressait, courtaud mais puissant, taillé en barrique, avec un crâne rasé qui lui donnait l'apparence d'un bourreau.

– Hé ! compères ! hurla-t-il soudain. Les voleuses d'enfants ! Ce sont encore ces salopes de voleuses d'enfants ! Aux armes ! Elles nous dépouillent ! Elles nous dépouillent !

Inga faillit tomber en sortant de la tente. La grosse patte du bonhomme chercha à cramponner son épaule, mais, d'un seul coup, la dame noire se matérialisa, sa lame entailla profondément l'avant-bras du brigand qui recula en gémissant.

– Vite ! haleta la femme au capuchon, cours vers la forêt, je couvre ta retraite.

Dans une envolée de cape, elle bondit sur le vieux posté en sentinelle et le poignarda en pleine poitrine. L'ancêtre tomba dans le feu qui se communiqua à ses vêtements, à ses cheveux. Une horrible odeur de viande grillée s'éleva du bivouac.

Des hommes émergèrent de la seconde tente, la hache au poing. La vue de cette femme enveloppée de noir qui tourbillonnait au milieu des bourrasques de givre les figea sur place.

– Les Nornes[1]…, balbutia l'un d'eux.

Une terreur superstitieuse les tenait pétrifiés au seuil de l'abri de toile. La châtelaine en profita pour leur lancer le poignard qu'elle tenait à la main. L'un des brigands le reçut dans l'épaule.

– C'est la princesse noire ! rugit celui qui semblait commander le groupe. Cette truie ! Attrapez-la ! Mais attrapez-la donc !

Inga était désormais trop loin pour voir ce qui se passait. Elle courait de toutes ses forces, happant à grandes goulées l'air froid qui lui glaçait les poumons. Les cahots de la course avaient fini par réveiller le bébé. Il se mit à pleurer. La jeune fille ne savait pas où elle allait. Elle craignait de se perdre, de tomber dans une crevasse ou de s'enfoncer dans un marécage, car cette partie de l'île était occupée par une tourbière où s'abîmaient fréquemment bergères et moutons.

---

1. Déesses qui, telles les Parques de la mythologie grecque, régissent la destinée des humains. On les représente le visage dissimulé sous un capuchon qui masque leurs traits.

Elle se demanda ce qu'elle deviendrait si la dame noire succombait aux voleurs d'enfants. Peu de temps auparavant elle était encore une jeune commerçante, la pièce maîtresse d'une petite affaire à la prospérité grandissante. Une artiste aux doigts de fée, dont toutes les dames vantaient l'habileté… aujourd'hui, elle pensait à la manière d'une esclave tremblant de perdre sa maîtresse. Elle ne se reconnaissait plus, elle était devenue quelqu'un d'autre…

Elle s'immobilisa, à bout de souffle. Les loups allaient flairer la trace du nourrisson… Dans une minute ils l'encercleraient. Les mains du petit pétrissaient ses vêtements, lui pinçant la peau. Il avait sans doute faim et cherchait le sein maternel.

Brusquement, une masse sombre jaillit des buissons couverts de givre. Inga laissa échapper un cri de frayeur, mais c'était Snorri, l'homme à tout faire de la dame noire. Un bossu au corps déjeté, dont aucun os n'avait poussé droit. Sa face aplatie semblait celle d'un animal. Il brandissait la *bolox*, cette hache à long manche chère aux Vikings. De sa main libre, il empoigna la jeune fille et l'entraîna à sa suite.

Inga ne l'avait jamais entendu prononcer une parole. Elle le soupçonnait d'être muet.

– La dame…, haleta-t-elle. Elle est en difficulté… Tu dois l'aider…

Mais le serviteur ne l'écoutait pas. La soulevant par la taille, il la hissa dans le chariot qu'il avait avancé le plus près possible en prévision d'un départ précipité.

– La dame…, répéta Inga.

Le vent se leva, secouant avec fracas les branches au-dessus de sa tête. Le givre tourbillonnait. Enfin, la femme au capuchon noir apparut entre les troncs. Sans un mot, elle bondit dans le chariot. Snorri fouetta la croupe des chevaux courts sur pattes qui s'élancèrent dans la nuit, poursuivis par les cris de rage des voleurs d'enfants.

La dame au visage de porcelaine

Inga somnolait à l'arrière du chariot, le bébé serré contre sa poitrine. Les émotions des dernières heures l'avaient épuisée, la faisant passer d'une agitation extrême à une profonde apathie qui n'avait pas tardé à prendre l'aspect d'une torpeur au fond de laquelle elle avait glissé avec bonheur.

Des images lui revenaient, de sa vie d'avant… Des temps anciens où elle menait encore une existence normale. Il y avait de cela mille ans.

D'abord elle voit son père sur la plage. Un souvenir surgi de sa petite enfance. L'homme est grand, un géant à barbe blonde, aux longs cheveux bouclés. Il connaît les légendes des eaux. Il parle du serpent Jormungand qui forme un cercle sur la mer, tout autour du monde et tient sa queue dans sa gueule… Il s'éveillera pour Ragnarök, le jour de la fin du monde, quand les dieux se seront entre-tués et que le loup Fenrir aura mangé le soleil.

Inga l'écoute, bouche bée. Sa mère déteste ces histoires barbares. Elle n'aime pas se rappeler que son époux a été lui aussi un Viking, un pirate, un pilleur, et qu'il a construit sa fortune en volant l'or et l'argent des monastères chrétiens. Cela lui fait honte.

– C'était quand il était jeune, s'empresse-t-elle de marmonner quand Inga l'interroge à ce sujet. Il ne savait pas ce qu'il faisait. Il se laissait entraîner par ses vauriens de camarades. Il ne faut jamais écouter les vantardises des hommes. Il n'y avait aucune gloire à tirer de ces expéditions. Imagines-tu : une horde de gaillards forts comme des bœufs, brandissant des armes de toutes sortes, et s'abattant sur de pauvres paysans, des prêtres à barbe grise… Quelle sorte de vanité peut-on tirer de ces massacres ?

Inga ne sait que répondre. Elle sait seulement que le regard de son père se voile quand il se tourne vers l'océan.

– C'est vieux, tout ça, murmure-t-il en caressant la tête de sa fille. Les temps ont changé. Les anciens dieux aimaient le sang et les batailles. Le spectacle des tueries les divertissait. Alors nous nous battions. Il ne fallait pas que les dieux s'ennuient, surtout pas, car ils se seraient fâchés contre nous. Nous étions leurs bouffons. Il nous fallait les distraire.

Inga ne comprend pas tout ce que dit le père. Il se nomme Ulf aux blanches dents. *Ulf* signifie « loup » en vieux noroît.

Quand il rit, on dirait que des crocs lui sortent des lèvres. Il ferait peur s'il n'était pas aussi gentil.

Parfois, lorsqu'ils se disputent, la mère le traite de païen, de meurtrier… de voleur.

Elle ne veut plus entendre parler des Vikings, des longues embarcations à proue de dragon, ces *knerrir* que les Français s'obstinent à désigner du nom de drakkar[1].

---

1. « Drakkar », mot mal formé, provient de *dreki*, qui signifie « dragon » et s'applique uniquement à la figure de proue.

Elle a embrassé le christianisme, comme beaucoup de ses semblables. Les vieux idéaux guerriers ont été rabotés par les obligations du commerce maritime. Les combattants à casque de fer se sont changés en marchands de fourrures.

La mère – elle se nomme Herra, mais a choisi de se faire appeler Marie maintenant qu'elle est baptisée – ne veut plus vivre au bord de l'océan. Elle veut ravir son mari à cette influence néfaste. Hélas, l'homme revient inlassablement sur les plages où il entraîne sa fille. Il gonfle ses poumons d'air iodé, il plonge ses mains dans le sable mouillé. Il raconte :

– Là, derrière les brumes, se dressent les montagnes des géants du givre. Certains jours, on peut voir l'arc-en-ciel à trois couleurs qui forme un pont entre la terre et le palais des dieux, Asgard, qui flotte dans le ciel.

– Je pourrais grimper sur ce pont ? demande Inga.

– Non, dit l'homme, le regard perdu. D'ailleurs il cassera le jour du Ragnarök, lorsque les créatures divines se feront la guerre pour la dernière fois.

Inga écoute. Parfois, l'homme se met torse nu, et la petite fille peut voir les longues cicatrices qui sillonnent son dos, ses flancs. Elle les suit du bout de l'index. Elle les trouve belles. Plus tard, elle se rendra compte que les ciselures qui naissent sous son burin reproduisent souvent le tracé des blessures de son père. Personne ne le sait, sauf elle. Elle a commencé à les reproduire à l'aide d'un bâton dans le sable humide… puis sur le bois avec une pointe chauffée à blanc. Un jour est venu l'acier, mais les cicatrices sont toujours les mêmes. De là provient son don, de ces sillons boursouflés zigzaguant sur le dos d'un ancien pirate. Coups d'épée, coups de lance…

– En ce temps-là les cottes de mailles étaient mauvaises, explique Ulf. Le fer trop mou.

On dirait qu'il parle d'une époque perdue dans le
fouillis des siècles.

La mère, Herra… ou plutôt Marie, lui ordonne de se
taire dès qu'il commence à évoquer ses courses sur les
vagues, et les *strandhögg*, ces coups de main meurtriers
qui vidaient les riches abbayes comme on débarrasse
un lapin de ses entrailles avant de le jeter dans la marmite.

– Nous sommes d'honnêtes commerçants, répète-
t-elle. Quand vas-tu te sortir ces cochonneries de la tête.
Tu empoisonnes l'esprit de cette enfant avec tes récits
de pillage.

Mais le père est mal à l'aise dans ses habits de bour-
geois. Il se sent à l'étroit dans ses vêtements, comme il
se sent à l'étroit dans les rues de cette ville de négoce
où s'entrecroisent des marchands venus de tous les
horizons.

La maison est un terrier douillet où il fait trop chaud,
où il étouffe. Honneur et biens ont été acquis avec l'or
des rapines, il ne faut pas en parler. Une vie d'expiation
ne suffira pas à effacer la tache originelle. La mère fait
de grosses donations aux prêtres chrétiens qui viennent
souvent à la boutique. L'Église aime les travaux d'orfè-
vrerie, surtout quand elle paie en bénédictions au lieu
de bonnes pièces sonnantes !

Inga ne sait plus qui croire… Le dieu crucifié avec
sa pauvre figure de victime ou les divinités tonnantes,
pleines de bruit et de fureur de l'Asgard.

Un jour, sur la plage, Ulf demande à Inga de se
mettre torse nu, comme lui, il détache de son cou un

petit pendentif d'acier qui représente le marteau de
Thor, le dieu martial et bouillonnant cher aux Vikings.
Il dit :

– Un jour ils reviendront. Ils ne sauront pas que tu es
la fille d'Ulf aux blanches dents qui fut un maître
pillard et un barreur de premier ordre. Ils te prendront
comme les autres. Je ne veux pas que cela t'arrive. Un
garçon, je n'aurais pas peur pour lui, mais une fille…
on a toujours peur pour une fille.

Il allume un petit feu et pose la médaille sur les
braises. Lentement, elle change de couleur.

– Ta mère ne sera pas contente, murmure-t-il, mais
ça n'a pas d'importance. Tu seras protégée, c'est tout ce
qui compte.

Inga a douze ans, elle devine que cela va faire mal,
toutefois elle est Inga Ulfsdottir, Inga fille d'Ulf, et elle
a décidé qu'elle ne pleurera pas. Elle s'étend sur le
sable humide, les yeux tournés vers le ciel. Avec la
pointe de son coutelas, Ulf sort la médaille rougie du
foyer et la laisse tomber sur la poitrine d'Inga, entre les
petits seins naissants. La chair grésille. Inga enfonce
ses ongles dans le sable et serre les dents pour refouler
le cri qui gonfle dans sa bouche. Ulf appuie sur la bre-
loque avec la manche du couteau afin que le dessin se
grave profondément dans la chair. Voilà, c'est fini.
Ensuite il tire un emplâtre de son sac, arrache le bijou
d'un cou sec et pose le pansement sur la peau, là où le
dessin du marteau a imprimé son contour boursouflé.

Quand elle découvre ce marquage, la mère hurle et
tempête. Il en résulte une brouille durable avec son
époux. Même Inga n'est pas épargnée. Herra lui lance :

– Pourquoi l'as-tu laissé faire, idiote ? Tu n'avais
qu'à te sauver. Tu crois donc tout ce qu'il te dit ? Tu

l'admires ! Crois-moi, il est plus facile de rester honnête que de vivre en bandit !

Les années passent. Le père a voulu se lancer dans la construction navale pour se rapprocher de l'océan. Il périra dans un naufrage alors qu'il essayera l'un de ses bâtiments, laissant de grosses dettes derrière lui.

Inga pleure, mais, au fond de son cœur, elle sait que le père est bien plus heureux dans les vagues, près du dieu Njord, le roi de Noatun, que dans le terrier trop chaud, trop étroit, de la boutique à l'atmosphère alourdie de poussière d'or.

Une secousse plus forte que les autres tira la jeune fille de son sommeil. Elle se redressa, berçant instinctivement le bébé. La tête lui tournait. Le jour était en train de se lever. La carriole filait sur une route accidentée entre deux haies de pins bleus.

Un mois plus tôt elle était encore penchée sur le crucifix incrusté de pierres précieuses qu'elle avait damasquiné pour le compte d'une riche abbaye de la côte de Nordflüng. Pour une fois que les prêtres payaient rubis sur l'ongle, il convenait de ne pas épargner sa peine ! Elle avait travaillé dur, ciselant comme à l'accoutumée les cicatrices du père sur cet objet d'un autre culte que le sien. En dépit des exhortations de sa mère, elle n'avait jamais réussi à faire son choix : les anges ou les trolls… Dieu ou Odin… Satan ou Loki… Malgré elle, elle s'obstinait à partager secrètement l'avis d'Ulf : quel secours pouvait-on attendre d'un dieu moribond suspendu sur un instrument de torture ? Mieux valait Thor et son marteau.

Le travail effectué, on l'enferma dans une cassette.

– Il faut le remettre en main propre au père prieur, marmonna Herra. C'est lui qui te versera la dernière partie du paiement. Je ne peux pas te faire accompagner par Piotr, j'ai besoin de lui ici pour le travail courant. Je te donnerai deux valets, avec des haches.

L'abbaye se dressait au bord de l'océan, dans une crique déserte. Cette situation réveillait les vieilles angoisses de la mère.

– Tu t'habilleras en pauvresse, décida-t-elle. Tu prendras le vieux chariot pour donner le change. Ne t'attarde pas en route. Essaye de te mêler à un convoi escorté.

Ses recommandations n'en finissaient pas.

Le jour dit, Inga enfila des hardes, tressa ses cheveux et dissimula la cassette dans le coffre de la carriole. À l'idée d'échapper à la maison familiale, une bouffée d'euphorie l'emplissait tout entière.

Comme son père, elle étouffait dans le terrier. Elle aimait encore moins les regards énamourés que Piotr lui coulait depuis que la patronne l'avait mis au courant de ses projets matrimoniaux. Elle devinait qu'une fois en possession de la boutique il leur mènerait la vie dure. Elle avait peur d'être amenée à céder en raison de cette curiosité de la chair, de cet appétit sensuel qui viennent aux filles de son âge et les poussent aux pires sottises.

Assise entre les deux valets, dans la carriole grinçante, elle pensait : « Il faudrait qu'il arrive quelque chose… » Elle aspirait à un cataclysme vague qui l'aurait empêchée de rentrer chez elle. Elle se répétait qu'elle aurait dû avoir le courage de s'enfuir. « Une fois la transaction accomplie, se répétait-elle, avec la bourse que m'aura remise le père prieur. » Mais elle savait qu'elle n'en ferait rien. Le piège allait se refermer sur elle. Une vilaine souricière où elle risquait de se débattre jusqu'à ce qu'elle devienne une vieille femme. Une souricière où elle se retrouverait bouclée avec Piotr dans son lit, et un marmot dans le ventre à chaque nouvelle année…

Ils parvinrent sans encombre à l'abbaye. Quand elle déballa le crucifix, le père prieur en caressa longuement les ciselures savantes, sans savoir que c'étaient les blessures d'Ulf qu'il touchait. Les blessures d'un pillard, les blessures d'un païen.

De l'attaque proprement dite, Inga ne conserva par la suite qu'un souvenir confus.

Il y eut des cris, le bruit sourd de portes enfoncées.

– Mon Dieu ! balbutia l'abbé en se signant. Que la puissance divine nous vienne en aide !

Puis le battant vola en éclats, et deux hommes casqués brandissant des boucliers ronds et des haches à long manche firent irruption dans la pièce. Frappée au front, la jeune fille perdit connaissance. La dernière image qu'elle emporta fut celle de la tête du père prieur qui roulait sur les dalles, proprement sectionnée au ras de la mâchoire inférieure. Elle avait l'air si incroyablement étonnée, cette tête, qu'Inga ne put s'empêcher de pouffer de rire.

Plus tard…

Plus tard elle se réveilla sur le *knorr*, alors que l'embarcation filait déjà vers la haute mer. Une migraine atroce lui broyait les tempes. Elle toucha son front qui saignait un peu, là où le manche de la *bolox* l'avait heurté. À la poupe, quelques femmes s'entassaient, pleurant et grelottant de frayeur. Des filles ramassées dans le village côtier qui brûlait à présent entre les dunes, là-bas, loin en arrière.

Vite, le mal de mer les frappa, et elles furent toutes si occupées à vomir par-dessus bord qu'elles en oublièrent de se lamenter. Inga, elle, ne fut pas incommodée, car le sang viking coulait dans ses veines. Les guerriers riaient, indifférents aux éclaboussures d'écume qui les cinglaient.

Ils étaient grands, empaquetés dans des cottes de mailles rouillées, de mauvaise qualité. Épées et haches portaient des ornementations mal gravées sur lesquelles Inga porta un regard professionnel sans indulgence. Curieusement, elle n'avait pas peur… Elle était encore trop surprise pour s'inquiéter. Et puis, n'était-ce pas là ce qu'elle avait tant espéré : le coup du destin qui la libérerait du terrier, de sa mère, de Piotr ?

Elle s'aperçut qu'elle grelottait dans ses vêtements trempés. Elle sentait le regard des hommes aller et venir sur elle. Pour la première fois le mot *viol* résonna dans sa tête. Les pillards s'exprimaient dans une langue dont elle ne comprenait pas tous les mots, mais qui lui permettait de suivre le sens général de la conversation. Pour l'heure, ils émettaient maints commentaires sur l'anatomie des prisonnières. Ils s'inquiétaient de savoir quand ils pourraient commencer à les engrosser afin de doubler leur valeur sur les marchés aux esclaves. C'était là une pratique courante.

Le chef répondit qu'on s'attellerait à la besogne sitôt la mer calmée.

Inga se raidit pour ne pas pleurer. Elle ne voulait pas faire honte à son père. Lorsque viendrait son tour, elle mordrait l'homme et lui emporterait le nez ou la joue d'un coup de dent. Ainsi elle ne serait pas la seule à saigner.

Cette nuit-là, les pillards furent trop occupés à écoper pour songer à la bagatelle. Le knorr embarquait de gros paquets de mer, et ses passagers avaient de l'eau jusqu'à mi-mollet. Les captives durent s'y mettre elles aussi.

– Écopez ! leur cria un marin, si vous ne voulez pas couler !

Une jeune fille profita de ce qu'on l'avait détachée pour sauter par-dessus bord. Elle disparut aussitôt, emportée par le tumulte des vagues.

– Encore une chrétienne qui préfère mourir vierge ! ricana l'un des guerriers. La peste soit des pucelles gavées d'eau bénite !

Le lendemain fut un jour de brouillard. Le silence succéda au fracas des lames déchaînées. Après avoir absorbé une rapide collation de poisson séché, les hommes commencèrent à regarder fixement les femmes grelottant dans leurs robes mouillées. Inga savait que l'étoffe collait à sa poitrine. La nuit de tempête l'avait épuisée, elle n'était plus certaine d'avoir encore la force de se défendre. Elle comprit qu'elle ne serait pas plus maligne que ses compagnes de captivité et se laisserait prendre en se protégeant le visage pour ne pas recevoir de coups.

Les hommes tirèrent au sort pour savoir qui commencerait. Inga se sentit saisie aux chevilles et traînée sur les planches. Deux mains saisirent le col de sa robe pour la déchirer. Elle entendit le tissu craquer… Elle songea à Piotr, à sa mère, au terrier étouffant, si chaud, si douillet…

Elle prit conscience qu'il ne se passait plus rien. Au-dessus d'elle l'homme fronçait les sourcils, balbutiait. Il désignait quelque chose entre ses seins… La marque au fer rouge du marteau de Thor avec, en son centre, les runes magiques censées attirer la colère du dieu sur ceux qui ne respecteraient pas sa servante.

Les marins s'étaient rassemblés autour d'Inga. Ils ne contemplaient plus sa peau blanche, ils ne voyaient que la marque rouge foncé imprimée dans sa chair des années plus tôt. *Et les runes*… les runes au pouvoir si terrible qu'il fallait même se garder de les prononcer à haute voix.

Brusquement, la stupeur s'installa sur le bateau. Superstitieux, les marins se consultaient en chuchotant. Qui était cette jeune femelle aux nattes pâles ? Pourquoi portait-elle le signe de Thor, le dieu au marteau, le guerrier suprême, celui qu'on invoquait à l'heure des batailles ? S'agissait-il de la fille d'un *gothi*[1] ? Les prêtres étaient rares chez les Vikings qui préféraient administrer eux-mêmes leurs croyances, on leur préférait de loin les sorcières, les devineresses capables de lire l'avenir dans un jeu d'osselets… La fille marquée était-elle magicienne ?

– Elle est trop jeune pour ça, grommela un marin. C'est peut-être une vierge préposée au culte de Thor… mais dans ce cas-là, que fichait-elle chez les moines ?

---

1. « Prêtre » servant un dieu. La civilisation viking n'a pas, à proprement parler, de clergé, ou de caste religieuse. Le *gothi* s'apparente donc davantage à un sorcier, ou à un devin.

Le plus troublant, c'étaient les caractères runiques au centre de la marque. Ces signes que chacun s'évertuait à ne pas lire. Qui, parmi les chrétiens, connaissait encore ces symboles anciens chargés d'une puissante magie ? À n'en pas douter, celui qui les avait imprimés sur la peau de la fille était magicien. Mieux valait ne pas provoquer la colère de Thor, si la gamine lui était vouée, on n'y toucherait pas.

– On la vendra au prochain marché, décida le chef de l'expédition. En attendant, que personne ne porte la main sur elle.

– Dommage, grogna l'un des pillards, c'est la plus belle du lot.

– Prends bien garde à ne pas attirer sur nous la colère de Thor, ou tu t'en repentiras, gronda le capitaine. Il reste suffisamment de femelles pour t'assécher les bourses.

Un gros rire roula sur l'embarcation, s'appliquant à dissiper la gêne.

C'est ainsi qu'Inga demeura intacte, recroquevillée à la poupe du *knorr*, pendant que les guerriers violaient une à une ses compagnes de captivité.

Dans les jours qui suivirent, elle prit conscience que les hommes n'osaient pas la regarder en face. Les sorcières les intimidaient. Pour s'occuper, la jeune fille tira le mince stylet qu'elle conservait dans un étui au milieu des plis de sa robe, et, ayant ramassé un morceau de bois, entreprit de le ciseler. Son père lui ayant appris à reproduire les motifs anciens, elle s'amusa à sculpter des figures classiques provoquant l'ébahissement des hommes d'équipage et les confortant dans la certitude qu'elle avait partie liée avec la magie.

Les prisonnières s'éloignèrent d'elle autant que le permettait l'étroitesse du bateau. D'instinct, elles avaient pris en détestation cette inconnue qui n'avait pas eu à ouvrir les cuisses sous le poids des pirates barbus. Elles lui trouvaient des airs de mijaurée, des manières de princesse.

Peu à peu, timidement, les pillards vinrent trouver Inga, lui demandant si elle accepterait de ciseler quelque chose sur leur casque, leur épée… Une invocation magique, précisaient-ils, qui empêcherait le mauvais acier de se briser ou de se tordre.

Inga hochait la tête et se mettait au travail, exigeant un marteau, un clou, une pierre à aiguiser. Elle était assez habile pour se satisfaire d'un outillage de fortune.

« J'ai échappé au terrier, se répétait-elle, la seconde partie de ma vie vient de commencer. »

Pendant vingt jours le navire alla d'île en île pour faire provision d'eau. Inga savait maintenant que leur destination finale était le grand marché aux esclaves de Bjorngötland.

— On te donnera des vêtements propres, lui expliqua le chef de l'expédition. Peigne tes cheveux. Ne dis à personne que tu es sorcière, c'est dans ton intérêt. Nous te présenterons comme l'apprentie d'un *smithr*, une orfèvre habile à embellir l'acier. Tu trouveras peut-être un bon maître pour t'employer. Je ne puis rien faire de mieux. Nous ne t'avons pas maltraitée, alors ne nous jette pas de sort.

Le cœur d'Inga battait à tout rompre. Une heure plus tard, on distribua des seaux d'eau claire aux captives pour leur permettre de faire leur toilette. Des robes simples mais propres leur furent distribuées ainsi que des peignes en os.

Bjorngötland avait l'allure d'une grosse bourgade marchande avec ses halles au poisson ou à la fourrure. On y débitait de la baleine salée, de la graisse de phoque. L'huile de cachalot s'y vendait par centaines de barriques. Toute la cité empestait le poisson séché, le hareng saur et la laitance de morue. À l'entrée du marché aux esclaves se dressaient des étuves où l'on avait coutume de décrasser les captives et de les parfumer d'abondance au moyen d'essences ramenées d'Asie.

Les femmes laides étaient vendues habillées, les belles nues. Celles qui se savaient enceintes furent invitées à faire connaître leur état. Le capitaine attira le chef du marché à l'écart pour lui demander de ne pas dévêtir Inga.

— C'est une chrétienne, chuchota-t-il, tu connais la honte que ces bêtes-là ont de leur propre corps. Si tu la dénudes elle hurlera, se griffera le visage et s'arrachera les cheveux. On la prendra pour une folle dangereuse, et personne ne voudra l'acheter. Vends-la habillée, je te revaudrai ça.

— D'accord, capitula le chef de la halle aux esclaves, mais c'est dommage, elle est bien faite.

Inga comprit que le Viking tenait à ce que la marque de Thor reste dissimulée le plus longtemps possible.

La vente eut lieu après un rapide passage par les étuves. Quand Inga grimpa sur l'estrade, elle vit qu'on avait disposé à ses pieds les objets qu'elle avait gravés au cour de la traversée, comme preuves de son talent d'orfèvre. Le chef du marché fit un rapide commentaire en ce sens. Elle était belle, jeune, très saine, docile, et très douée pour les enluminures sur fer. Elle savait travailler les métaux et fabriquer des bijoux de grande qualité. Quand il souligna qu'elle était très habile de ses mains, il esquissa un geste douteux qui donnait à ses paroles un sens obscène. La foule des acheteurs éclata de rire.

Les enchères commencèrent dans un brouhaha croissant. Puis une voix féminine prononça un chiffre, et le silence se fit. Une femme vêtue de noir, un capuchon sur la tête, s'avança au milieu des hommes. Inga remarqua que les marchands s'écartaient, comme s'ils craignaient que sa cape funèbre les frôle.

— La princesse noire…, murmurait-on. La nourrice des monstres.

L'inconnue s'immobilisa au bas de l'estrade. De ses mains gantées, elle effleura les objets sculptés par Inga. Elle les caressait de l'index, les yeux clos.

Son visage, à demi dissimulé par le capuchon de laine noir, semblait modelé dans de la porcelaine.

Personne n'osa surenchérir. Inga était vendue.

Elle descendit de l'estrade et suivit sa maîtresse hors de la halle. Un chariot les attendait, conduit par un bossu.

— Celui-là se nomme Snorri, annonça la femme. Moi, je suis Urd, la châtelaine aux deux corbeaux. On me déteste dans toute l'île, je préfère t'en avertir. Il aurait mieux valu pour ta tranquillité être achetée par un petit artisan qui aurait fait de toi sa concubine.

« Urd, songea Inga, c'est le nom de la plus âgée des Nornes, ces trois filles qui tissent le destin des humains. S'agirait-il d'un présage ? »

Le manoir des deux corbeaux

Le « château » surgit de la brume au détour du chemin. Un donjon de vilaine pierre grise, entouré d'une enceinte émiettée aux créneaux approximatifs. La construction sentait la mauvaise maçonnerie, le tâtonnement. Néanmoins, remparts et murailles constituaient une bonne protection contre l'extérieur. Inga haussa les sourcils, étonnée. On rencontrait rarement ce type d'architecture sur les îles. Quand un *bondi*[1] se découvrait des idées de grandeur, il se contentait généralement d'ériger une maison forte, un camp retranché entouré de palissades et que dominait une tour de guet en rondins, jamais il n'avait recours à la pierre. Inga scruta les environs. Le manoir semblait coincé entre la lande et la mer. Dressé au ras de la falaise, il donnait l'illusion de n'être qu'une excroissance rocheuse évidée à la hâte par les hommes, un caillou aménagé en caverne.

Aucune meurtrière n'en trouait les parois, c'était un bloc compact, aveugle, ramassé sur lui-même.

Le bossu tira sur les rênes. Les chevaux s'arrêtèrent devant l'unique porte donnant accès à la cour intérieure. Des bruits se firent entendre derrière les battants

---

1. Chef d'un clan viking.

cloutés qui s'entrebâillèrent lentement. Inga s'attendait à voir surgir des soldats, elle réalisa que les portes étaient manœuvrées par des gosses en guenilles.

– Vite ! s'impatienta la dame noire, il faut mettre le château en défense, les voleurs d'enfants sont à nos trousses. Snorri, rentre la charrette et pousse les barres de sécurité.

La carriole s'engagea sous le porche. Inga frissonna. La cour était remplie de mioches en loques appuyés sur des béquilles. Des gamins boiteux, contrefaits, bossus. Certains, n'ayant pas l'usage de leurs jambes, étaient assis dans de grands bols de bois et se déplaçaient en prenant appui sur des palets munis de poignées. C'était toute une faune silencieuse, aux yeux tristes, inquiets, qui attendait le retour de la maîtresse des lieux. Personne ne parlait, personne ne jouait. Inga fut épouvantée par leur saleté, et la férocité qu'elle lisait dans les yeux des plus grands.

– Voilà mes pensionnaires, murmura la dame noire en descendant du chariot. Ce sont tous des rescapés, comme le bébé que nous avons repris cette nuit aux faiseurs de monstres. Tu devras t'occuper d'eux. Je ne te cacherai pas la vérité : j'ai eu d'autres servantes, elles ont pris la fuite, préférant se jeter dans la gueule des loups que de rester ici, en compagnie de ces dégénérés. Les Vikings ont le dégoût des infirmes, ils n'ont aucune compassion pour les déshérités.

Elle toussa pour s'éclaircir la voix, puis cria à la cantonade :

– Voici Inga, notre nouvelle servante. C'est elle désormais qui s'occupera de vous. Ne soyez pas trop durs avec elle.

Les enfants ne bronchèrent pas. On eût dit une armée

n'attendant qu'un ordre pour monter à la bataille. Il n'y avait aucune naïveté dans ces regards, aucune tendresse non plus.

— Viens, ordonna la dame, je vais te faire visiter les lieux, sinon tu risques de te perdre.

Des corbeaux voletèrent au-dessus du donjon en poussant des cris affreux.

Quand elles furent à l'intérieur, Dame Urd déclara :

— Je ne sais pas si ces enfants m'aiment, et il y a longtemps que je ne me pose plus la question. Je leur ai sauvé la vie, c'est vrai, mais peut-être m'en veulent-ils justement pour cela, car je leur ai imposé d'exister dans un corps diminué. En avais-je le droit ? *Je ne sais pas.* Personne ne peut répondre à ces sortes d'interrogations.

Les deux femmes grimpèrent un escalier menant à une galerie très sombre. Le manoir était fruste, sans décoration aucune, avec un curieux aspect inachevé. Les salles évoquaient davantage des cavernes que des lieux de réunion.

— Cette bâtisse est une idée de mon défunt époux, Arald la Hache. Il avait voyagé jusque sur les côtes de Bretagne. Les manoirs qu'il avait vus là-bas l'avaient fortement impressionné. Il en voulait un pour son propre usage. C'était un Viking, un pillard qui s'était fait une habitude de voler les trésors des monastères. Un temps, cela l'a rendu riche. Il est mort en mer, avalé par une tempête… Les vagues ont ramené la carcasse de son bateau. Si tu te penches par-dessus les remparts, tu la verras au pied de la falaise. Empalée sur les rochers, elle achève d'y pourrir depuis dix ans. Certaines nuits de grosse mer, on entend le dragon de la figure de proue qui cogne contre la pierre, comme s'il demandait qu'on lui ouvre la porte. Les coups grimpent

dans la muraille… Ils te réveilleront peut-être, moi je
ne les entends plus.

Sa voix avait soudain perdu son habituelle assurance.
Elle se défit de son capuchon. Elle était belle, avec une
peau pâle et des cheveux noirs roulés en tresses serrées,
à peine tachetées de gris. Inga lui donna une quarantaine d'années.

– Tu auras beaucoup de travail, soupira-t-elle. Les
enfants sont difficiles. Ils savent que les paysans des
environs les détestent. Je ne peux pas les laisser sortir
du château, et ils en souffrent. Ils ont l'impression que
je les retiens prisonniers. Ils ne comprennent pas que
j'agis pour leur bien. Si je les laissais se promener dans
la campagne, les gens du village me les tueraient…

– Vraiment ? hasarda Inga, incrédule.

Dame Urd lui lança un regard acerbe.

– Tu viens de la ville, n'est-ce pas ? ricana-t-elle. Tu
as l'habitude de vivre au milieu de gens civilisés, tu
n'as aucune idée des pratiques qui subsistent dans nos
îles. Ici le temps s'est arrêté il y a deux siècles. Nous
sommes entourés d'irréductibles qui s'obstinent à se
comporter comme à la grande époque des Vikings… Tu
as été victime de l'un de ces groupes. Les paysans de la
côte ne valent pas mieux. Ils me prennent pour une éle-
veuse de *dverg*, un vieux mot qui signifie «tordu». Ils
pensent que les enfants sont en réalité des nains, c'est-
à-dire des créatures mal formées servant de véhicule à
l'esprit des morts. Ici, un nain n'est pas seulement un
adulte en réduction, c'est un *draug*, une sorte de mort
échappé du tombeau et qui s'en vient régler ses
comptes avec les vivants. J'ai perdu plusieurs gosses
sur la lande… Snorri a retrouvé leurs corps dans des
crevasses. Parfois, aussi, on lâche sur eux des molosses

dressés à tuer. Difficile de leur échapper quand on se déplace avec des béquilles.

Elle se tut. Soudain, elle paraissait lasse.

– Tu dormiras au-dessus de la cuisine, conclut-elle. Je vais te montrer où. Quand tu te coucheras, n'oublie pas de mettre le loquet, si tu ne veux pas être ennuyée par les garçons. Il y a de mauvais drôles parmi eux. L'odeur de la femme leur met de sales idées en tête.

D'un pas rapide, elle conduisit Inga dans un réduit équipé d'une paillasse, d'un coffre et d'un pichet d'eau.

– Par bonheur, soupira-t-elle, nous avons un puits dans la cour, cela nous protège d'éventuelles tentatives d'empoisonnement. Snorri te montrera la marche à suivre. Il y a onze ans qu'il est ici ; sans lui, je ne m'en serais jamais sortie. Il m'est dévoué comme un chien. Dans quelques jours je t'expliquerai ce que j'attends plus précisément de toi.

Sur ces paroles étranges, elle tourna les talons et disparut dans la pénombre de la galerie.

Inga se passa de l'eau sur le visage, se recoiffa et épousseta ses vêtements. Elle n'avait aucune idée de ce qui l'attendait, mais elle savait déjà qu'il ne lui serait pas facile de dompter les enfants.

Elle descendit à la cuisine par un escalier tortueux dont les marches s'effritaient. Le château avait l'air d'une ébauche abandonnée par un sculpteur dans un coin d'atelier. Tout y était inachevé. La jeune fille supposa que la disparition du maître des lieux avait interrompu les travaux.

Dans la cuisine elle trouva Snorri. Le bossu s'activait déjà autour des marmites. Il préparait une soupe

gluante, à base de poisson séché, qu'il épaississait à la
farine de seigle. Cela donnait un brouet aux allures de
colle, qu'on distribuait à la louche aux gosses qui faisaient la queue sur le pas de la porte, leur écuelle à la
main. Ils ne disaient pas merci. La plupart gardaient
le nez baissé, toutefois certains garçons dévisageaient
effrontément Inga. Ils étaient tous d'une effroyable
saleté et empestaient à cinq pas.

Quand la distribution fut terminée, une fillette s'at-
tarda dans la cuisine. Elle avait les cheveux coupés ras
à cause des poux. Sa main gauche était atrophiée, et
trois de ses doigts n'avaient que deux phalanges. Elle
serrait contre elle une vilaine petite poupée fabriquée à
partir d'un bout de bois enveloppé d'un chiffon.

— Tu as de beaux cheveux, dit-elle d'une voix
zézayante. Je m'appelle Odi, j'ai neuf ans, et toi ?

— Moi, je m'appelle Inga, répondit la jeune fille, et je
suis un peu plus vieille. Mais pas tellement.

— Tu es plus jolie que les autres servantes, estima la
gamine d'un ton docte. Plus tard je voudrais être comme
toi. Je voulais te dire qu'il faudra que tu fasses attention
aux garçons, ils sont méchants. Skall est le plus mauvais. Moi, j'ai peur de lui.

— S'il t'embête, viens me le dire, proposa Inga, j'irai
lui tirer les oreilles.

— Oh ! soupira l'enfant, tu ne seras pas assez forte. Il
a déjà tué deux servantes en les faisant tomber dans le
vide par-dessus les remparts. Elles se moquaient de lui,
alors il s'est embusqué dans un coin et les a fait trébucher avec sa béquille de guerre…

— Sa béquille de guerre ? s'étonna Inga.

— Oui, expliqua Odi avec une pointe d'impatience,
c'est comme ça qu'il l'appelle. Il y a planté des clous,

et ça fait comme une massue. En tout cas, les servantes, il les a jetées au bas de la falaise. Alors fais attention, ça serait bête qu'il te tue tout de suite.

Inga se mordit les lèvres. La fillette affabulait-elle ou bien…? Tout était possible dans cette prison aux allures d'orphelinat. Elle devrait rester sur ses gardes. Dénichant un quignon de pain, elle y étala un peu de saindoux et l'offrit à Odi qui s'empressa de le faire goûter à sa poupée avant de l'engloutir en deux coups de dents.

Snorri lui fit comprendre qu'elle lambinait, aussi dut-elle le rejoindre pour poursuivre ses travaux ménager. L'homme de peine fuyait son regard, il s'exprimait au moyen de gestes et de grognements. Inga estima qu'il devait avoir entre vingt-deux et vingt-cinq ans. Il soulevait sans peine n'importe quelle marmite qu'Inga n'aurait pu faire bouger d'un pouce.

Elle ne tarda pas à comprendre que les énormes chaudrons restaient tout le jour à mitonner sur les braises du foyer. Quand la soupe devenait trop épaisse, on y rajoutait de l'eau. Quand elle s'affadissait, on y jetait quelques têtes de harengs et un peu de raifort. Il n'y avait rien d'autre à savoir. Inga, qui mourait de faim, essaya vainement d'ingurgiter cette mixture. Elle se sustenta d'un quignon trempé dans du lait de chèvre.

Les heures qui suivirent furent employées à la fabrication du pain. La farine était grossière. Inga n'en avait jamais mangé d'aussi fruste, pourtant elle prit plaisir à cette corvée. Parfois, Snorri la rabrouait d'un grognement. Elle n'en prenait pas ombrage.

Quand la pâte fut couverte, le bossu lui fit comprendre qu'il fallait la laisser lever. Prenant son courage à deux mains, Inga décida d'affronter l'armée des gosses. Au silence hostile du matin avait succédé une sorte de brouhaha. Les petits s'amusaient avec des jouets rudimentaires ou s'aspergeaient de poussière. Les fillettes dansaient maladroitement ou jouaient à faire rebondir des balles. Les plus grands avaient choisi de s'installer en hauteur, sur les marches des escaliers menant aux remparts, tels des prédateurs dominant la mêlée pour mieux choisir leur proie. Ils demeuraient silencieux, sournois. Pour l'heure, ils examinaient Inga et ricanaient, la bouche en coin.

La jeune fille sentit une petite main se glisser dans la sienne. C'était Odi.

– Viens, lança la fillette, je vais te faire visiter. Il y a des malades, tu sais. Connais-tu les secrets des herbes qui guérissent ? Ça nous serait bien utile.

Elle entraîna Inga dans un dédale de salles basses, obscures et mal aérées où gisaient des enfants souffreteux, toussant ou souffrant de la gale. La plupart étaient couverts de vermine. Odi ne cessait d'expliquer. Sa petite voix acide résonnait sous les voûtes avec l'assurance d'une maîtresse de maison faisant les honneurs de son logis à une invitée.

Elle disait :

– C'est Köl, il a la diarrhée, c'est Melnik, il est couvert de boutons…

L'installation des enfants s'avéra rudimentaire. Les paillasses d'algues séchées avaient à peine l'épaisseur de la main, les couvertures n'étaient que trous. Inga supposa que la dame noire manquait sans doute d'argent pour tenir convenablement son « orphelinat ». Il aurait fallu décrasser tous ces mioches à grande eau, installer une étuve rudimentaire où l'on aurait pu les débarrasser de la saleté dont leur peau était incrustée.

— Il y a un potager, expliqua Odi, et un enclos pour les animaux. Mais les garçons sont si méchants que les chèvres sont devenues folles et qu'elles ont arrêté de donner du lait. Du coup, on n'a plus de fromage.

— Que leur faisaient-ils à ces pauvres biquettes ? s'inquiéta Inga.

— C'est Skall, il leur mettait le feu à la barbiche. Skall est mauvais. Tous les garçons veulent l'imiter parce qu'ils ont peur de lui. Il force les filles à se mettre toutes nues et il les touche. Il fera pareil avec toi.

— On verra ça, grommela Inga entre ses dents.

Elle prit conscience qu'elle était désagréablement nerveuse. Elle savait que, dans le monde rural, les jeunes étaient considérés comme des adultes à partir de treize ans. Mal nourris, exposés aux épidémies, aux exactions des brigands, leur espérance de vie était courte, aussi était-il légitime qu'ils entament leur parcours le plus tôt possible. Les pensionnaires de Dame Urd semblaient n'avoir guère plus de onze ans pour les plus âgés, mais, en dépit de leurs infirmités, ils étaient déjà solidement charpentés. Elle aurait peut-être du mal à les remettre en place d'une simple taloche.

— Nous allons soigner tout ce petit monde, annonça-t-elle. Veux-tu être mon apprentie ?

Cette proposition transporta la fillette de joie. Inga regagna la cuisine. Son père lui avait enseigné quelques recettes simples pour guérir les maux les plus courants. En tant que chef de guerre, il avait eu en effet la responsabilité de nombreux guerriers et exercé comme il se doit les fonctions de *mire*[1].

Cette fois, ce fut elle qui secoua Snorri afin d'obtenir les herbes et les huiles dont elle avait besoin. Odi la regardait faire en trépignant d'impatience. Au bout d'un moment, n'y tenant plus, elle sortit dans la cour pour annoncer à la cantonade que la nouvelle servante était sorcière et qu'elle allait guérir tout le monde de la gale et des poux. Cette affirmation éveilla un certain intérêt chez les gosses qui se grattaient jusqu'au sang.

Une fois ses pommades refroidies, Inga se lança dans une interminable consultation, allant d'un enfant à l'autre pour badigeonner escarres et croûtes. Cette opération lui permettait par ailleurs de faire connaissance avec chacun des marmots. Elle s'efforça de les faire rire, mais la chose restait difficile. De plus, beaucoup d'entre eux s'exprimaient dans un patois qu'elle ne comprenait pas. Odi lui présenta son « fiancé », un garçonnet de huit ans nommé Baldur. D'abord intimidé, le gamin ne tarda pas lui aussi à se répandre en conseils.

– Faut pas grimper sur les remparts, chuchota-t-il. Si on t'attire là-haut, c'est sûrement un piège. C'est là que Skall se débarrasse de ceux qu'il déteste. Y en a beaucoup qu'ont basculé par-dessus les créneaux. Après, il raconte qu'ils sont tombés en jouant à chat perché.

– Je lui ai déjà dit tout ça, coupa Odi avec impatience.

– Où est-il, ce Skall ? demanda Inga.

---

1. Guérisseur dont la science, tout à la fois médicale et magique, utilise aussi bien des onguents que des procédés de sorcellerie.

– En haut de l'escalier de pierre qui mène au chemin de ronde, expliqua Baldur. C'est un grand, il a treize ans. Tu le reconnaîtras à sa béquille pleine de clous.

Inga hésita, les gosses la dévisageaient. On pouvait lire des sentiments mêlés dans leurs yeux : l'espoir, le mépris, la peur, l'excitation, l'étonnement, la résignation…

Ainsi l'étrangère allait défier Skall ? Vrai, ce serait amusant qu'elle le remette à sa place…, mais on n'y croyait guère. À tous les coups cette pauvre folle allait faire le plongeon par-dessus les créneaux, et l'on n'entendrait plus parler d'elle. Ce serait dommage, parce qu'elle semblait moins idiote que les autres servantes… plus jolie aussi.

Inga prit soudain conscience que beaucoup d'enfants la fixaient à présent. Elle ne pouvait plus reculer. Si elle renonçait, elle perdrait le bénéfice des efforts de l'après-midi. Ses pots de pommade dans son panier, elle traversa la cour en direction de l'escalier. Pendant une fraction de seconde elle crut surprendre la silhouette de la dame en noir qui l'épiait, embusquée derrière l'un des piliers de la galerie intérieure.

« A-t-elle peur de ses propres pensionnaires ? » se demanda-t-elle.

Le silence s'était fait. Seuls les plus petits continuaient encore à s'asperger de poussière ou à se pisser sur les pieds.

Quand la jeune fille posa la semelle sur la première marche de l'escalier, elle entendit l'un des enfants murmurer : « Elle ne redescendra pas, Skall va la ficher par-dessus bord, oui… »

Dès qu'elle eut escaladé une vingtaine de marches, le vent du large plaqua sa robe sur son corps et elle dut se pencher en avant pour résister à la force qui tentait de la déséquilibrer.

L'escalier était désert. De toute évidence, Skall avait gagné le chemin de ronde pour s'y embusquer. Inga atteignit les créneaux. Le vent glacé la transperçait. À cet endroit, la muraille et la falaise formaient une seule et même paroi dressée à la verticale des vagues. Tout en bas, mugissait un chaos d'écume et d'eau bouillonnante. Une marmite infernale où les courants s'exaspéraient à tourner en rond. Personne, jamais, ne pourrait aborder de ce côté. L'emplacement du manoir avait été bien choisi.

Inga s'immobilisa; la tête lui tournait. Les bourrasques la malmenaient et elle avait l'illusion désagréable que des créatures invisibles lui expédiaient des coups de poing dans le dos pour la faire tomber. La peur s'insinua en elle.

Elle avait été folle de grimper ici.

«Tu n'es qu'une fille de la ville, se dit-elle. Tu ignores tout de ces gens. N'oublie pas que tu as vécu dans un terrier douillet… Jamais tu n'as côtoyé la violence.»

Le chemin de ronde lui apparaissait soudain comme un piège où elle avait commis l'erreur de se jeter la tête la première. Où se cachait le gosse? Dans cette échauguette à demi éboulée? Derrière ce tas de pierres?

Elle n'osait l'appeler. Comme elle avait trop froid, elle se mit en marche, avançant au bord du vide, du vertige plein la tête.

Le garçon se tenait dans l'échauguette, comme elle l'avait prévu. Il avait calé sa béquille hérissée de clous entre ses jambes. C'était un gamin costaud, au visage buté, mais dont la jambe gauche, victime d'une dégénérescence musculaire avait l'épaisseur d'un manche à balai.

– Je me nomme Inga, murmura la jeune fille. Si tu souffres de la gale, cet onguent peut te soulager. En veux-tu?

Le garçon lui fit signe d'approcher. Ses yeux brillaient d'arrogance et de méchanceté. Il exhalait une épouvantable odeur de sueur et de crasse. Quand Inga fut près de lui, il lança la main droite et lui saisit un sein. Son pouce et son index cherchèrent la pointe du mamelon pour la pincer. La jeune fille resta immobile, sans un geste de défense, à le fixer dans les yeux. Puis elle défit le lacet qui maintenait son vêtement et en écarta le col, pour qu'il puisse voir le marteau de Thor imprimé au fer rouge sur sa poitrine.

Le gosse tressaillit. Il avait vu les runes magiques. Même s'il ne savait pas les déchiffrer, il ne pouvait ignorer leur puissance. Peu de gens portaient de semblables signes sur la peau. On disait que le corps humain s'enflammait à leur contact, telle une étoffe sur laquelle on jette des braises rougeoyantes. Seuls les sorcières et les *bersekkers*[1], ces guerriers fous, étaient capables d'en supporter la présence sans aussitôt tomber en cendres.

Les yeux du gosse vacillèrent. Il retira sa main.

– Sorcière, souffla-t-il entre ses dents gâtées.

Inga se composa un sourire qu'elle espérait menaçant.

---

1. Littéralement «chemise d'ours». Guerrier habité par une rage divine, au combat il entre dans une transe sacrée qui lui permet d'accomplir des exploits inhumains et de vaincre tous ses adversaires sans subir la moindre égratignure.

Sur la béquille hérissée de clous, elle avait repéré des traces de sang séché… Le sang des servantes qui avaient refusé de se laisser docilement peloter?

– Je laisse la pommade, murmura-t-elle. Tu peux t'en servir. Elle n'est pas empoisonnée… du moins pas encore.

Estimant qu'elle en avait assez fait, elle se retira.

Quand elle descendit l'escalier de pierre, elle s'aperçut que ses jambes tremblaient.

Un enfant dans la foule

Jusqu'au soir elle se demanda si elle avait eu raison de chercher la confrontation avec Skall. Fillette, elle n'avait jamais approché ce genre d'enfant. Elle avait vécu dans un univers protégé, loin des turbulences et des angoisses de ce monde. Personne, parmi les gosses des artisans qu'elle avait fréquentés, n'avait l'habitude de pousser les servantes dans le vide du haut des remparts !

« Jouent-ils à me faire peur ? se demanda-t-elle. J'ai peut-être tort d'imaginer que Odi et son petit camarade sont de mon côté. Et s'ils s'amusaient avec moi, tous autant qu'ils sont. Dame Urd incluse… »

Elle se sentait seule et prise au piège.

Snorri vint la chercher pour la distribution de soupe. L'un des garçons se présenta avec deux écuelles. Odi expliqua à Inga qu'il s'agissait du « valet » de Skall.

— Il ne vient jamais lui-même, insista-t-elle. Il a tout un tas de serviteurs qui font les corvées à sa place. Ils réquisitionnent les meilleurs morceaux pour lui, ou les couvertures neuves, ou les nouvelles paillasses quand on en amène. Skall nous surveille du haut des remparts. Ensuite, il désigne à ses valets la fille qu'il a choisie pour la nuit. Ils vont la chercher pour lui, et elle doit le rejoindre là-haut. Elle doit faire tout ce qu'il dit, sinon il la jette par-dessus les créneaux.

Inga frissonna.

— Tu y es déjà allée, toi ? s'enquit-elle.

— Non, répondit la fillette, je suis trop petite, j'ai pas de nichons.

Le ton sur lequel elle avait prononcé ces paroles ne permettait pas de déterminer si elle regrettait cette circonstance ou s'en félicitait.

Inga s'appliqua à juguler la colère qui montait en elle. Elle se surprit à détester ce minuscule tyran qui, embusqué sur le chemin de ronde, tel Odin au sommet de l'arc-en-ciel Bifrost, exerçait son droit de cuissage sur des fillettes à peine nubiles.

Elle décida aussitôt d'aller trouver la dame noire et de lui demander pour quelle raison elle tolérait cet état de choses.

La distribution de soupe terminée, elle gagna la galerie et se présenta au seuil des appartements de la châtelaine. Celle-ci ne parut nullement surprise de sa visite. Elle écouta d'une oreille distraite les doléances de sa nouvelle esclave. Quand elle prit la parole, ce fut d'une voix lasse.

— Je ne les contrôle plus, dit-elle le regard perdu dans les flammes du maigre feu qui brûlait dans l'âtre. Ils m'échappent. Les nourrissons que j'ai sauvés il y a dix ans ne me respectent plus. Des petits chefs apparaissent, des clans adverses s'affrontent. Je n'ai pas les moyens d'intervenir. Je ne peux pas tout leur interdire. C'est déjà beau d'arriver à les maintenir dans les limites du château.

— On m'a dit que le dénommé Skall aurait jeté plusieurs de vos servantes dans le vide, du haut des remparts, coupa Inga, qu'en pensez-vous ?

Dame Urd haussa les épaules.

– Je ne sais pas, soupira-t-elle. Certaines filles qui travaillaient aux cuisines ont effectivement disparu du jour au lendemain, mais il est également possible qu'elles se soient enfuies. Si ces idiotes ont cru trouver refuge dans la forêt, les loups et les ours les auront mises en pièces. On peut aussi imaginer que Skall s'amuse à répandre ces rumeurs pour affermir son emprise sur les enfants. Tu ne penses pas ? » Elle sourit. « Je crois que tu n'as jamais fréquenté le genre de mioches qu'on trouve ici, non ? Ne les laisse pas te manipuler. Le malheur et la disgrâce physique les ont endurcis. Il n'y a plus rien d'innocent en eux. Ce sont des survivants, ne l'oublie jamais. Et ferme ta porte à clef lorsque tu iras dormir. Je ne tiens pas à ce qu'ils te violent dès la première nuit.

Elle se leva et sortit de la pièce pour aller s'appuyer à la balustrade de la galerie surplombant la cour.

– Tu penses que je les néglige, n'est-ce pas ? lança-t-elle sans se retourner. Que je me donne bonne conscience à peu de frais, sans jamais établir le moindre lien affectif avec ceux que j'ai sauvés ?

Comme Inga se gardait de répondre, Dame Urd pivota sur ses talons. La lueur lointaine du foyer jetait des ombres étranges sur son visage blême. En dépit de sa beauté, elle eut soudain l'air d'une sorcière, d'une goule, d'une ogresse… Inga eut envie de s'enfuir.

– Changeras-tu d'avis si je te dis que mon fils est parmi eux ? déclara la châtelaine.

– Quoi ? balbutia Inga.

– Quand mon époux est mort en mer, j'étais enceinte de deux mois, dit doucement la dame en noir. J'ai commencé à recueillir les enfants exposés du village voisin pour avoir un but. On pratique beaucoup l'*outburth*[1] dans la région, cela m'a permis d'avoir très vite une douzaine de pensionnaires. Quand mon fils est né, j'ai éprouvé une grande honte à l'idée de l'élever à part… Je me suis imaginée lui faisant mener une vie de petit privilégié dans mes appartements, tandis que les autres gosses croupissaient dans la misère dans le cul-de-basse-fosse de la cour. J'ai compris que ce serait intolérable, injuste. Il ne pouvait y avoir deux poids deux mesures. Je devais appliquer la même loi à tout le monde ou renoncer à secourir les enfants abandonnés.

Inga osait à peine respirer. Elle avait peur d'entendre ce qui ne manquerait pas de suivre.

– Qu'avez-vous fait ? dit-elle d'une voix mal assurée.

– Tu le sais déjà, siffla Dame Urd. Je l'ai remis aux nourrices que j'employais alors pour s'occuper des nourrissons. Je leur ai ordonné de le mélanger aux autres et de le traiter sans plus d'égard que nos pensionnaires… et je n'ai plus jamais cherché à le revoir. Il a grandi loin de moi. Quand les nourrices sont parties, je me suis bien gardée de révéler à celles qui les ont remplacées que l'un de nos « orphelins » était mon fils légitime. C'est ainsi que le secret s'est perdu. Il est peut-être toujours là, mêlé aux autres… je ne sais. À moins qu'une maladie nous l'ait enlevé, c'est possible, car nous avons eu des pertes l'hiver dernier.

Instinctivement, Inga s'approcha de la rambarde. Son regard courut sur la foule des mioches qui s'agi-

---

1. Pratique par laquelle les paysans se débarrassaient des nouveau-nés qu'ils ne pouvaient nourrir en les abandonnant dans la forêt.

taient dans la cour. Elle était sous le choc de la révélation. Comment une mère pouvait-elle…

— Allons, s'impatienta la dame noire, cesse de te raconter que je suis un monstre. Je ne suis pas plus inhumaine que ces familles vikings qui font élever leurs enfants par des amis, loin de chez eux, et ne les revoient le plus souvent qu'au bout de plusieurs années ! Moi, au moins, je le vois tous les jours…

— Mais vous ne savez pas qui il est ! protesta Inga.

— Quelle importance, soupira Dame Urd. Cela me force à les aimer tous comme s'ils étaient mes fils.

Elle parut réfléchir, et déclara en fixant Inga dans les yeux :

— Quand tu seras enceinte, nous ferons de même avec ton enfant. Il ne peut y avoir d'exception. Si je l'ai fait, tu le feras.

— Mais je ne suis pas enceinte, bredouilla la jeune fille.

— Ça viendra, éluda la châtelaine. Soit l'un des garçons te violera, soit tu te trouveras un galant au village voisin. Tu es trop jolie pour pouvoir rester longtemps intacte. C'est pourquoi je préfère te prévenir aujourd'hui. Ton enfant sera mêlé aux autres bébés que nous recueillerons. La loi est la même pour toutes.

— Justement, coupa Inga que cette discussion mettait mal à l'aise, qui s'occupe des nourrissons ? Vous n'avez plus de nourrices…

— Non, admit Dame Urd, les tétonnières[1] du hameau ont renoncé à officier ici. Les bébés sont confiés à nos petites filles qui s'en sortent plutôt bien. De toute manière, c'est ainsi que vont les choses dans nos vil-

1. De « téton », nourrices.

lages de pêcheurs. N'oublie pas que dans nos contrées on marie les filles à treize ans.

Elle parut soudain lasse d'avoir à s'expliquer.

– Cesse de t'étonner pour des riens, fit-elle en regagnant ses appartements. Dans un mois tu seras au fait de nos coutumes. À présent, va dormir, et n'oublie pas de fermer le loquet.

Inga se retira, abasourdie. D'un pas hésitant, elle prit le chemin de sa chambre, au-dessus des cuisines. L'installation, quoique rudimentaire, était d'une grande propreté. Une lampe à huile brûlait, posée sur un coffre. La jeune fille fronça le nez en identifiant l'odeur de la graisse de phoque.

Sitôt le battant fermé elle s'empressa de pousser le verrou à fond. La pièce ne comportait aucune fenêtre et évoquait davantage une cellule qu'une chambre de repos. Inga savait toutefois que, dans ces régions de grand froid, les Vikings avaient l'habitude de bâtir des habitations sans autre ouverture que la porte d'entrée.

En proie à un grand trouble, elle se laissa tomber sur la paillasse. Depuis un moment une pensée ne cessait de tourbillonner dans son esprit : *Skall était-il le fils de Dame Urd ?*

Loup y es-tu?

Elle passa une mauvaise nuit. Comme elle s'y attendait, on vint rôder devant sa porte dont on secoua la poignée. Elle songea que ce pouvait être n'importe qui :
Skall, mais aussi Snorri le bossu... et pourquoi pas Odi,
la charmante petite Odi qui s'amusait à lui faire peur en
compagnie de son «fiancé» Baldur?

Elle se leva à l'aube, au terme d'un sommeil entre-
coupé de cauchemars qu'elle fut heureuse d'écourter.
Le loquet ôté, elle se glissa silencieusement dans la
galerie. Elle eut la surprise d'apercevoir le bossu et la
dame noire dans la cour. Ils chuchotaient pour ne pas
réveiller les enfants et s'affairaient autour du chariot
bâché. La châtelaine brandissait une lampe à huile,
Snorri déchargeait avec une étrange lenteur les barriques entassées à l'arrière de la carriole. Inga se rappela avoir été incommodée pendant tout le voyage par
l'odeur de suint montant de ces tonneaux. Une odeur
animale qui donnait envie de se boucher les narines...
De la graisse de phoque ou de cachalot? Possible, mais
dans ce cas pourquoi le bossu les manipulait-il avec
autant de précautions?
Instinctivement, comme si elle avait conscience

d'être en train d'observer une cérémonie interdite, elle se dissimula derrière l'un des piliers de la galerie.

La dame noire semblait sur le qui-vive, presque apeurée. Elle ne cessait de multiplier les recommandations à voix basse. Le bossu était lui aussi très nerveux. Il manipulait les barriques avec une certaine répugnance. On eût dit qu'elles grouillaient de serpents. La châtelaine se saisit d'un trousseau de clefs pendu à sa ceinture et déverrouilla la grille d'une sorte de casemate qui se dressait dans un recoin de la cour. Le réduit dissimulait un escalier de pierre dont les marches s'enfonçaient dans le sol.

« Une crypte, songea Inga. Ou un souterrain… »

L'enfouissement des tonneaux dans les entrailles du sol nécessita plusieurs allées et venues. Quand la dernière barrique eut été descendue dans la crypte, Dame Urd verrouilla la grille avec soin et regagna la cuisine en compagnie du bossu.

Inga demeura troublée. La fébrilité des deux complices avait éveillé sa suspicion.

« S'il s'était agi de graisse de phoque, ils n'auraient pas eu l'air aussi inquiets, pensa-t-elle. Non, ce qu'ils transportaient leur faisait peur, j'en ai la certitude. »

Elle chercha à se rappeler l'odeur des tonneaux, huileuse, animale.

Elle laissa s'écouler plusieurs minutes, puis descendit aux cuisines pour préparer la soupe du matin, car les gosses n'allaient plus tarder à s'éveiller. Snorri la salua d'un grognement. Il dévorait une écuelle de porridge dans lequel il avait émietté des débris de morue séchée. Par gestes, il indiqua à la jeune fille qu'elle avait intérêt à prendre sa collation avant d'entamer les travaux du jour.

Plus tard, alors qu'elle se promenait au milieu des enfants, elle se surprit à les dévisager en se demandant qui, parmi tous ces garçons, était le fils de Dame Urd.

«Il doit avoir une dizaine d'années, songea-t-elle. Et il n'est pas infirme, du moins sa mère n'en a pas fait mention…»

Elle comprit rapidement qu'il serait inutile de chercher à détecter une quelconque ressemblance sur ces faces barbouillées de crasse.

Odi vint la saluer. Ce matin, elle portait le bébé qu'Inga avait arraché aux fabricants de monstres. Le marmot calé sur sa hanche, elle paradait avec l'assurance d'une mère de famille nombreuse. Inga se décida à l'interroger.

– Connaîtrais-tu un garçon d'une dizaine d'années qui ne souffrirait pas d'infirmité? murmura-t-elle.

Odi pouffa de rire.

– Tu sais, dit-elle en se reprenant, personne ici ne reste normal bien longtemps… Je veux dire que beaucoup de bébés le sont, quand ils arrivent, mais les garçons ne le supportent pas.

– Les garçons… tu veux dire Skall?

– Oui, c'est ça. Ça le rend fou de voir des gosses avec des jambes bien droites et toutes ces choses, alors il envoie ses serviteurs pour leur briser les membres. Il est méchant, je te dis.

Inga grimaça. Elle avait sous-estimé le pouvoir de nuisance du garçon à la béquille cloutée. Il régnait réellement sur l'orphelinat, tel un roi barbare, modelant les corps à son image.

– Quand un garçon est trop beau, continua Odi, il lui casse le nez et quelques dents. Ou bien il lui coupe les oreilles.

– Et la dame noire ne dit rien ? s'indigna Inga.

– La dame noire ne vient jamais nous voir, éluda Odi. Elle vit là-haut sur la galerie. Quand elle descend dans la cour, c'est mauvais signe…

– Pourquoi ? interrogea la jeune fille.

Odi s'agita, mal à l'aise, regrettant d'avoir trop parlé. Baldur, son « fiancé » vint se joindre à elles. Quand Inga tenta de reprendre son interrogatoire, il s'interposa.

– Faut pas parler de ça, décréta-t-il d'un air farouche. Si on en parle, on est choisi.

Inga le regarda, interloquée. Qu'essayait-il de dire ? *Choisi ?* Par qui ? Et pour quoi ?

Leur promenade les ayant amenés à passer à proximité de l'escalier menant aux souterrains, la jeune fille désigna la grille verrouillée et demanda :

– Où cela mène-t-il ?

Odi ouvrit la bouche pour répondre mais, une fois de plus, Baldur s'interposa.

– Faut pas en parler, grogna-t-il, buté. C'est des choses interdites. Personne n'en parle jamais. Non.

Inga dut prendre son mal en patience et attendre que le gosse se soit enfin éloigné pour revenir à la charge. Odi brûlait de raconter ce qu'elle savait et ne se fit donc point prier.

– C'est l'entrée du royaume de la bête, murmura-t-elle dans un souffle. Elle est là, en bas, dans la crypte. C'est pour ça qu'il y a une grille, pour l'empêcher de sortir.

– Une bête ? s'étonna Inga.

– Oui, renchérit la fillette. Certaines nuits, on l'entend donner des coups dans les murs. Boum-boum-boum… Ça veut dire qu'elle a faim et qu'elle s'impatiente.

— Dame Urd m'a dit que les coups sourds provenaient de l'épave échouée au pied de la falaise, corrigea Inga.

— Oui, c'est ce qu'elle préfère raconter, ricana Odi. Elle ne tient pas à ce qu'on sache qu'un loup-garou se promène dans les caves du château.

Inga hocha la tête. Les Vikings avaient toujours eu peur des loups-garous. Les légendes populaires regorgeaient de lycanthropes sanguinaires embusqués à la lisière des forêts.

— Mais comment cette bête est-elle arrivée là ? s'enquit-elle poliment.

— Tu veux savoir un secret ? chuchota Odi. Le loup, c'est son mari… Arald la Hache. C'était un très méchant homme qui coupait les gens en morceaux avec sa *bolox*. À force d'être cruel, il s'est changé en garou, c'est toujours ainsi que ça se passe. La dame l'a enfermé dans les souterrains du château. Ensuite, elle a raconté à tout le monde qu'il avait fait naufrage, mais c'étaient des mensonges. Il est là… sous nos pieds. Elle le nourrit avec de la graisse d'enfant, qu'elle fait venir d'Orient. Mais ça lui coûte très cher, alors, quand elle n'a plus assez d'argent, elle demande à Skall de lui fournir de quoi nourrir son mari.

— Quoi ? bredouilla Inga, agacée de se montrer si réceptive aux fariboles de la gamine.

— Skall travaille pour elle, reprit Odi. Voilà pourquoi elle le laisse tranquille. Il assomme un mioche d'un coup de béquille et le fourre dans un sac qu'il dépose devant la grille. Snorri se charge de le descendre dans les souterrains. Évidemment, on n'entend plus jamais parler du gosse.

— La bête dévore les enfants… fit doucement Inga. Bien sûr, j'aurais dû y penser.

– Pourquoi crois-tu que la dame noire nous entasse ici ? ricana Odi. Ce n'est pas un refuge, c'est un garde-manger. La plupart du temps, la graisse chinoise suffit à nourrir le garou, mais dès qu'elle vient à manquer on sait que quelqu'un sera choisi. » Elle baissa encore la voix avant d'ajouter : « Une fois, j'ai vu une servante descendre dans la crypte. Elle n'est jamais remontée. Si la dame noire t'envoie en bas, refuse d'y aller, car ce sera pour t'offrir en pâture au loup. Je t'aime bien, tu sais. Je ne voudrais pas que tu sois dévorée.

Cette conversation installa un certain malaise dans l'esprit d'Inga. Elle ne pouvait s'empêcher de penser qu'il existait peut-être un fond de vérité dans tout cela.

Si le loup-garou n'existait que dans l'imagination d'Odi, on ne pouvait néanmoins écarter l'hypothèse qu'un dément soit retenu prisonnier dans les caves du manoir. Arald la Hache ? Pourquoi pas ? C'était la fin logique d'un *bersekker*, d'un fou de guerre prompt à entrer dans une transe destructrice dont rien ne pouvait le sortir, pas même les blessures infligées par ses ennemis.

Inga songea à son père. Ulf lui avait souvent parlé des *bersekkers*.

« La fureur divine descend sur eux, avait-il coutume d'expliquer. D'un seul coup ils se métamorphosent. L'esprit de Thor est en eux, plus rien ne peut les arrêter. Alors ils se mettent à tuer sans discernement tout ce qui se dresse sur leur chemin. Ils sont invincibles, infatigables. Parfois on a l'impression qu'ils ne pourront jamais s'arrêter de tuer tant qu'il restera encore un être humain sur la terre. »

Les Vikings avaient beaucoup d'admiration pour les

fous de guerre, mais Herra, la mère d'Inga pensait tout autrement.

«Ce sont des monstres, affirmait-elle. Des fous assoiffés de sang, à qui les carnages incessants ont fait perdre l'esprit. Et Thor n'a rien à voir là-dedans.»

Arald, l'époux de Dame Urd avait-il fini par perdre la tête, lui aussi? L'avait-elle enfermé pour empêcher qu'il n'erre à travers la campagne en décimant troupeaux et paysans?

Cela n'avait rien d'impossible. Toutefois, quand les crises devenaient trop fortes, il fallait faire un sacrifice, lui livrer une victime afin qu'il se calme. Les enfants étaient là pour ça… Si nombreux, si anonymes. Ils constituaient un réservoir commode où l'on pouvait puiser sans craindre d'éveiller l'attention.

Inga s'ébroua. L'image des tonneaux traversa sa mémoire. La graisse des enfants chinois, avait dit la fillette… Était-ce vraiment ce dont Dame Urd était allée prendre livraison au port de Bjorngötland?

Au cours des jours qui suivirent Inga demeura sur ses gardes. Elle avait fini par trouver le moyen de s'attirer les bonnes grâces des marmots : elle dessinait. Avec un charbon, un morceau de craie, elle dessinait sur les murs en inventant des histoires, en brodant à l'infini sur les légendes que lui avait jadis racontées son père. Elle dessinait le serpent-monde qui se mord la queue et permet aux choses de tenir en place en les enfermant dans le cercle ainsi constitué par son corps. Elle dessinait Bifrost, l'arc-en-ciel qui permet de grimper jusqu'à la demeure des dieux. Elle dessinait le Walhalla, le palais où les Walkyries rassemblent ceux qui sont morts les armes à la main afin de constituer l'armée d'Odin, en prévision du combat final : le Ragnarök…

Les gosses l'écoutaient, bouche bée, les yeux fixés sur le morceau de charbon traçant des visages sur les murs. Quand Inga commençait à raconter, un grand silence se faisait dans la cour, et les enfants se rassemblaient autour d'elle. Les plus petits suçaient leur pouce et finissaient par s'endormir, mais les grands ne perdaient pas une miette de ses paroles.

Parfois, quand la jeune fille se retournait, elle surprenait la dame noire, embusquée derrière l'un des piliers de la galerie, qui l'observait entre ses paupières mi-closes.

Une nuit, elle entendit des coups sourds à l'intérieur du mur. Cela montait des profondeurs du château. Il n'y avait ni vent ni tempête, aussi estima-t-elle peu vraisemblable qu'il puisse s'agir de l'écho lointain d'une épave drossée contre la falaise par la marée haute. Elle appliqua son oreille contre la paroi. Qui frappait ainsi ? L'esprit enfiévré par l'angoisse, elle imagina le *bersekker* emprisonné dans la cave… En pleine démence, il courait au long des galeries, écumant de rage, frappant les murs à coups de marteau, tel le dieu Thor au comble de la fureur. La curiosité étant malgré tout la plus forte, elle se glissa hors de sa chambre et remonta la galerie sur la pointe des pieds. Elle s'immobilisa en repérant une lumière dans la cour. Dame Urd et Snorri se tenaient au seuil de la grille défendant l'accès de l'escalier. La châtelaine achevait de déverrouiller la serrure. Quand Snorri, la torche au poing, voulut s'engager dans le tunnel, elle le retint par l'épaule.

– Tu es fou ! haleta-t-elle. À quoi penses-tu ? La torche… *le feu*… tu sais bien que c'est dangereux…

Le bossu grogna, et, penaud, glissa le flambeau dans une torchère de la muraille. À tâtons, éclairés par le seul lumignon d'une lampe à graisse, les deux complices s'engagèrent alors dans l'escalier.

Inga les regarda s'enfoncer dans le sol.

Qu'avait dit la dame noire ? *Le feu, c'est dangereux…* Pourquoi ? La bête emprisonnée dans les souterrains devenait-elle ivre de fureur à la vue des flammes ?

Le lendemain, Inga fut convoquée par Dame Urd dans ses appartements. À la lumière du jour, la jeune fille put constater que la châtelaine vivait dans un grand dénuement. Le seul luxe de l'endroit consistait en une tapisserie suspendue au-dessus de la cheminée. Elle représentait un homme vêtu en guerrier, une hache dans chaque main, qu'encerclait une meute de loups plus grands que nature et qui semblaient prêts à se dresser sur leurs pattes postérieures pour mieux terrasser leur victime. La laine sombre rendait ce travail oppressant. Inga se fit la réflexion qu'elle n'aurait pas aimé vivre à proximité d'une telle œuvre, même si elle en appréciait la valeur artistique.

– Est-ce votre époux ? s'enquit-elle en ayant conscience de sortir de son rôle de servante docile.

– Oui, admit Dame Urd, c'est Arald. Quand il ne partait pas en expédition par-delà les mers, il aimait se glisser dans la forêt, armé de ses haches, pour décimer les hordes de loups qui la hantent. Les paysans lui en savaient gré. Peu de seigneurs accepteraient de prendre de tels risques… mais je ne t'ai pas fait mander pour échanger des propos sur l'art. Je veux que tu te rendes au village avec une carriole et que tu en ramènes des provisions. Nos réserves s'épuisent. Si j'envoie Snorri, il se fera rabrouer et l'on risque de lancer les chiens contre lui. Toi, c'est différent, ta jolie figure réussira bien à les amadouer. C'est en partie pour cela que je t'ai achetée. J'ai besoin que quelqu'un fasse la liaison entre le hameau et le château. Quelqu'un qui soit capable d'établir des liens d'amitié avec les paysans. Tu as compris ?

Elle tira une bourse du revers de sa manche et la lança sur la table.

— N'accepte que les prix les plus bas, ordonna-t-elle, nous ne sommes pas riches. Il nous faut du beurre, du lait, du miel, de la farine, du poisson séché…

Quand la dame noire eut fini d'égrener une liste interminable, Inga prit congé. Elle n'était pas fâchée de sortir du manoir. Alors qu'elle grimpait dans la carriole, Odi s'agrippa à sa robe.

— Tu vas revenir ou tu pars pour toujours ? demanda-t-elle de sa voix zézayante.

— Je vais revenir, assura la jeune fille.

— Fais attention, supplia la gamine. Il y a des monstres sur la lande, c'est pour ça qu'on ne sort jamais du château. Si tu entends quelqu'un prononcer ton nom du fond d'un buisson ne t'arrête pas, ce sera un troll.

— Je ferai attention, c'est promis, dit Inga en saisissant les rênes du cheval.

En passant la poterne, elle éprouva une brève bouffée d'euphorie. Elle songea qu'elle aurait pu s'enfuir, mais pour aller où ? La forêt encerclait le château sur trois côtés, et, là où ne poussait aucun arbre, rugissait la mer… Elle était bel et bien prisonnière de cette extrémité de l'île. Non, fuir aurait relevé du suicide ; pour l'heure elle devait se résoudre à attendre.

Elle fit claquer les brides sur la croupe du cheval et lança la carriole à travers la lande.

Le vent glacé lui coupa le souffle. On n'était pas encore en hiver, mais il faisait exceptionnellement froid cette année.

« En un sens, songea Inga, j'aurais préféré l'hiver, au moins il aurait fait jour tout le temps. »

Pendant que le cheval trottait, elle se prit à réfléchir. Dame Urd constituait une énigme vivante dont elle aurait aimé percer le secret. Quelle avait été la vie de cette femme ? On la sentait intelligente, racée, élevée dans une famille de haut lignage. Comment s'était-elle retrouvée mariée à Arald la Hache, un pillard au tempérament de brute ? Avait-elle été enlevée par le Viking ? L'avait-on cédée à celui-ci en paiement d'une rançon ?

« Ce serait bien possible, se dit Inga. Son père a peut-être été fait prisonnier par Arald, et la famille, faute d'argent, a proposé de le racheter en offrant Urd aux pirates. »

Cela se pratiquait parfois. Les rançons prenaient alors des formes curieuses : vaches, bateau, armes de fer, filles vierges…

Inga hocha la tête. Elle devinait sans peine la solitude, le désespoir dans lesquels Urd s'était trouvée plongée en arrivant ici, sur cette île du bout du monde. Elle, qui avait jusque-là fréquenté les scaldes[1], avait dû se résoudre à vivre en tête à tête avec un chef de guerre dont la principale occupation consistait à courir dans la

---

1. Poètes, troubadours.

forêt pour dépecer les loups à la hache ! Le changement avait dû être brutal.

« C'est sûrement pour tenter de l'éblouir, que son époux s'est lancé dans la construction de ce manoir qui ne correspond à rien de connu dans la région, pensa-t-elle. Je l'imagine fort bien, essayant de rivaliser avec la famille de sa femme, voulant la supplanter par le faste. D'où cette bâtisse grotesque. »

Les Vikings n'avaient jamais érigé de châteaux. Ils avaient coutume de vivre dans de grosses fermes collectives où s'entassaient plusieurs familles. Des fermes sur le toit desquelles l'herbe poussait. Mais Arald semblait avoir succombé à la folie des grandeurs. De ses expéditions en Bretagne, il avait ramené cette image qui n'avait cessé, ensuite, de l'obséder.

S'était-il vraiment noyé, comme le prétendait Dame Urd, ou bien…

Les paroles d'Ulf aux belles dents, son père, flottaient dans sa mémoire. Elle le revit, assis sur la plage, le visage tourné vers le large, le vent ouvrant des sillons dans sa barbe blonde tachée de gris. Il disait :

« Le *bersekker* est utile dans les batailles, son arrivée frappe l'ennemi de terreur… Hélas, avec les années, il devient de plus en plus incontrôlable. Il lui arrive de ne plus reconnaître ses amis de ses ennemis, et il se met à frapper sans discernement. C'est comme un aveugle invincible à qui l'on donnerait des armes et qui taillerait en pièces tout ce qui s'approche de lui… J'ai connu un *bersekker*, Olaf tête de Flamme. Une nuit, alors qu'il était à terre, dans sa ferme, il s'est dressé sur son lit, a saisi ses armes, et a commencé à massacrer tous ceux qui l'entouraient : femme, enfants, amis, vieillards, chevaux, moutons… Quand il n'y a plus eu âme qui vive dans la maison, il est sorti pour continuer le carnage. Il s'est dirigé vers la ferme de son voisin, un vieil ami, et a tué tous ceux qui habitaient là, puis il a continué, allant ainsi de maison en maison… de village en village. Les gens s'enfuyaient à son approche. Il ne parvenait plus à sortir de sa transe. Quand il traversait une forêt, il abattait les arbres… Même la nature était devenue son ennemie.

– Mais pourquoi? demanda Inga pelotonné à ses pieds.

– C'est ainsi, soupira le père. Je suppose que c'est le tribut à payer. On dit que la chemise d'ours[1] réclame son dû, tôt ou tard. À force de bénéficier des pouvoirs de l'ours, l'homme se métamorphose peu à peu en ours. On raconte que les *bersekkers* finissent par s'enfoncer dans les forêts et n'en reviennent jamais. Des griffes leur poussent au bout des doigts, leur corps se couvre de poil. La chemise d'ours a fini par leur coller à la peau, par faire partie intégrante de leur corps. Les hommes ne peuvent jouer impunément avec les forces divines, il leur faut en assumer les conséquences.»

Le cheval trottait. Inga s'interrogea. Arald était-il devenu un ours-garou? Dame Urd le tenait-elle enfermé pour éviter qu'il ne massacre son entourage et ne finisse par dévaster toute cette partie de l'île?

---

1. *Bersekker* signifie «chemise d'ours» et fait référence au vêtement de cuir très épais, la broigne, dont le combattant s'enveloppait. Cette cuirasse rudimentaire pouvait être agrémentée de pièces d'acier cousues. On utilisait également de la peau de sanglier, dont on disait qu'elle avait le pouvoir d'arrêter les flèches, car on ne pouvait la transpercer. C'était en quelque sorte le gilet pare-balles de l'époque.

Des toits couverts d'herbe se dessinèrent dans le lointain. Des chèvres y broutaient. Au-dessus de chaque porte d'entrée, on avait ficelé la carcasse d'un animal sacrifié afin d'attirer la protection divine sur la maisonnée. Chaque ferme comportait un enclos sacré, ceint d'un muret que nul ne devait franchir, et dans lequel on élevait la victime du prochain sacrifice.

Inga tira soudain sur les rênes. Un curieux spectacle venait d'attirer son attention. Des moutons paissaient sur la lande. C'étaient des bêtes tout ce qu'il y avait d'ordinaire, à cette différence près qu'on les avait habillées d'un costume de cuir !

Inga plissa les paupières, et, sans descendre de la carriole, manœuvra pour s'approcher du troupeau. Chaque mouton était enveloppé dans une « chemise » de cuir en peau de sanglier, qu'une sangle maintenait fermée sous son ventre. Sur le dos de cette camisole, on avait cousu de grandes épines de fer tournés vers le ciel, qui donnaient à l'animal l'allure d'un hérisson ayant perdu les deux tiers de ses piquants.

Quelle était la raison d'un tel dispositif ? Interdite, Inga fouetta le cheval.

Quand elle atteignit l'agglomération les enfants prirent la fuite, et les chiens aboyèrent. Maintenant qu'elle se trouvait au pied des maisons, Inga constatait qu'on avait équipé les toitures des mêmes aiguilles que les moutons. Elle attacha le cheval à une barrière et commença à visiter les fermes. D'abord on l'accueillit froidement. Les hommes parlaient un patois qu'elle ne comprenait pas toujours. Au bout d'un moment, son joli minois finit par dégeler les plus réticents. Elle expliqua qu'elle avait été achetée par Dame Urd et se voyait contrainte de lui obéir. Les enfants avaient faim, elle devait acheter de la nourriture.

Un vieillard dont le visage s'ornait d'une balafre oblique cracha par terre.

— Les gosses, grogna-t-il, elle ne les recueille pas pour les sauver, elle s'en sert pour nourrir la bête qu'elle cache au château.

— Quelle bête ? s'enquit Inga.

— La bête qui vole dans les airs, expliqua le vieux. Un dragon, sûrement. La nuit, on entend ses ailes brasser le vent au-dessus du village. C'est pour cette raison qu'on a planté des piques sur les toits, pour l'empêcher de se poser... Avant, il emportait les moutons, mais on les a équipés, maintenant il ne peut plus les attraper... Méfie-toi, ma belle. Des servantes, il y en a eu avant toi. Même des filles du village qui montaient là-haut avec l'espoir de gagner quelques bonnes pièces d'argent. On ne les a jamais revues.

— Un dragon..., murmura pensivement Inga.

— Une bête volante, fit le balafré. Peut-être qu'Arald le fou l'avait rapportée d'un de ses voyages à l'autre bout du monde, va savoir ?

— Vous avez connu Arald ? demanda la jeune fille.

— Oui, confirma le vieillard, j'ai navigué avec lui. C'était un *bersekker*... Tout le monde avait peur de lui, même son équipage. Quand la colère le prenait, il pouvait tuer n'importe qui. Il aurait été capable d'étrangler un ours à mains nues. Pour le calmer, il n'existait qu'un moyen : lui faire boire du sang chaud. Fallait le voir manier ses deux haches... tchac, tchac... il vous débitait un homme, une femme ou un enfant comme si c'était un porc salé.

Le vieux ricana de manière déplaisante, ces souvenirs semblaient le ragaillardir.

— T'es une jolie poulette, marmonna-t-il, tu devrais t'enfuir de là-bas pour venir ici. Il se trouverait bien un jeune gars pour t'offrir une place dans son lit.

Une matrone intervint, furieuse.

— C'est ça ! gronda-t-elle, fourre-lui de mauvaises idées dans la tête ! Elle s'enfuira, et après la princesse noire nous enverra la bête volante pour nous punir ! Tu tiens vraiment à ce que tes petits-enfants disparaissent dans les airs comme de vulgaires moutons ? Ne l'écoute pas, ma fille, c'est un vieux fou. Sa blessure à la tête lui a dérangé la cervelle. Des esprits malins sont entrés dans la plaie ; depuis il déraisonne.

— La paix, femme ! s'emporta le vieillard en tapant du pied. Je sais de quoi je parle. Arald est toujours là, je le sens. Les *bersekkers* ne meurent pas comme ça…

— Dame Urd dit qu'il s'est noyé, avança Inga.

Le balafré éclata d'un rire éraillé.

— Arald se noyer ! hoqueta-t-il, on aura tout vu ! Ce sont des histoires, rien de plus. Un stratagème pour dissimuler la vérité. Non, la « chemise d'ours » est toujours là-haut, j'en suis sûr… Seulement, il ne peut plus se montrer au grand jour, voilà tout. Probable qu'il n'a plus forme humaine.

Comprenant que les radotages du vieillard ne lui fourniraient aucun élément utilisable, Inga reprit son marchandage. Les paysans se montrèrent réticents. Selon eux, vendre un mouton, c'était permettre à la bête de s'engraisser ! Elle n'avait qu'à dévorer les marmots dont le manoir était bourré à craquer, ces gnomes difformes qui, un jour, prendraient le village d'assaut. Inga eut bien du mal à les convaincre. De toute évidence, ils ne tenaient pas la dame noire en grande estime.

– Une salope, hautaine, qui joue à la princesse, lui répétait-on. Elle nous a toujours méprisés. Et puis, cette manie de récupérer les enfants qu'on expose… Si on agit ainsi, c'est parce qu'on n'a pas de quoi les nourrir ou parce qu'ils sont mal fichus. C'est dans la loi… On en a le droit. Le père est seul a décider. Soit il accepte l'enfant, soit il le repousse. La mère n'a pas son mot à dire[1]. En récupérant les gosses écartés, la dame noire porte atteinte au droit fondamental des mâles ! C'est intolérable. On dirait qu'elle veut nous déclarer la guerre.

D'autres disaient :

– Elle n'est pas de chez nous. Arald l'a ramenée d'au-delà les mers. C'est une sorcière. Elle a fabriqué la tunique en peau d'ours qui l'a rendu invincible, voilà pourquoi il l'a épousée. Elle s'estimait trop bien pour vivre dans une ferme, alors elle a exigé qu'il construise ce château… Bien des gars de chez nous sont morts pendant sa construction, à cause des éboulements. C'est un lieu maudit.

Et d'autres concluaient :

– Ce n'est pas par bonté d'âme, qu'elle recueille les enfants. En réalité, elle les transforme en gnomes. Elle se constitue une armée. Quand elle aura assez de soldats, elle se lancera à la conquête de l'île.

Inga comprit qu'ils avaient tous peur de la châtelaine et qu'ils la haïssaient.

Vaille que vaille, elle parvint néanmoins à amasser quelques provisions. Les pièces d'argent exerçaient un

1. Authentique.

attrait puissant sur ces hommes pauvres. Inga allait de maison en maison, au milieu des filets en loques qui séchaient sur des perches. La puanteur du poisson fumé planait sur le village. Alors qu'elle se préparait à partir, un groupe de pêcheurs se dirigea vers la carriole, l'air sombre. La jeune fille crut un instant qu'ils allaient l'empêcher de partir, mais le chef se contenta de retirer son bonnet de marin et de le tordre entre ses gros doigts.

— Écoute, dit-il, je suis Fodor Œil d'aigle, le chef de ce village, nous n'avons rien contre toi. Tu n'as pas demandé à venir ici, nous le comprenons bien, tu n'es qu'une esclave… Nous avons une proposition à te faire. Si tu restes là-bas, tu ne vivras pas vieille, c'est sûr. La bête des souterrains ou les gnomes te feront ton affaire avant qu'il soit longtemps. Par contre, si tu acceptes de nous aider, nous te viendrons en aide…

— Comment ? s'enquit Inga.

— Tu pourrais vivre dans ce village et t'y dénicher un mari, répondit Fodor. Si cela ne te convient pas, nous te chargerons sur une barque pour t'emmener sur une autre île.

— Et que devrai-je faire en échange ?

— Mettre le feu au château… Nous te donnerons de la poix, de l'huile de baleine, qui brûle vite et bien. Transforme cette bâtisse en bûcher, et nous t'accueillerons à bras ouverts. Nous en avons assez d'avoir peur. Nous voulons vivre en paix, et cela ne sera pas possible tant que le château étendra son ombre sur le village, comprends-tu ?

Inga hocha la tête.

— Oui, dit-elle pour gagner du temps. Je vais réfléchir.

– Ne tarde pas trop, soupira Fodor Œil d'aigle. Ta vie est menacée. Les servantes qui t'ont précédée n'ont pas survécu longtemps. La dame noire va t'engraisser pour te livrer à la bête. Surtout, ne sors jamais sur la lande à la nuit tombée, c'est à ce moment que la bête prend son envol. On entend battre ses ailes dans le vent, ça crisse comme du cuir… des ailes de dragon…

La jeune fille s'empressa de grimper dans la charrette et de prendre congé.

Si sa mère, Herra, avait lutté pour éradiquer de sa culture tout apport païen, Inga était toujours restée profondément impressionnée par les légendes fabuleuses dont son père l'avait abreuvée au cours de son enfance. Ce mélange instable et contradictoire avait installé dans son esprit un trouble dont, aujourd'hui encore, elle ne parvenait à se défaire. Elle avait beau se répéter que gnomes et dragons n'avaient pas d'existence en dehors des récits scaldiques[1], elle ne pouvait s'empêcher en ce moment même de tendre l'oreille pour détecter les battements d'ailes du monstre qui terrorisait les pêcheurs.

Quel avenir l'attendait ici, en ce lieu désolé ? Elle se voyait mal tenir le rôle de troisième concubine chez un pêcheur du village, détestée par l'épouse officielle, et s'usant les doigts à ravauder les filets. Quant à incendier le manoir aux corbeaux, c'était une autre histoire…

Elle tira sur les rênes pour forcer le cheval à s'arrêter. Frissonnant dans le souffle des bourrasques, elle contempla la mer. Un pressentiment douloureux la traversa : la certitude qu'elle ne rentrerait jamais chez

---

1. Poèmes interminables énumérant les merveilles propres aux mythologies scandinaves.

elle et que, quoi qu'il arrive, elle resterait une éternelle errante.

« Père, murmura-t-elle dans le vent salé, où que tu sois, guide mes pas… Dis-moi ce que je dois faire. »

Mais seuls les croassements des corbeaux tournoyant au-dessus du donjon lui répondirent.

Ceux d'en bas

Quand elle eut regagné le château, Inga ne souffla mot de la proposition des paysans.

Les provisions déchargées, Snorri lui fit comprendre que Dame Urd l'attendait dans ses appartements. La jeune fille remonta la galerie. Elle pensait que la châtelaine voulait récupérer la bourse remplie de pièces d'argent et s'apprêtait à l'admonester en lui expliquant qu'elle avait payé chaque denrée au-dessus du prix communément admis.

Elle se trompait. La dame noire ferma la porte de la salle et lui demanda de s'asseoir près de la cheminée, sous l'horrible tapisserie d'Arald affrontant les loups.

– Maintenant que tu t'es familiarisée avec nos problèmes, attaqua Dame Urd, il est temps que tu remplisses la fonction pour laquelle tu as été achetée.

Comme Inga haussait les sourcils sous l'effet de l'incompréhension, la femme en noir s'empressa d'ajouter :

– Je ne t'aurais pas payée si cher, si j'avais eu besoin d'une simple souillon. Le village pouvait m'en fournir à profusion.

« Pas si sûr… » songea la jeune fille.

– C'est ton talent qui a retenu mon attention, consentit à expliquer Dame Urd. Tu dessines, tu sculptes, tu es une sorte d'ymagière[1]. Je t'ai vue avec les enfants, tu as su éveiller leur intérêt en gribouillant des fresques sur les murs avec un morceau de craie. Voilà exactement ce dont j'ai besoin.

Elle se déplaçait nerveusement dans la pièce, comme si elle hésitait à poursuivre.

– J'ai… j'ai recueilli un certain nombre d'enfants aveugles, dit-elle enfin. Comme je ne pouvais pas les mêler aux autres qui les auraient harcelés, j'ai eu l'idée de les isoler dans les sous-sol du château, leur offrant en quelque sorte un territoire à eux.

– Des aveugles… murmura Inga.

– Oui, confirma la châtelaine. Ils sont tous nés ainsi. Pour un Viking, c'est une infirmité intolérable car un aveugle constitue une proie facile pour un prédateur, qu'il soit humain ou animal… Ces gosses sont donc condamnés à être exposés dès que le père prend conscience de leur incapacité à devenir de bons combattants. J'en ai rassemblé une quinzaine, qui vivent entre eux dans les cryptes s'étendant sous le château. L'ennui, c'est qu'au fil du temps, ils sont devenus un peu… *sauvages*.

– Sauvages ? répéta Inga.

Dame Urd montrait des signes de gêne.

– Oui, souffla-t-elle. À force de vivre entre eux, ils ont fini par se raconter des histoires, par s'imaginer des choses… Ils se font une représentation du monde parfaitement fantaisiste. Cela ne peut plus durer. Ils ne

---

1. Terme désignant toute personne capable de sculpter ou de dessiner une figure, un motif.

pourront pas toujours vivre cachés au cœur des souterrains ; un jour il leur faudra sortir, affronter le monde
réel. Je veux que tu leur serves de préceptrice… Que tu
leur enseignes les choses qu'ils devront savoir lorsqu'ils
émergeront de la caverne. Tu devras leur expliquer ce
qu'est un bateau, une baleine, une île, un oiseau…, et
pour cela il n'y a qu'un moyen : graver ces choses sur
un mur et les leur faire toucher. Voilà pourquoi j'ai
besoin d'une bonne ymagière, comprends-tu ? J'imagine que tu sais sculpter, graver ou modeler, n'est-ce
pas ? Tu devras utiliser ces dons pour donner du monde
une image que ces enfants seront capables d'explorer
du bout des doigts. Ce ne sera pas facile. Ils ne comprennent pas ce que le mot « forêt » signifie. Des tas de
choses, qui pour nous sont évidentes, relèvent pour eux
de l'inconnu. Si tu leur dis qu'une vache est un animal
avec des cornes sur la tête, ils ne comprendront rien
parce qu'ils ne parviendront pas à se représenter ce
qu'est une corne…

— Je comprends, fit Inga. Ce sera un travail long et
difficile.

— Je sais, soupira la dame noire. J'ai essayé de m'y
atteler, mais j'ai échoué. La parole ne suffisait pas. La
sculpture devrait y remédier, elle te fournira le moyen
de communication dont j'ai manqué. Oui, leur faire
toucher du doigt… c'est la seule façon d'arriver à
quelque chose. Je t'ai vue faire, tu dessines vite et
bien. Je dirai à Snorri de te fournir les outils dont tu
auras besoin.

— Je veux bien essayer, déclara Inga, mais je ne sais
pas si je serai à la hauteur. Je n'ai jamais fait ça.

Elle se tut car elle venait de prendre conscience que
la dame ne l'écoutait pas. Elle semblait préoccupée par

quelque chose, comme si elle hésitait à livrer le fond de sa pensée.

« Elle ne m'a pas tout dit, songea la jeune fille. Il ne s'agit pas seulement d'enseigner le monde à de jeunes aveugles. Il y a autre chose… »

– Je dois te prévenir, ajouta la châtelaine en évitant le regard d'Inga. Ce ne sera pas facile. Ils sont devenus très agressifs… Ils ont fini par développer des idées farfelues, des légendes, des rituels. À force de vivre entre eux, ils ont constitué une sorte de clan… de tribu barbare. Ainsi, ils ne tolèrent pas qu'un voyant se mêle de leur affaires. Ils le repoussent, le molestent. Pour te faire admettre d'eux, tu devras faire croire que tu es aveugle, toi aussi. Sinon ils te chasseront impitoyablement.

– Je suppose qu'ils vivent dans l'obscurité… hasarda Inga. Je serai donc dans la même position qu'eux vis à vis des choses.

– C'est vrai, approuva Dame Urd, mais ne t'avise jamais d'allumer une lampe pour te déplacer au cœur des ténèbres. Les servantes que j'ai dépêchées avant toi ont commis cette erreur. Les enfants ne leur ont pas pardonné ce faux pas. Ils ont sauvagement agressé ces pauvres filles…

– Sauvagement ?

– Je te l'ai dit, ils sont devenus féroces, intolérants. Le monde d'en bas est leur territoire, ils ne veulent le partager avec personne. Ils détestent ceux qui ont l'usage de leurs yeux. Je préfère te prévenir, la tâche qui t'attend ne sera pas aisée. Ne crois pas que tu vas t'adresser à de sages écoliers. Il serait plus prudent de faire croire que tu es aveugle, toi aussi… De raconter qu'un accident t'a récemment privée de la vue, cela expliquera ta connaissance du monde extérieur, ton métier d'ymagière, et ta maladresse à te déplacer dans l'obscurité. De cette manière, ils t'accepteront dans leurs rangs.

— Je peux conserver les yeux fermés, proposa Inga.

— Cela ne sera pas suffisant, fit Dame Urd. Le mieux, je pense, est de te coller les paupières à la cire. Ainsi tu ne seras jamais tentée d'ouvrir les yeux et tu ne risqueras pas de te trahir. Ne les sous-estime jamais. Ils sont prompts à déceler les supercheries. L'obscurité est leur territoire, mais la lumière du jour s'insinue dans les souterrains par les crevasses de la voûte. Tu pourrais être tentée de profiter de cette clarté. Ils le sentiront et devineront que tu n'es pas comme eux. Là où filtre la lumière, le soleil rayonne, il fait plus chaud… Tu devras penser à tout cela. Comme les animaux, ils possèdent un instinct très fort. Ils perçoivent le monde à fleur de peau. Ils interprètent les odeurs, les sons. Ta voix te trahira ; songes-y au moment où tu formuleras un mensonge. Ils sont redoutables, vraiment.

À force d'écouter ces conseils, Inga se sentait gagnée par l'illusion d'être un martyr chrétien s'apprêtant à descendre dans la fosse aux lions.

— Combien de temps devrai-je rester en bas ? s'enquit-elle.

— Je ne sais pas, avoua Dame Urd. Il est possible qu'ils refusent ton enseignement et choisissent de se complaire dans leurs croyances absurdes.

— Pardonnez-moi, fit la jeune fille, mais vous semblez avoir peur d'eux…

La châtelaine se détourna, dérobant son visage, mécontente de s'être trahie.

– C'est vrai, admit-elle enfin. Je sais qu'ils nous détestent, nous, les voyants. Je crains qu'ils ne soient en train de comploter une jacquerie, et qu'une nuit ils s'échappent des souterrains pour nous trancher la gorge. C'est pour cette raison que je les tiens enfermés dans les sous-sols, mais tôt ou tard ils trouveront le moyen de sortir. De nombreuses galeries serpentent sous nos pieds. À force de les explorer à tâtons, ils finiront par en dénicher une qui leur permettra d'investir le manoir et de nous exterminer pendant notre sommeil.

– Je vois, persifla Inga, c'est moins une préceptrice qu'une espionne dont vous avez besoin !

– Le danger est réel, insista la dame noire. Il faut crever l'abcès. Je ne peux ignorer ce qui se trame sous nos pieds. Cette haine injuste qui fermente et travaille à notre destruction. Je veux essayer d'enrayer la catastrophe qui se prépare. Cela m'évitera d'avoir recours à des moyens déplaisants.

– Lesquels ?

– Enfumer les souterrains pour les étouffer, par exemple. Il faudra bien s'y résoudre si ces enfants persistent dans leurs menées belliqueuses. Je t'envoie là-bas en ambassadrice. Tu es mon dernier recours. Toi seule peux les ramener à la raison et empêcher leur condamnation. Si tu échoues, il ne me restera plus qu'à ordonner à Snorri de les asphyxier. Il n'attend que cela, car il les déteste. Ils lui font peur.

Inga ne dit rien. Au fil de la conversation son estomac s'était noué.

– Au début j'ai cru bien faire, bredouilla Dame Urd. Je voulais leur épargner d'être harcelés par les autres enfants. Aveugles, ils constituaient des proies trop faciles. Les plus méchants de nos petits béquillards n'auraient pas hésité à multiplier les crocs-en-jambe pour les faire tomber du haut des escaliers. Il fallait les tenir à l'écart, en un lieu où les voyants n'oseraient pas s'aventurer. Les cryptes paraissaient idéales, puisque l'obscurité leur était indifférente. En bas, il n'y avait aucun obstacle à leurs déplacements, rien que des salles vides et des couloirs… Mais tout est allé de travers. La haine s'est emparée d'eux. Des meneurs sont sortis du rang, embrigadant les autres dans une croisade absurde contre le monde d'en haut… Je ne connais pas la teneur de leurs doléances, personne n'a su m'en exposer clairement le contenu. Les servantes qui sont remontées de la crypte étaient terrorisées, folles de peur. J'ai dû les congédier. Elles bredouillaient des contes absurdes. Les enfants les avaient molestées. J'espère que tu feras preuve de plus de résistance.

– Moi aussi, dit ironiquement Inga.

– Va voir Snorri, ordonna la châtelaine visiblement pressée de mettre fin à l'entretien. Explique-lui de quels outils tu auras besoin pour sculpter les parois. Il est très habile, il les forgera d'ici ce soir.

Inga sortit. Elle se rendit chez le bossu, et, à l'aide d'un charbon de bois, dessina les gouges et burins qui lui seraient nécessaire. L'homme grogna et lui fit signe de déguerpir. Pour échapper au bavardage d'Odi et de son petit camarade Baldur, Inga grimpa jusqu'au chemin de ronde. Elle savait que les gosses ne la suivraient pas là-haut. En outre, elle avait décidé de ne pas se fier à la seule version de Dame Urd. Elle voulait recueillir de plus amples informations auprès de Skall. Elle le trouva, comme à l'accoutumée, recroquevillé dans le réduit de l'échauguette, à l'abri du vent. À peine en avait-elle franchi le seuil qu'il se mit à ricaner.

– Je sais ce que tu veux, gouailla-t-il. Tu viens de découvrir dans quel piège tu es tombée, pas vrai? La princesse noire t'expédie chez ceux d'en bas… Tu n'es pas la première. Elle te l'a dit?

– Oui, dit doucement Inga. Mais je sais également qu'elle m'a caché certaines choses. Toi, tu es au courant de tout, tu règnes sur la cour, tu sais forcément la vérité.

– Que me donneras-tu en échange?

– Que veux-tu?

Skall se passa la langue sur les lèvres. Ses cheveux longs et gras dissimulaient son visage. À treize ans, ses bras étaient aussi musclés que ceux d'un homme fait, chose courante chez les infirmes qui sollicitaient à l'excès leurs membres supérieurs pour pallier les insuffisances de leurs jambes.

– Je veux te toucher, siffla-t-il. J'ai jamais touché de vraie femme. Enlève ta robe et allonge-toi. Sinon je ne te dirai rien, et ceux d'en bas te régleront ton compte, comme aux autres.

Inga hésita à peine. S'offrir aux caresses d'un homme lui aurait été insupportable, mais il s'agissait d'un gamin disgracié et la chose lui parut anodine… presque émouvante.

«Sans doute suis-je sotte, se dit-elle. Combien de gamines de son âge ce petit salopard a-t-il déjà violées?»

Mais il s'agissait de survivre, et elle se résolut à dénouer le lacet fermant sa robe. Elle songea qu'elle aurait si froid qu'elle sentirait à peine les mains du garçon. Nue, elle s'étendit sur le banc de pierre qui faisait le tour du poste de garde. Skall se rapprocha maladroitement, fit tomber sa béquille, la ramassa en pestant. Sa main droite se posa sur le sein d'Inga telle une petite bête moite et chaude. La jeune fille s'efforça de ne pas frémir.

— Parle, dit-elle. N'attends pas que je me change en bloc de glace.

— Ceux d'en bas, haleta-t-il, ils sont mauvais. Les filles qui sont descendues, ils leur ont crevé les yeux… Je les ai vues ressortir, elles étaient dans un sale état. Complètement folles, les vêtements déchirés, couvertes de blessures. Tu n'as pas trop de chances d'en remonter intacte, tu sais ?

Inga demeura impassible. Elle grelottait tellement que le contact des paumes brûlantes sur son ventre devenait presque agréable.

— Y a-t-il quelque chose d'autre en bas ? interrogea-t-elle. Une bête… un loup-garou ou je ne sais quoi ?

— Probablement, maugréa Skall. C'est un territoire interdit. La princesse noire y avait enfermé les aveugles dans l'espoir que la bête les boufferait, mais ces petits salopards ont su se défendre… ils sont devenus aussi mauvais qu'elle. Ils se prennent pour des guerriers… Ils se racontent des choses.

— Comment le sais-tu ?

— J'écoute ce qu'ils disent par les fissures du sol. Leurs voix montent, on peut les espionner.

— C'est vrai qu'ils comptent nous égorger, tous ?

Skall ne répondit pas tout de suite, ses doigts exploraient le ventre d'Inga. La jeune fille serra les cuisses. Elle réalisa avec un étonnement mêlé de honte que ces manipulations ne la laissaient pas indifférente.

— Alors ? s'impatienta-t-elle.

— C'est vrai, bredouilla le garçon. La dame noire a

beau fermer la grille à clef, tôt ou tard ils trouveront le moyen de s'infiltrer dans le château. Ils explorent les souterrains dans ce but. Certains sont bouchés par les éboulements, mais ils finiront par trouver ce qu'ils cherchent. Une nuit, ils sortiront des caves pour nous massacrer. Ce sera une sacrée bataille, mais je les attends de pied ferme. J'en balancerai plus d'un par-dessus les créneaux avant qu'ils ne me tranchent la gorge. C'est pour ça que je dors le jour. La nuit, je monte la garde, je les guette.

Inga se redressa pour enfiler sa robe. Skall poussa un grognement de déception.

– Saleté ! jura-t-il, tu avais promis…

– Tu en as eu assez pour l'instant, coupa la jeune fille. Et si tu m'aides, tu en auras encore.

– Si je t'aide ?

– Oui, quand je serai en bas, si je suis en danger, j'appellerai à l'aide, par les fissures. Pourras-tu alors te débrouiller pour déverrouiller la grille ?

Skall se rengorgea.

– Oui, affirma-t-il. J'ai des outils. Snorri se croit le maître des serrures, mais j'en sais autant que lui, sinon plus.

Inga retint un sourire. Sans doute mentait-il pour se mettre en valeur. Elle eut l'intuition qu'il ne possédait aucun outil et ne savait rien du mystère des verrous. Elle se frictionna les épaules pour se réchauffer. Le garçon la regardait par en dessous, ne sachant trop quelle attitude adopter.

– Tu portes une marque magique, murmura-t-il enfin, es-tu sorcière ?

– Non, avoua-t-elle, mais je suis protégée par les dieux. Si on me fait du mal, ils me vengeront.

Elle n'ignorait pas l'importance que les Vikings accordaient à la notion de vengeance. Elle constituait le pivot de leur morale.

Skall cligna des yeux, il semblait soudain moins sûr de lui. Sous la broussaille des cheveux, son visage buté n'avait rien de déplaisant.

– Je dois te dire quelque chose…, murmura-t-il. Ceux d'en bas… Ils ont peur.

– Peur de nous ?

– Non, je ne sais pas exactement, mais en les écoutant, j'ai cru comprendre qu'une bête les pourchassait… Une bête ou un dieu. Ils n'emploient pas les mêmes mots que nous, alors c'est difficile, parfois, de tout comprendre.

« La fameuse bête, songea Inga. Nous y revoilà… »

– Je te dis ça pour que tu saches qu'une fois en bas tu auras deux ennemis, insista Skall. Les aveugles et le monstre.

– D'où vient-il ce monstre ?

– Ils l'ont créé eux-mêmes, de leurs propres mains… C'est du moins ce qu'ils racontent.

Inga fronça les sourcils.

– Qu'est-ce que ça veut dire ? lança-t-elle.

– Aucune idée, soupira le garçon. Je n'ai entendu que des bouts de discussions, des échos qui montent par les fissures.

– D'accord, conclut la jeune fille. Faisons un pacte, veux-tu ? Nous nous porterons mutuellement assistance. Aide-moi à rester en vie tant que je serai en bas, et, lorsque je m'échapperai de ce château, je t'emmènerai avec moi. Ça te convient ?

– Je ne sais pas, avoua l'enfant. Je ne connais que cet endroit. Je ne suis sorti que deux fois sur la lande, et les chiens des paysans ont failli me bouffer. Est-ce partout pareil ?

– Non, lui assura Inga. Mais il faudra trouver un bateau et quitter l'île.

Ils se séparèrent sur cette entente. Pendant qu'elle longeait le chemin de ronde, la jeune fille essaya de démêler le vrai du faux dans le fouillis d'informations recueilli auprès de Skall. Quel crédit pouvait-elle accorder à cet adolescent précocement vieilli ? Avait-il cherché à lui faire peur ou croyait-il réellement à ces fables ?

À la fin de la journée elle prit possession des outils fabriqués par Snorri. Elle n'aurait pu les utiliser pour un travail de précision, mais elle estima qu'ils feraient l'affaire.

Escortée par le bossu, elle gagna les appartements de Dame Urd.

– Il est temps de parfaire ton déguisement, annonça celle-ci. Nous t'accompagnerons dans la crypte dès que les gosses de la cour seront endormis. Inutile qu'ils te voient déguisée en aveugle. Une fois en bas, ne révèle jamais que tu vois. Les aveugles te tendront probablement des pièges pour s'assurer de ta cécité. Raccroche-toi toujours à cette histoire : tu as été capturée par des Vikings qui t'ont brûlé les yeux pour te punir d'avoir manqué de respect à leur chef. Ton infirmité est récente, tu n'as donc pas eu le temps d'acquérir les réflexes qui te permettraient d'être à l'aise dans les ténèbres. Maintenant ferme les yeux, nous allons sceller tes paupières à la cire. S'ils te touchent le visage, ils penseront qu'il s'agit de croûtes résultant de la cicatrisation. Je vais masquer l'odeur de la cire en la frottant avec du sang de poulet.

Inga était nerveuse. Elle espérait que ces manipulations n'allaient pas l'aveugler pour de bon.

Snorri déposa des braises sous une coupelle de métal et mit à ramollir un bâtonnet de cire à cacheter.

– Laisse-toi faire, ordonna Dame Urd, et ne crispe pas les paupières. Je vais me contenter de coller tes cils entre eux, cela devrait suffire à donner le change. Si les enfants essayent de t'effleurer les yeux, écarte-toi en disant que cela te fait mal.

Inga ne répondit pas. Les poings serrés, elle attendit la fin de l'opération. La dame noire ne se montra pas malhabile, mais Inga éprouva une réelle panique en sentant ses paupières se souder entre elles. Quand la cire fut refroidie, elle constata qu'il lui était désormais impossible d'ouvrir les yeux. La châtelaine peaufina le déguisement en lui badigeonnant les orbites avec du sang de poulet qu'elle laissa coaguler.

– C'est parfait, annonça-t-elle. Surtout, ne te lave pas le visage.

– Combien de temps devrai-je rester en bas ? demanda la jeune fille.

– Je ne sais pas, avoua Dame Urd. J'enverrai Snorri te chercher dans une semaine sous prétexte de te faire examiner par un guérisseur.

– Ne pourrais-je avoir une clef de la grille ? proposa Inga, je la dissimulerais sous mes vêtements.

– Non, fit sèchement la châtelaine, c'est trop dangereux, si les aveugles mettaient la main dessus, ils pourraient s'échapper.

Le bossu remit à Inga un panier contenant trois fromages, une miche de pain, un pot de soupe et ses outils d'orfèvre, puis, la prenant par la main, il la guida jusque dans la cour. La nuit était tombée, les enfants dormaient. La jeune fille se prit à espérer que Skall, embusqué sur le chemin de ronde, la suivait des yeux. Elle entendit le cliquetis de la clef dans la serrure, le grincement de la grille. Une odeur de moisissure la submergea au fur et à mesure qu'elle descendait les marches inégales. Elle éprouvait de la difficulté à respirer, comme si sa cécité artificielle avait eu pour conséquence immédiate de rétrécir ses poumons. Il lui sembla qu'elle marchait longtemps. Parfois, Snorri la forçait à baisser la tête. Quand il lui signifia de s'immobiliser et émit quelques grognements elle comprit qu'il allait l'abandonner là, au milieu des ténèbres. Elle entendit ses pas décroître, puis, le claquement de la grille qu'on refermait soigneusement.

Elle lutta contre un début de panique. Des images effrayantes lui traversaient l'esprit : le loup-garou… Arald le *bersekker* emprisonné… la bête aux ailes de cuir qui harcelait les paysans… Étaient-ils là, tous, à l'encercler dans la nuit, la détaillant de leurs yeux rouges, choisissant quelle partie de son corps ils allaient mordre en premier ?

Elle demeura immobile, le panier à la main, l'oreille tendue.

Elle sentit leur odeur avant d'entendre le bruit de leurs pas.

Ils approchaient…

Elle perçut un relent de guenilles, de corps mal lavés, puis des doigts grêles se posèrent sur sa robe, l'explorant avec légèreté.

– Elle est grande, dit une voix de fille.

– C'est pas une enfant, constata un garçon, c'est une adulte. Elle a rien à faire ici.

– Qui es-tu ? demanda la première voix.

– Je m'appelle Inga, murmura la jeune fille. J'ai seize ans, je n'y vois plus… Les Vikings m'ont brûlé les yeux, parce que j'ai déclaré que la simple vue de leur chef ferait vomir une truie. Je… je ne sais pas me débrouiller dans la nuit. Je n'ai pas l'habitude. Je suis très maladroite. La dame noire m'a mise ici, parce que là-haut je n'arrêtais pas de me cogner aux gens…

– Je reconnais ta voix ! s'exclama soudain la fillette. Tu es celle qui raconte des histoires ! Je t'ai entendue par les fissures de la voûte. C'était bien… J'aime les histoires.

– Elle est trop vieille, grogna celui qui l'accompagnait. Orök ne voudra pas d'elle, il dit que les adultes ne comprennent rien à nos lois. Elle fera comme les autres, elle ne voudra pas obéir. Les adultes veulent toujours commander.

– Je ferai comme vous voudrez, s'empressa de déclarer Inga. Je sais dessiner des images en creux… c'était mon métier. J'étais graveuse. Si vous voulez, je vous montrerai à quoi ressemble le monde du dehors. Je creuserai des images dans le sol, et vous les toucherez…

– Oui, dit la petite fille, ce serait bien.

– Tais-toi, dit le garçon, c'est à Orök de décider. Il faut réunir le conseil. Toi, tu vas venir avec nous. Tu parleras quand on te posera des questions, c'est tout. Orök est notre chef. Il ne faut pas le toucher, car c'est le fils d'un dieu. S'il ne veut pas de toi, on t'abandonnera dans le labyrinthe des souterrains.

Les mains des enfants crochèrent le tissu de la robe d'Inga. La jeune fille se sentit tirée en avant. Elle suivit le mouvement, sans savoir où on l'emmenait. Une odeur de champignon flottait dans l'air raréfié.

– Reste là, ordonna enfin le gosse. On doit parler entre nous. Si tu essaies de te sauver, tu te perdras dans les galeries, et personne n'ira te chercher.

– Il y a beaucoup de tunnels, expliqua complaisamment la fillette. Même nous, on ne les connaît pas tous.

– Tais-toi ! la rabroua son camarade. Tu parles trop. C'est une étrangère, moins elle en saura, mieux ça vaudra.

Inga les entendit s'éloigner. Des échos étranges couraient sous la voûte, lui donnant l'illusion d'être perdue au cœur d'une cathédrale enterrée sous des tombereaux de terre moisie. Cela n'avait rien de rassurant.

Au bout d'un moment, les échos d'une conversation animée lui parvinrent.

– Elle est trop vieille, disait une voix. À seize ans on n'est plus capable d'apprendre, la cervelle est déjà dure comme une noix…

– Elle sait raconter les légendes des dieux, plaida la petite fille, et elle dit qu'elle pourra dessiner des images en creux qui nous montreront comment est le monde audehors… Ça nous sera bien utile le moment venu… Personne ne sait comment sont les choses à l'extérieur, même pas toi, Orök.

Inga comprit que les enfants tenaient une sorte de *thing*[1].

---

1. Conseil « tribal » au cours duquel les Vikings décidaient des mesures à prendre, édictaient des lois et vidaient leurs querelles.

Les yeux clos, elle se sentait affreusement vulnérable. Si ces mioches décidaient de la pousser dans une oubliette, elle tomberait comme une pierre, sans avoir pu prévoir ce qui lui arrivait.

– D'accord, maugréa la voix d'un garçon en train de muer. Mettons-la à l'épreuve durant une semaine. Si, au bout de sept jours, elle n'a pas réussi à prouver qu'elle pouvait être utile à quelque chose, nous nous débarrasserons d'elle. Sigrid, tu te chargeras de lui enseigner les règles courantes. Ainsi en ai-je décidé, la séance du conseil est levée.

Inga poussa un soupir de soulagement. Un pas léger, assourdi par la poussière du sol, lui signala que la fillette revenait. Une petite main chercha la sienne.

– Orök a décidé que tu devrais faire tes preuves, annonça-t-elle. Je suis Sigrid, j'ai à peu près douze ans, enfin je crois[1]. Je suis aveugle de naissance, comme beaucoup d'entre nous. D'autres le sont devenus plus tard, mais ils ont oublié à quoi ressemble le monde du dehors. Tu vas nous aider. Quand j'écoute par les fissures ce que racontent les enfants du château, je ne comprends pas toujours de quoi ils parlent. Je n'arrive pas à me représenter ce qui se cache derrière les mots qu'ils emploient. *Baleine, bateau, tempête, soleil...* je ne parviens pas à imaginer la forme de ces choses. Je n'ai jamais pu les toucher.

Elle fit une pause, puis ordonna :

– Agenouille-toi, je veux toucher ton visage.

– Ne pose pas tes doigts sur mes yeux, s'empressa de supplier Inga. Cela fait très mal.

---

1. À cette époque, la mesure du temps étant très approximative, il était fréquent que les gens ne sachent pas leur âge exact.

Les mains de la fillette voletèrent sur les joues et le nez d'Inga, puis elle explora la poitrine, les seins. Il ne lui fallut pas longtemps pour sentir la cicatrice de la marque au fer rouge.

– C'est le marteau de Thor, dit-elle. C'est une vieille blessure… Je sais ce qu'est un marteau. Nous avons des outils. Pourquoi es-tu marquée ?

– Pour être protégée, répondit la jeune fille.

– Après le *Ragnarök*, ça ne te servira plus à rien, observa la fillette d'un ton docte. Tous les dieux seront morts. Thor comme les autres… Tu serais capable de dessiner le *Ragnarök* avec tous les détails ?

– Bien sûr, fit Inga. Mais il faudra beaucoup d'images. Il s'agit d'une grande bataille.

– La dernière bataille, dit Sigrid d'un ton farouche. La bataille de la fin des temps.

Quelque chose, dans le ton de sa voix, fit frissonner Inga. Une espèce d'exaltation morbide qui n'annonçait rien de bon.

« Des fanatiques… », songea-t-elle. Elle se rappela les avertissements de la dame noire. Qu'avait-elle dit à propos de ces enfants ? Qu'ils avaient fini par s'inventer un culte étrange dont ils étaient tout à la fois les prêtres et les seuls pratiquants…

– Relève-toi, commanda Sigrid. Je vais te faire visiter le monde connu. C'est ainsi que nous nommons la crypte principale. Mieux vaut pour toi ne pas chercher à en sortir. Tout autour serpentent des dizaines de couloirs, un vrai labyrinthe où tu te perdrais. Le sol de ces tunnels est percé de fosses profondes où l'on jetait jadis les prisonniers. Il faut connaître les emplacements, sinon on tombe comme une pierre et on se brise les jambes. Cela nous est utile quand la bête nous poursuit…

– Quelle bête ? balbutia Inga.

La fillette soupira.

– Autant que tu l'apprennes le plus tôt possible, fit-elle. Nous ne sommes pas tout seuls dans ces souterrains. Quelque chose rôde, certaines nuits. Une chose terrible qui n'hésite pas à tuer. Pour le moment tu n'as pas besoin d'en savoir plus. Essaye plutôt de retenir la disposition des lieux. Touche la muraille, apprends ses particularités. Peu à peu, tu en connaîtras chaque pierre, cela te permettra de savoir très exactement où tu te trouves.

– Parle-moi de la bête… insista Inga.

– Ah ! je suis idiote, s'impatienta Sigrid. Je n'aurais pas dû t'en parler, maintenant tu ne vas plus penser qu'à ça. C'est une bête, voilà tout. Elle a faim, elle veut manger. Elle cogne contre les murs, boum-boum… Alors nous courons nous réfugier dans les tunnels. Comme nous connaissons par cœur la disposition des fosses, nous zigzaguons entre les trous… Pour la bête, c'est très difficile de nous suivre sans tomber dedans. Alors elle renonce et nous laisse tranquille. Mais il faut être rapide, et avoir bien à l'esprit le plan de chaque tunnel. Si l'on se trompe, on plonge la tête la première dans une oubliette. Tu comprends ?

– Oui, mais ça me terrifie.

– Ne t'inquiète pas. Je dormirai à côté de toi. Si la bête vient, je te guiderai. Tu n'auras qu'à me suivre.

– Tu connais le tracé de tous les tunnels ?

– Non, il y en a trop, mais j'en connais quatre ou cinq par cœur, c'est suffisant pour semer le monstre. Du moins pour l'instant, car il apprend, lui aussi. Un jour il sera capable de déjouer nos ruses.

Pendant l'heure qui suivit, Inga explora la muraille du bout des doigts, essayant d'en mémoriser les contours. C'était un exercice épuisant, et le découragement la gagna. Les ténèbres l'oppressaient. Elle avait constamment l'impression qu'elle allait buter dans quelque chose, s'aplatir le nez sur un obstacle.

— Pour déterminer s'il fait jour, expliqua Sigrid, nous écoutons les bruits venant des fissures de la voûte. Si nous entendons les enfants crier, nous savons que la nuit est finie. Parfois, à certains moment de l'année, de la chaleur tombe des crevasses.

— C'est le soleil, dit Inga. Les rayons du soleil, en été, ils doivent s'insinuer dans les lézardes du sol.

— C'est bizarre, fit rêveusement la fillette. On dirait l'haleine d'un animal. Tu me dessineras le soleil ?

L'âge du loup

Depuis trois jours Inga dessinait dans la terre du sol avec la gouge forgée par Snorri. Les enfants se pressaient autour d'elle, et, parfois, elle sentait leur souffle sur sa nuque.

– Le loup a rompu sa chaîne, dit-elle d'une voix dont elle accentuait la tonalité dramatique. Fenrir, le monstre, il est là, qui court, silhouette géante à l'horizon du monde. Il se hâte pour un rendez-vous de mort fixé de toute éternité. Dans un instant il ouvrira la gueule pour dévorer la lune et le soleil. Alors, la lumière s'éteindra dans le ciel, et la nuit tombera sur Asgard, le château des dieux, et aussi sur le Midgard, la terre du milieu, là où demeurent les humains…

Elle s'interrompit pour donner aux enfants le temps d'explorer du bout des doigts le portrait du loup qu'elle venait de graver sur le sol. Certains s'étonnaient. *C'était donc cela un loup ?* Ils n'avaient jamais su se représenter cet animal. Il fallait alors interrompre la narration de la légende pour donner des précisions anatomiques, expliquer que les pointes sur la tête de Fenrir étaient des oreilles et non des cornes. *Mais, c'était quoi, une corne ?* Et les explications reprenaient de plus belle.

Inga faisait de son mieux. Elle savait qu'elle devait se rendre indispensable, réussir à se les attacher, sinon ils se débarrasseraient d'elle sans une hésitation. Pour cela, ils n'auraient qu'à la perdre dans un couloir semé d'embûches, et l'y abandonner. Au bout d'une dizaine de pas, elle tomberait dans un puits, et son sort serait réglé.

Sigrid l'aimait bien, les autres filles aussi; mais elle percevait des réticences du côté des garçons. Sans doute craignaient-ils qu'elle ne prenne trop d'ascendant sur le petit peuple des aveugles. Orök, le chef du clan, vivait en retrait, comme il sied à un monarque. Il prenait rarement la parole. Inga ne parvenait pas à se faire une idée de ce qu'il pensait d'elle.

— Le loup a rompu sa chaîne, répéta-t-elle, la gorge irritée d'avoir trop parlé. De tous les coins de l'horizon, des guerriers colossaux se rassemblent pour l'ultime bataille. Même le serpent géant qui fait le tour de la terre s'est redressé. Le venin coule de sa gueule, empoisonnant les campagnes. C'est le dernier combat des dieux. Jetés les uns contre les autres, ils périront l'épée à la main, et toute vie s'éteindra, et le vent ne soufflera plus que des bourrasques de cendre grise.

— C'est vrai, martela Orök, pris d'une soudaine frénésie. Thor va mourir. Il tuera le serpent Jormungand, mais le poison du reptile le tuera à son tour... Et Odin aussi mourra, dévoré par le loup Fenrir... Odin, le plus grand de tous les dieux. Fenrir le mangera comme un vulgaire *mouton*!

— Comme un *mouton*! scandèrent les enfants.

Depuis la veille, ils savaient enfin ce que le mot mouton signifiait. Inga leur avait longuement décrit cette bête couverte de la laine dont étaient constitués leurs vêtements.

– Tu veux dire qu'elle porte tous les vêtements des gens enfilés les uns sur les autres sur son corps ? avait demandé Sigrid un peu perplexe.

Inga avait dû préciser que la laine du mouton devait être filée avant de se transformer en vêtement. Cette notion avait été assez difficile à expliquer.

– Fenrir le loup a rompu sa chaîne, conclut Inga. Il va dévorer la lune et le soleil. L'âge des ténèbres s'installera sur le champ de bataille des dieux morts. L'obscurité des temps nouveaux voués à la désespérance.

– C'est vrai ! C'est vrai ! s'écria Orök, désireux de redevenir le centre d'intérêt du petit groupe. Quand le loup aura déchiqueté le soleil à grands coups de dents, la nuit tombera pour ne plus jamais finir. Ce sera Ragnarök, le crépuscule des dieux. La lumière ne reviendra jamais pour les hommes, et lorsqu'ils ouvriront les yeux, les humains du Midgard ne distingueront plus rien, car le ciel sera tel un lac d'encre. Alors il leur faudra apprendre à vivre à tâtons, livrés à eux-mêmes dans un monde sans dieux ni lumière. Alors il leur faudra se cogner aux choses comme des aveugles.

– Comme des aveugles ! scandèrent les enfants.

– Après le dernier incendie, acheva Inga, la cendre recouvrira les terres. Certains prétendent qu'alors, le monde renaîtra grâce à la fille à laquelle la déesse soleil aura donné naissance avant d'être dévorée par Fenrir[1]…

---

1. Il y a fort à parier que ce *happy end* a été rajouté après coup, sous l'influence des chrétiens qui ont cherché à transformer le Ragnarök en avatar de l'Apocalypse, terme grec qui signifie en réalité «renaissance».

– Foutaise ! hurla Orök. Rien ne renaîtra. Ce sera la nuit… La nuit totale… Et les hommes marcheront à tâtons en gémissant, incapables de trouver leur chemin, perdus dans les ténèbres comme des bébés !

– Comme des bébés ! martela l'auditoire.

– Et beaucoup d'entre eux tomberont dans des précipices où ils se rompront le cou et se briseront tous les os du corps, continua Orök. Car aucun des survivants n'aura l'expérience de l'obscurité.

– Aucun ! répétèrent les enfants.

Inga garda le silence. C'était la troisième fois qu'elle assistait à ce prêche. Orök haranguant ses fidèles. Elle ne le contrariait plus. Quand il parlait, il était capable d'entrer en transe. Elle le devinait décidé et dangereux, jaloux de son petit pouvoir. Par-dessus tout, il tenait à ce que le Ragnarök se termine sur un nouvel âge des ténèbres. Quand Inga essayait d'expliquer la nature du soleil, il insistait sur le fait que cette boule de feu pouvait s'éteindre comme une bougie sur laquelle on souffle. Le soleil n'était pas une chose sur laquelle on pouvait compter, car elle ne durerait pas.

– Après le Ragnarök, concluait-il chaque fois, seuls les aveugles seront armés pour affronter la nuit des temps nouveaux. L'homme de demain sera aveugle… lui seul, grâce à son infirmité jouira du pouvoir de se déplacer à l'aise dans le noir. Il y sera chez lui ! Là où les « voyants » trébucheront et ne cesseront de se casser la figure, il ira, lui, avec calme et assurance, car il aura eu le temps de se préparer. Il saura se servir de ses oreilles, de ses mains, de son nez. Ne rien voir ne le gênera pas. Très vite, il gouvernera le monde. Il en deviendra le maître pendant que les autres se traîneront à quatre pattes et se cogneront aux murs, trop habitués qu'ils sont à se fier à leurs yeux pour se déplacer.

Inga l'écoutait, comprenant peu à peu où il voulait en venir. Le crépuscule des dieux lui permettrait de transcender son destin d'infirme. Dès la nuit tombée sur le monde, il se métamorphoserait en surhomme !

Inga aurait voulu voir son visage. La voix grêle, nerveuse, lui renvoyait l'image d'un adolescent maigre, aux joues creuses, à la pomme d'Adam proéminente, mais peut-être se trompait-elle, car il est bien connu qu'il est impossible d'imaginer quelqu'un d'après sa seule façon de parler.

Depuis qu'elle avait commencé à dessiner, les enfants se montraient plus chaleureux. Sigrid surtout, qui lui enseignait le mode de vie du monde souterrain.

– Là, disait-elle, au-dessus de ta tête, il y a une grande fissure. C'est par là qu'on nous descend à manger dans un panier attaché au bout d'une corde. Celui qui nous nourrit ne parle jamais, il se contente de grogner.

« Snorri… », songea Inga.

– Tu dois apprendre où se trouvent les crevasses du plafond, répétait la petite fille. Mieux vaut éviter de passer dessous car les garçons de la cour s'appliquent à pisser dedans, pour nous arroser. Ils ne sont pas très malins. Orök a raison, les voyants sont idiots. Lorsque la grande nuit s'installera sur le monde, ils seront complètement démunis.

Inga apprenait à lire les encoches creusées dans la muraille. Lentement, un plan des lieux se construisait

dans sa tête. C'était difficile. Il y avait tant de choses à
retenir ; elle manquait d'entraînement.

De temps à autre, Orök la faisait appeler. Il l'assom-
mait alors de questions, essayant de la prendre en faute.
Elle devait répondre sans se tromper, prouver qu'elle
connaissait sur le bout des doigts les légendes vikings.

– Quels seront les signes précurseurs du Ragnarök ?
radotait-il, oubliant qu'il avait déjà exigé ces détails à
plusieurs reprises.

– Il y aura trois ans de guerre fratricide, soupirait
Inga. On se tuera à l'intérieur même des familles. Le
père égorgera son fils. Puis s'installera un hiver de trois
ans. Un hiver comme on n'en a jamais connu.

– C'est cela oui, approuvait Orök. Les trois ans de
guerre sont déjà passés, je le sais. L'hiver commence…
tu ne le sens pas ? Nous sommes en été et pourtant nous
grelottons. C'est un signe.

Il paraissait se réjouir de cette dégradation des sai-
sons. En ce qui concernait le froid, il ne se trompait
pas, les vents soufflant du pays des glaces avaient installé une fraîcheur presque hivernale. Seule la nuit, toujours fidèle au rendez-vous, permettait de savoir qu'on
était bien en été[1].

Inga s'efforçait de se montrer respectueuse. L'adolescent lui faisait peur. Elle devinait en lui un être en proie
à des crises d'exaltation. Pour compenser son infirmité,
il s'était réfugié dans un délire mystique s'alimentant
de vieilles légendes. Il avait mis sur pied ce mythe du
surhomme aveugle, qui plaisait tant aux jeunes prisonniers du sous-sol. Il les avait fanatisés, les abreuvant de

---

1. Pendant l'hiver polaire, il fait jour en permanence.

dogmes fantaisistes qui les mettaient en valeur. Ils étaient prêts à lui obéir.

« Si Orök leur ordonnait d'égorger les habitants du château, ils le feraient sans l'ombre d'une hésitation », songeait Inga. Dame Urd ne s'était pas trompée. Le danger viendrait des souterrains.

Elle avait pu vérifier que Sigrid elle-même était définitivement acquise à cette philosophie du chaos. La fillette ne doutait pas une seconde de la mort prochaine des dieux et de l'instauration d'un âge des ténèbres. « L'âge du loup », disait-elle.

Plongée dans une obscurité perpétuelle, Inga perdait la notion du temps, et cela d'autant plus facilement que les aveugles avaient tendance à dormir le jour pour rester le plus possible éveillés durant les heures nocturnes.

– C'est à cause de la bête, expliqua Sigrid. Si tu dors à poings fermés, tu réagis trop lentement… Il faut bondir sur ses pieds dès qu'on entend le bruit.

– Quel bruit ? demanda Inga.

– *Boum-boum…*, c'est le signal. Ça veut dire qu'elle arrive. Il ne te reste alors pas beaucoup de temps pour te mettre hors de portée. Il faut courir vers un tunnel que tu connais bien, un tunnel rempli de pièges, où elle hésitera à te poursuivre.

– Que se passe-t-il, si elle rattrape quelqu'un ?

– Elle lui touche le visage, pour voir s'il lui convient. Si elle le trouve moche, elle lui écrase la tête, comme ça… crac ! dans sa grosse main griffue.

Inga fronça les sourcils.

– Elle touche le visage des enfants ? répéta-t-elle.

– Mais oui ! trépigna la fillette. Tu n'as pas encore

compris ? La bête, elle est comme nous… *elle est aveugle.*

– Pourquoi alors vous persécute-t-elle ? s'étonna Inga. Elle devrait vous aider, au contraire.

– Tu n'y connais rien, soupira la gamine avec condescendance. Elle est là pour choisir les survivants du Ragnarök. Elle sélectionne les plus beaux, les plus forts. C'est normal. Elle veut que la race des aveugles soit parfaite, alors elle élimine ceux qui sont laids, ou trop chétifs. C'est son travail, Orök nous l'a bien expliqué. Il ne doit rester que les meilleurs.

– Et… elle a éliminé beaucoup d'entre vous ? s'enquit Inga.

– Pas mal, oui, assura Sigrid. Au début nous étions beaucoup plus nombreux. Viens, je vais te faire visiter notre cimetière.

Saisissant la jeune fille par la main, elle l'entraîna dans l'obscurité d'un pas rapide, en habituée des souterrains. Après trois minutes de course, elle ordonna à Inga de s'agenouiller et lui fit tâter les contours de petites tombes alignées au cœur d'une crypte.

– Ça se passe toujours de la même façon, commentat-elle. Au matin, on retrouve le gosse la tête écrabouillée. Il n'y a plus qu'à l'enterrer. Et voilà. Il y a déjà six tombes. Il y en aura sûrement d'autres.

Inga ne savait que dire. Le doute la prit. Sigrid inventait-elle ? Après tout, il pouvait s'agir de simples accidents.

« À moins, songea-t-elle brusquement, que les gosses de la cour ne s'amusent à descendre dans les souterrains pour terroriser les aveugles… Ils pourraient aisément se glisser par les crevasses au moyen d'une corde… Je les vois très bien jouant le rôle de la bête.

Skall serait tout à fait capable d'imaginer une distrac-tion de ce genre! »

Les jeunes aveugles au crâne fracassé avaient pu trouver la mort au cours de la débandade, en heurtant un obstacle. Après tout, il suffisait d'un vol plané pour se rompre le cou. Les délires d'Orök avaient ensuite habillé ces accidents du vêtement fantastique propre à ses obsessions.

Inga se redressa.

– Si la bête est aveugle, suggéra-t-elle, il serait pos-sible de lui tendre des pièges, non? On pourrait tailler des pieux en pointe et dresser des herses ou encore…

– Non, trancha Sigrid. Orök ne veut pas. Il dit que ce serait contrarier l'ordre des choses. Il faut accepter la loi. La sélection est nécessaire. Seuls les plus forts régneront en maître sur l'âge des ténèbres.

Elle récitait, mais sa voix tremblait.

« Elle a peur, constata Inga. Elle est terrifiée. Pour-tant, l'emprise d'Orök est telle, qu'elle n'osera jamais lui désobéir. »

Quand la nuit vint, la jeune fille déroula la maigre paillasse que Snorri avait descendue à son intention et s'installa près de la couche de Sigrid. Elle était tendue. Elle éprouvait des difficultés croissantes à effectuer un tri dans les affirmations des enfants. Quelle était la part de la vérité et celle de la fantaisie dans leurs témoi-gnages? Ils enjolivaient tout, Orök les y encourageait. Ses discours apocalyptiques autorisaient tous les délires. Elle continuait à pencher pour une mauvaise blague dont Skall aurait pu être l'instigateur. Une farce idiote tournant au drame.

Elle sommeillait depuis une heure, quand un bruit sourd la fit se dresser sur sa paillasse. *Boum-boum…* Un fracas sourd courant dans l'épaisseur des murs, comme si une créature enfermée à l'intérieur des pierres essayaient d'en sortir en s'ouvrant un passage à coups de poing.

Avant qu'elle ait eu le temps d'ouvrir la bouche, la main de Sigrid s'était refermée sur son poignet.

– La bête! murmura la petite fille. C'est elle… Viens. À partir de maintenant fais exactement ce que je dis, sans chercher à discuter.

Elles s'élancèrent dans la nuit. Sigrid «savait par cœur» la topographie de trois souterrains constellés d'embûches. Elle avait mis des mois à les explorer pas à pas, à mesurer les distances, à mémoriser les emplacements des fosses et des culs-de-sac.

À présent, sa voix haletante résonnait aux oreilles d'Inga en une suite d'indications chuchotées : «Trois pas à droite… cinq devant… deux à gauche… Maintenant quinze pas. Attention, il y a un mur. Il faut s'allonger sur le ventre, en rampant, on peut passer par le trou qui s'ouvre au ras du sol dans l'angle gauche. Tu y es?»

Inga s'appliquait à refouler l'affolement qui s'emparait d'elle.

Cette fuite aveugle avait-elle un sens? Étaient-elles réellement poursuivies par une créature sortie du néant à seule fin de leur broyer la tête?

Inga s'embrouillait, s'essoufflait… L'obscurité l'oppressait. Tout à coup, il lui sembla que quelque chose d'énorme venait de la prendre en chasse. Une présence… Une odeur de sueur et de cuir qu'elle ne connaissait pas. Elle crut percevoir l'écho d'un pas lourd lancé à sa poursuite.

Les genoux en sang, les coudes écorchés, elle rampa, s'insinua dans un nouveau conduit, côtoyant l'abîme des oubliettes béantes qui trouaient le sol, ces puits où Arald la Hache avait jadis coutume de jeter ses ennemis pour les y laisser mourir de faim.

Grelottante, claquant des dents, elle se recroquevilla contre Sigrid. Elle n'avait aucune idée de l'endroit où elle se trouvait.

« Si par malheur j'étais séparée de cette gamine, je serais incapable de retrouver mon chemin, pensa-t-elle. Je resterais emmurée ici jusqu'à ce que mort s'ensuive. »

– Faut attendre, murmura la petite fille contre sa tempe. On ne peut pas s'allonger, c'est trop dangereux, le sol est plein de trous. Il ne faut surtout pas s'endormir, on risquerait de basculer dans une oubliette, mais c'est l'endroit le plus sûr que je connaisse. La bête n'osera pas nous suivre jusqu'ici. Il m'a fallu six mois pour apprendre ce parcours et graver son dessin dans ma tête. Si tu es gentille, si tu deviens mon amie, je te l'apprendrai.

Inga lui serra la main. Elle osait à peine bouger. À la seule idée des fosses béantes qui l'encerclaient, elle se sentait près de céder au vertige.

Elle tendit l'oreille, essayant de détecter d'éventuels bruits de poursuite, des cris, des appels. En vain. Au fil des heures, la peur la quitta, remplacée par un engourdissement. Le sommeil la harcelait. Chaque fois que sa tête commençait à dodeliner, Sigrid la pinçait, lui arrachant un cri de douleur.

– Ne t'endors pas ! sifflait la fillette. Tu veux mourir ? Je te signale qu'un puits s'ouvre à une coudée de ton pied droit. Il suffirait d'un rien pour que tu y bascules. Reste éveillée. Nous allons bientôt pouvoir regagner la crypte. Quand il n'y aura plus de danger, Orök sonnera du cor.

– La bête ne le poursuit pas, lui ? grogna Inga.

– Non, plus maintenant, répondit la petite fille. Il a été le premier dont elle a examiné le visage. Maintenant, elle le laisse en paix. Normal, il est parfait, puisque c'est notre chef.

– Bien sûr, suis-je idiote ! persifla Inga. Orök est forcément construit à l'image du surhomme de demain.

– Exactement, enchérit Sigrid sans percevoir l'ironie du propos. Quand nous serons assez grandes, Orök nous engrossera toutes, nous les filles, pour que nous donnions naissance à la nouvelle race des ténèbres. Peut-être acceptera-t-il de te faire un bébé à toi aussi, bien que tu sois trop vieille ?

– J'en serais très honorée, grinça Inga. Vraiment, ce serait un grand bonheur.

– Je lui en parlerai, promit la fillette. Pour le moment, il n'en est pas question, puisque la bête n'a pas encore fini sa sélection.

Le son du cor retentit enfin, lointain, étouffé. Alors commença le lent trajet du retour et la litanie des indications : « Trois pas à droite… dix en avant… cinq à gauche… »

Inga essayait de ne pas songer aux puits béants que ses semelles frôlaient, mais elle en percevait l'odeur d'eau croupie. Parfois, un caillou ricochait dans le vide, éveillant des échos interminables.

Lorsqu'elles émergèrent du tunnel, Inga tremblait de tous ses membres. Sigrid l'abandonna sur sa paillasse pour aller aux nouvelles. Quand elle revint, ce fut pour annoncer d'un ton joyeux que la bête n'avait pas fait de victimes, les enfants ayant tous réussi à la semer à travers le dédale des souterrains.

– En plus, tout le monde est revenu sain et sauf, conclut-elle. Ce n'est pas toujours le cas. Dans l'affolement, il y en a qui se jettent dans les puits. Tu peux dormir sans crainte à présent, le monstre ne reviendra pas avant la semaine prochaine.

Le dieu sans visage

Alors qu'elle errait à travers l'enfilade des cryptes, Inga fut soudain submergée par le relent de graisse rance qu'elle avait flairé à proximité des mystérieux tonneaux transportés par le bossu le soir de son arrivée au château. Elle s'immobilisa. Depuis qu'elle n'y voyait plus, son odorat s'était affiné. Elle prêtait davantage attention aux odeurs. Elle comprit que les fameuses barriques se trouvaient entreposées à proximité.

Elle se souvint que la petite Odi avait prétendu qu'il s'agissait de «graisse chinoise» destinée à nourrir le monstre retenu prisonnier dans les souterrains… Même si elle ne croyait pas réellement à cette explication Inga devinait qu'un mystère entourait ces tonneaux. Pour s'en persuader il lui suffisait de se rappeler le visage angoissé de Dame Urd surveillant la manœuvre. Elle avait dit quelque chose à propos de la lumière, ou du feu…

Avançant pas à pas, Inga se rapprocha de la muraille. Elle explora les pierres, les mains tendues. L'odeur se précisait. Un relent animal qui évoquait pour elle la puanteur de ce singe qu'elle avait vu exposé dans une baraque foraine lorsqu'elle était enfant. Un singe pouvait-il vivre enfermé dans un tonneau ? Elle n'en savait rien. Elle ne connaissait pas grand-chose aux animaux des pays lointains.

Ses doigts rencontrèrent une porte cloutée montée sur de grosses charnières et défendue par une serrure difficile à forcer. À n'en pas douter, on cachait là quelque chose de précieux, mais quoi ?

Comment de simples barriques de graisse pouvaient-elles avoir la moindre valeur ?

« À moins qu'il ne s'agisse de la seule et unique nourriture capable de rassasier le monstre ? se dit la jeune fille. Sans elle, il nous dévorerait tous. »

Mais cette explication ne la satisfaisait pas vraiment.

Elle passa une mauvaise nuit, sur le qui-vive. Dès qu'elle s'endormait, il lui semblait entendre le boum-boum annonçant la visite de la créature meurtrière et elle se réveillait en sursaut.

Elle songea qu'à ce régime elle deviendrait bientôt folle.

Le lendemain, Orök la convoqua. Sa voix criarde de gosse malingre essayant de se donner de l'importance, aurait rendu nerveux n'importe qui. Elle s'élevait tel un grincement de scie. Une fois de plus, Inga se le représenta sous les traits d'un gamin aux membres grêles, qui compensait sa débilité physique en jouant les tyrans. Parfois, il semblait près de fondre en larmes, gémissait comme un chiot, puis se reprenait et feignait l'assurance d'un tribun.

Inga l'estima nerveusement délabré, capricieux, et aussi dangereux qu'un empereur romain à l'hérédité trouble.

– J'ai besoin de toi, dit-il enfin, comme à regret. Tu

as fait tes preuves. Je sais maintenant que tu es une bonne ymagière. J'ai touché les dessins que tu as gravés dans le sol de la crypte du conseil. Ils sont très habiles. Grâce à eux, nous apprenons chaque jour à quoi nous en tenir sur le monde du dehors. Tu n'ignores pas, toutefois, que ces objets, ces animaux sont voués à disparaître une fois le soleil dévoré par Fenrir…

— Je sais, s'empressa de confirmer Inga, inquiète à l'idée que le gosse puisse entamer l'un des interminables prêches dont il était coutumier.

— Les temps nouveaux verront l'avènement d'un dieu neuf, dit l'adolescent d'une voix vibrante proche du sanglot. C'en sera fini des ribambelles grotesques que nous avons connues : Odin, Thor, Frigg, Freya, Hell… Une divinité unique les remplacera.

— Et comment s'appellera-t-elle ? s'enquit poliment Inga.

— Je ne sais pas encore, fit le garçon. Nous l'apprendrons lorsqu'elle ouvrira la bouche et prononcera son premier mot. Alors il nous faudra tomber à genoux et l'adorer.

— En quoi puis-je t'être utile ? insista la jeune fille.

— Je vais te faire une grande faveur, murmura Orök après un long silence. Je vais te présenter ce dieu. Il est dans la salle d'à-côté.

Inga se raidit. « Il est fou à lier, songea-t-elle. Ne le contrarions surtout pas. »

— J'ai modelé ce dieu moi-même, expliqua Orök avec une fierté puérile. J'ai utilisé la boue dans laquelle je pissais. Cela m'a pris beaucoup de temps, mais je ne suis pas ymagier, comme toi… Je n'ai pas ton adresse. Disons qu'il n'est… *pas très réussi*. Quand j'explore son visage avec mes doigts, je le trouve laid. Cela me chagrine. Je voudrais qu'il soit très beau, plus beau que tous les dieux qui ont existé avant lui. Tu comprends ?

— Oui, je crois.

— Je me suis vraiment donné beaucoup de mal, mais j'ai échoué. Du moins en partie. C'est une grande responsabilité de façonner le visage d'un dieu… et je ne suis qu'un enfant. J'ai fait mon possible, je sais que je ne ferais qu'aggraver les choses en m'obstinant. Tu vas prendre ma place et corriger son visage, l'embellir. Tu sauras faire ça ?

— Oui, assura Inga, c'est mon travail. Enfin… ça l'était avant que je perde l'usage de mes yeux.

— Bien, soupira Orök comme s'il était soudain très inquiet à l'idée de commettre un sacrilège. Je vais te le présenter, mais je te préviens : si tu le casses, nous te tuerons.

Inga sentit qu'on la tirait par un pan de sa robe. Elle suivit le mouvement. Ils avancèrent ainsi sur une vingtaine de mètres, puis Orök la lâcha.

— Droit devant, dit-il. À dix pas.

La jeune fille leva prudemment les mains. Elle tremblait à l'idée de renverser la statuette et de la briser.

« Une figurine de boue séchée, pensa-t-elle, même pas cuite au four. Elle doit être extrêmement fragile. Elle risque d'éclater au premier coup de burin. Me voilà mal partie… »

Lorsque ses doigts entrèrent en contact avec l'idole, elle eut la surprise de constater que le dieu en question était énorme ! Telle une méduse vaguement anthropomorphe, il occupait le fond d'une niche, s'élevant à près de deux mètres au-dessus du sol. Elle comprit qu'Orök s'était servi d'un escabeau pour entasser la tourbe dans la faille verticale. Le modelage, grossier, évoquait davantage un monstre marin qu'un dieu destiné à éblouir l'univers.

Pourtant, elle n'avait pas envie de s'en moquer. De vieilles terreurs religieuses s'emparaient soudain de son esprit.

« Comment redonner figure humaine à cette gargouille ? se demanda-t-elle. Ce n'est qu'un mauvais modelage de boue séchée. Le plus simple serait encore de tout casser et de recommencer. »

Bien évidemment, Orök ne voudrait pas en entendre parler. Inutile, donc, d'évoquer cette éventualité.

– Je vais chercher mes outils, annonça-t-elle.

Un peu plus tard, alors qu'elle essayait d'affiner la vilaine figure de l'idole, l'adolescent entreprit de lui narrer les conditions dans lesquelles il avait bâti la divinité. Un rêve l'avait visité, lui apportant la révélation tant espérée. Une voix lui avait expliqué qu'après le Ragnarök tout recommencerait, mais d'une manière neuve, sans rapport aucun avec ce qui avait précédé. Un dieu sortirait des entrailles de la terre, un dieu aveugle, sans yeux ni paupières. Un dieu parfaitement adapté à ce monde de ténèbres que serait devenue la terre. Cette divinité, il devait la façonner, lui, Orök, avec la boue du sol et son urine, car il avait été choisi. Il était l'élu, le prophète.

– Mais j'ai commis une erreur, avoua-t-il soudain. J'ai modelé l'idole trop tôt… Aujourd'hui elle s'impatiente. Elle a hâte d'entamer son règne…

– Comment cela ? s'enquit Inga.

– Certaines nuits elle sort de son immobilité et se met en marche, chuchota l'adolescent. Quand elle sort de sa niche, il se produit un grand bruit : boum-boum… Cela signifie qu'elle vient de s'incarner. Alors elle commence à se déplacer à tâtons à travers les cryptes... Elle nous cherche...

Inga crut l'entendre sangloter. Les doigts crispés sur ses outils, elle cessa de gratter le visage de l'idole.

— C'est ma faute, répéta Orök. Je sais qu'elle n'est pas contente... Quand elle a pris vie, son premier geste fut de toucher son visage... Elle l'a trouvé laid. Depuis, elle est très en colère. Elle poursuit les enfants pour savoir s'ils ont été fabriqués à son image. Voilà pourquoi elle les examine un par un. Chaque fois qu'elle réalise qu'ils sont plus beaux qu'elle, la rage la submerge, et elle les tue.

— Tu veux dire qu'elle est jalouse ? fit Inga.

— Oui, confirma le garçon. Et c'est uniquement par ma faute. Si j'avais réussi à lui donner une belle figure, elle aurait été gentille avec nous. Il faut qu'elle arrête de nous tuer, sinon elle se retrouvera toute seule, sans fidèles, sans peuple, sans rien. J'ai essayé de le lui expliquer, mais elle ne comprend pas. La colère l'aveugle. Toi, tu pourras peut-être arranger les choses. Rends-la belle, et elle cessera de nous assassiner.

— Ce n'est pas l'explication que tu as donnée aux enfants, observa la jeune fille. Tu leur as dit qu'elle éliminait les mal bâtis, les faibles, afin que la nouvelle race soit parfaite...

— J'ai menti, avoua l'adolescent d'une voix à peine audible. Je n'ai pas pu me résoudre à leur dire la vérité. Je suis leur chef, ils ont confiance en moi.

Il renifla un moment, puis ajouta d'un ton menaçant :

— Cela doit rester un secret entre nous. Si tu répètes ce que je viens de te dire, je te tuerai pendant ton sommeil.

Inga travailla deux heures, corrigeant dans la mesure du possible les traits de l'idole. Quand elle fut trop fatiguée, elle déclara qu'elle reviendrait le lendemain car, en insistant, elle risquait de provoquer une catastrophe.

Elle sortit de la crypte en proie à un étrange malaise, convaincue qu'Orök avait perdu l'esprit.

«Et si c'était lui qui jouait le rôle de l'idole? se demanda-t-elle brusquement. S'il tuait un à un ses petits camarades en état de somnambulisme, sans même avoir conscience de ce qu'il fait?»

Elle l'imaginait très bien, victime d'une sorte de transe, déambulant à travers les souterrains, tel un chaman habité par la volonté d'un dieu. Sans doute, à cet instant, pensait-il devenir le bras armé de la divinité mécontente à laquelle il avait donné naissance?

L'hypothèse méritait d'être étudiée.

Au cours de la nuit, elle fut réveillée par une brusque sensation de danger. Elle demeura immobile sur sa paillasse, feignant le sommeil. Quelqu'un approchait. De nouveau, elle flaira une odeur de cuir et de sueur… En entendant les pas, elle avait cru une seconde qu'Orök venait la poignarder, mais l'odeur corporelle de l'adolescent n'avait rien de commun avec celle qu'elle reniflait en ce moment. Un fait encore plus troublant lui fit retenir son souffle… *Il y avait de la lumière!* Elle distinguait l'éclat d'une lampe à huile à travers ses paupières closes. Cela ne pouvait signifier qu'une chose: celui ou celle qui explorait la crypte n'était pas aveugle. Incapable de progresser dans les ténèbres à tâtons, il brandissait un lumignon.

Quand la lumière se rapprocha de Sigrid et d'elle-même, éclairant leurs deux visages, elle se força à demeurer impassible.

«Les aveugles sont incapables de la voir, songea-t-elle. Elle ne peut donc les réveiller.»

Le halo lumineux ne fit que les effleurer. Très vite, les pas s'éloignèrent, pesants.

Qui marchait dans la nuit? Et que cherchait-il à lire sur le visage des gosses endormis?

Le lendemain, elle retourna travailler sur le visage de l'idole. Orök salua son arrivée avec enthousiasme et entama aussitôt l'un des longs monologues mystiques dont il avait le secret.

— De toute manière, conclut-il, quand tu lui auras sculpté un nouveau visage, il faudra encore la nourrir…

— Quoi? grogna Inga.

— Mais oui, s'impatienta l'adolescent. Je te l'ai déjà dit : je l'ai modelée trop tôt. Alors elle s'impatiente. Elle a faim. Il faudra lui donner ce qu'elle réclame, sinon elle se fâchera de nouveau contre nous.

— Et que réclame-t-elle? s'enquit la jeune fille avec appréhension.

— Du sang, de la chair, c'est évident, énonça Orök. Elle déteste les voyants. Elle les considère comme des animaux inadaptés au monde des ténèbres. Pour elle, ce n'est qu'un troupeau bêlant. Des moutons offerts à sa gourmandise. Dans le monde d'après Ragnarök, c'est à ça que serviront ceux qui voient.

— À être mangés?

— À devenir la nourriture d'un dieu, c'est un grand honneur.

Inga demeura silencieuse. Derrière elle, l'enfant piétinait nerveusement. Elle l'imaginait sans peine, maigre silhouette enveloppée d'une cape destinée à étoffer sa carrure débile.

– Il va devenir de plus en plus nécessaire de trouver un passage vers les étages supérieurs du château, murmura Orök. Ainsi, la nuit, nous lâcherons l'idole dans le monde d'en haut, pour qu'elle aille y choisir ses proies et s'en repaître à sa guise. Comme ça, elle sera satisfaite et nous laissera en paix. Elle dénichera là-haut de quoi se nourrir… tous ces sales petits voyants, elle n'en fera qu'une bouchée. Le malheur, c'est que les passages sont obstrués par les éboulements.

Il ricana.

– Tu sais où sont les tunnels menant aux étages ? demanda Inga.

– Non, avoua le gosse, mais je sais qu'ils existent. J'ai entendu la dame noire en parler avec le bossu, une fois. Arald le fou les avait installés pour évacuer le château, malheureusement, comme toute la bâtisse a été construite en dépit du bon sens, ils se sont bouchés.

– Tu espères pouvoir les dégager ?

– Pas forcément, mais un enfant peut aisément se faufiler là où un adulte reste coincé, tu comprends ?

Oui, Inga comprenait. Orök avait prévu de se glisser dans la cour à la faveur de la nuit pour satisfaire sa haine des voyants. Il agirait probablement au cours d'une transe somnambulique, et mettrait ensuite les meurtres au crédit de l'idole.

– Telle est notre mission, martela-t-il de sa curieuse voix haletante, nous sommes les gardiens du dieu sans nom. Nous devons le protéger et le nourrir jusqu'à son avènement. Le long hiver vient de commencer. Dans trois ans ce sera Ragnarök. Alors viendront les temps nouveaux.

Inga se restaurait quand Snorri vint la chercher. Elle

comprit que les sept jours d'enfermement prévus par la dame noire étaient écoulés. Le bossu lui noua un bandeau sur les yeux et la guida vers la sortie, indifférent aux cris angoissés de Sigrid qui s'inquiétait de savoir quand Inga reviendrait.

Au sommet des marches, la jeune fille perçut la lumière du soleil avec un choc douloureux. Snorri la prit par la main et l'entraîna vers l'escalier. Il grognait des choses incompréhensibles. Inga identifia enfin le parfum de Dame Urd. On la fit asseoir.

– Tu es sale comme une mendiante, déclara la princesse noire en guise de bienvenue. Comment les choses se sont-elles passées ? T'a-t-on molestée ?

Inga entreprit de dresser un tableau précis de ses aventures dans les caves du château. Contrairement à ce qu'elle avait prévu, Dame Urd conserva son calme.

– Ces épreuves ont troublé ton jugement, déclarat-elle. Rien de plus normal. Je pense que ces pauvres gosses s'amusent à se donner de l'importance. Ils ont joué à t'effrayer… Il n'y a ni loup-garou ni idole cannibale dans le sous-sol du manoir. Tu n'es pas assez sotte, j'espère, pour accorder crédit à de telles fariboles ?

– Il y a des tombes… objecta Inga.

– Allons, éluda la châtelaine. On t'a fait toucher des tertres en t'affirmant qu'il s'agissait de sépultures, mais as-tu creusé ? As-tu exhumé quelque cadavre ? Non, n'est-ce pas ? Je connais bien les coutumes des enfants livrés à eux-mêmes. Je les observe depuis si longtemps, du haut de la galerie. Ils inventent, ils affabulent. Ce sont de grands créateurs de légendes. Par-dessus tout, ils aiment se faire peur. Ils voient des monstres là où danse l'ombre d'une branche agitée par le vent. La nuit, la guenille d'un vêtement oublié leur semble la face grimaçante d'un troll… N'as-tu pas connu cela lorsque tu étais petite fille ?

– Si, admit Inga, pourtant…

– Suffit, coupa Dame Urd. As-tu mené à bien ta besogne d'enseignement ? Leur as-tu donné à toucher les images du monde d'en haut ?

– Oui, soupira la jeune fille. De ce point de vue, les choses ont fonctionné.

– C'est bien, fit distraitement la dame noire. Mais je me fais du souci… C'est en partie pour cette raison que je t'ai fait remonter plus tôt que prévu. Les trafiquants d'enfants, les faiseurs de monstres… je crois qu'ils encerclent le château. Ils se sont mis en tête d'en finir avec moi. Ils nous assiègent. Personne ne nous viendra en aide, surtout pas les gens du village. Nous ne pourrons compter que sur nous-mêmes. Si nous ne prenons pas les mesures qui s'imposent, ils nous trancheront la gorge et rafleront les enfants. Tous les enfants.

Les taupes

Au cours de l'heure qui suivit, Dame Urd débarrassa
Inga de la cire scellant ses paupières. Elle se servit de
compresses d'eau chaude, qui ramollirent les sutures.
La jeune fille en fut quitte pour perdre quelques cils
dans l'opération.

— Tu auras la nuit pour te réhabituer, déclara la dame
noire. Dès l'aube, embusque-toi sur le chemin de ronde
et regarde le soleil se lever. Ainsi tes yeux s'acclimate-
ront progressivement au surgissement de la lumière.
Tu en profiteras pour scruter les bois aux alentours.
Applique-toi à repérer les chariots des voleurs d'enfants.
Je crois qu'ils sont nombreux. Ils ont fait alliance contre
nous.

— Comment pourraient-ils nous envahir ? s'étonna la
jeune fille. Ce ne sont pas des hommes de guerre, ils ne
pourront pas escalader les murailles.

— Non, fit la châtelaine. Mais ils pourraient bien passer par en dessous… creuser une sape… Avec un peu
de chance, ils tomberont sur l'un des tunnels d'évacuation qui serpentent sous le manoir. Ils n'auront alors
qu'à s'y glisser pour déboucher dans la crypte des
aveugles. La grille qui ferme l'accès aux caves ne leur
résistera pas longtemps.

Inga fit comme on le lui ordonnait. Au chant du coq elle gagna le chemin de ronde. Skall l'y attendait, recroquevillé à l'abri de l'échauguette.

— Alors, dit-il, ils ne t'ont pas crevé les yeux ?

— Comme tu peux t'en rendre compte, fit la jeune fille.

— J'ai suivi le plan, grogna le garçon. La nuit, je suis descendu dans la cour pour te surveiller par les fissures du sol. Mais je n'y voyais pas grand-chose.

— As-tu distingué des lumières ? s'empressa de demander Inga. Quelqu'un portant une lampe ?

— Oui, confirma Skall. J'ai repéré une silhouette qui allait d'un dormeur à l'autre pour l'examiner. On aurait dit qu'elle cherchait quelqu'un. Elle tenait une lampe à huile à la main.

— Était-ce un homme ou une femme ?

— Aucune idée. Le visiteur était enveloppé dans une cape noire à capuchon. Pour ce que j'en sais, ç'aurait pu tout aussi bien être un squelette ou un loup-garou. J'ai eu l'impression qu'il cherchait quelqu'un… De temps à autre, il posait la main sur un visage pour le tourner de profil. Il ne s'est pas intéressé à toi.

— Je sais, souffla Inga, je faisais semblant de dormir. Pourquoi m'a-t-il ignorée selon toi ?

— Parce qu'il cherche un enfant, répondit Skall. Tu es trop vieille pour lui.

« Il cherche un enfant… se répéta mentalement Inga. Ça pourrait, effectivement, constituer une bonne explication. »

Dans la crypte filles et garçons avaient les cheveux longs, ils étaient pareillement vêtus de hardes. De plus, en raison de leur extrême jeunesse, la finesse de leurs traits ne permettait sûrement pas de déterminer leur sexe du premier coup d'œil.

«Pourrait-il s'agir de Dame Urd? se demanda la jeune fille. Pourtant elle a prétendu avoir abandonné son fils de son plein gré et n'avoir jamais voulu l'identifier par la suite… Les remords et la curiosité viendraient-ils la harceler pendant la nuit, la poussant à scruter le visage des gosses?»

La princesse noire cherchait-elle à retrouver son fils parmi les pensionnaires du château?

Mais pourquoi chez les aveugles, plus particulièrement?

«Parce qu'elle ne l'a pas trouvé chez les voyants, souffla une voix dans l'esprit d'Inga. Elle n'a détecté chez eux aucune ressemblance lui permettant de penser qu'un lien de parenté l'unissait à l'un des gamins entassés dans la cour. Alors elle cherche parmi les aveugles… Avec l'espoir que l'un d'entre eux sera son portrait craché… ou celui d'Arald la Hache.»

Le remords… oui, c'était possible, toutefois il ne fallait pas exagérer, beaucoup de grandes dames n'élevaient point leurs rejetons. Les bébés passaient les premières années de leur vie entre les mains des nourrices. Plus tard, on les expédiait dans des familles amies, ou avec lesquelles on était désireux d'établir des liens de mutuelle assistance. En fait, les fils côtoyaient très peu leurs père et mère. En allait-il différemment avec Dame Urd?

— As-tu vu les voleurs d'enfants? s'enquit Inga. Il paraît qu'ils nous encerclent.

— Oui, dit Skall. Là-bas, dans la clairière. Ils creusent depuis deux jours. Ils cherchent l'entrée d'un souterrain qui leur permettrait de se glisser dans le château.

— Tu crois qu'ils ont une chance d'y parvenir?

— Possible, surtout si l'un des culs-terreux du village leur indique un emplacement. Ils ont tous plus ou moins travaillé à la construction de cette fichue bâtisse, ils en ont gardé des souvenirs approximatifs.

Inga plissa les paupières. Elle dénombra une dizaine d'hommes et trois roulottes.

— S'ils entrent ici, ils feront la peau aux adultes, sûr et certain, grommela Skall. Ils prendront quelques gosses, parmi les plus jeunes, et laisseront les autres… Toi, tu deviendras leur putain. Dès qu'ils seront partis, les villageois en profiteront pour trancher la gorge des mioches qui resteront et flanquer le feu au château. Ce sera l'occasion rêvée. Ainsi ils se débarrasseront des gnomes qui font tourner le lait des vaches par leur laideur. Mais ils peuvent venir, va! j'en tuerai bien deux ou trois avec ma béquille avant qu'ils ne me jettent au bas de la falaise!

— Nous n'en sommes pas encore là, fit Inga. Il doit bien exister un moyen de repousser ces taupes!

Elle feignait une assurance qu'elle était loin d'éprouver. Son père lui avait maintes fois expliqué que les châteaux tombaient aux mains de leurs assaillants non pas en escaladant les murailles mais en passant par en dessous. C'était là un moyen beaucoup plus sûr que celui qui consiste à s'offrir comme cible en gesticulant au sommet d'une échelle, échelle qu'on peut d'ailleurs aisément repousser dans le vide à l'aide d'une perche.

Penchée au-dessus des créneaux, il lui sembla reconnaître, au milieu du groupe de voleurs d'enfants, l'un des notables du village, qui l'avait abordée lors de sa première visite. Le dénommé Fodor Œil d'aigle. Il désignait un point vague au milieu des broussailles, comme s'il indiquait une route à suivre.

Préoccupée, Inga redescendit faire part de ses observations à la princesse noire.

Le visage de la châtelaine se crispa de colère.

– Ainsi les paysans servent d'éclaireurs aux fabricants de monstres ! siffla-t-elle. J'aurais dû m'en douter. Ils m'ont toujours détestée. Je suppose qu'ils désignent à nos ennemis l'emplacement des souterrains.

– Les connaissent-ils ? interrogea la jeune fille.

Dame Urd haussa les épaules.

– Normalement ils ne devraient pas, soupira-t-elle. Mais tu connais ces marauds, toujours à braconner dans la campagne. À force d'explorer les broussailles, il est possible qu'ils soient tombés par hasard sur l'une des sorties.

– Cela signifie qu'ils pourraient s'enfoncer droit au cœur du château, haleta Inga.

– C'est une éventualité, souffla la dame noire. Heureusement, la plupart de ces tunnels sont à demi éboulés. Ils étaient très mal étayés, et comme personne ne s'est jamais soucié de les entretenir, ils ont fini par s'effondrer. Toutefois, il est possible que l'un d'eux soit encore praticable.

– Savez-vous où se trouvent les portes dérobées qui permettent d'y accéder ?

Dame Urd arpenta nerveusement la pièce.

– Non, avoua-t-elle avec une pointe de réticence. Arald, mon époux, en conservait le secret par-devers lui. À ce qu'il affirmait, ce n'était pas là affaire de femme. J'ignore où se cachent ces portes secrètes et quel mécanisme les actionne.

– Au lieu de nous protéger, ces souterrains risquent de nous livrer à nos ennemis, fit remarquer Inga. N'avez-vous réellement aucune carte ? Aucun plan ?

– Non, il faudrait se résoudre à sonder les murs. Je m'en suis toujours gardée. J'avais peur que, une fois le passage mis au jour, les enfants ne l'utilisent pour s'enfuir.

Inga éprouvait une vive inquiétude. Elle songeait aux petits aveugles enfermés dans les caves du château.

« Si les fabricants de monstres trouvent le moyen de déboucher dans l'une des cryptes, se dit-elle, ils s'empresseront de capturer Orök et son clan. Les gosses seront sans défense en face d'un adversaire brandissant une torche. Fuir au milieu des oubliettes ne leur sera d'aucune utilité. Il faut les sortir de là. »

Elle s'ouvrit de ses angoisses à Dame Urd et la supplia de l'autoriser à évacuer les jeunes aveugles pendant qu'il en était encore temps. La châtelaine ne lui prêta qu'une oreille distraite.

– Essaye, si tu veux, souffla-t-elle, mais à mon avis ils refuseront de te suivre.

Inga s'empressa d'aller chercher le bossu pour lui demander d'ouvrir la grille défendant l'accès aux caves. L'homme renâcla. Avec un grognement, il toucha les paupières de la jeune fille en secouant négativement la tête.

– Oh ! Tu veux dire que je ne suis pas « déguisée », je n'ai pas le temps de me coller les yeux à la cire, je ne ferai qu'aller et venir ; ça n'a pas vraiment d'importance. Prends les clefs, dépêche-toi.

L'infirme fit entendre un nouveau grognement de désapprobation et s'exécuta. Munie d'une petite lampe à huile, Inga dévala les marches menant aux cryptes. Le lumignon était beaucoup trop faible pour éclairer l'immensité des voûtes terreuses, et la jeune fille jugea l'endroit sinistre.

Elle avait à peine fait une dizaine de pas, qu'elle vit les enfants sortir des ténèbres. Petits spectres enveloppés de guenilles, ils avançaient les yeux ouverts, sans rien voir. Leur aspect avait quelque chose d'effrayant. Un esprit superstitieux aurait pu facilement voir en eux des trolls maléfiques.

— C'est toi, Inga ? demanda la petite fille qui marchait en tête de la troupe. Je reconnais ton odeur.

Ainsi, il s'agissait de Sigrid. C'était la première fois qu'Inga voyait son visage.

— Oui, dit-elle. J'apporte de mauvaises nouvelles. De méchants hommes s'approchent par les souterrains. Ils risquent d'investir la crypte d'ici quelques heures. Vous ne pouvez pas rester ici, c'est trop dangereux. Vous allez me suivre, on vous installera à l'intérieur du château.

— Non, fit la fillette d'un ton tranchant. Nous n'irons pas chez les voyants. Ils étaient cruels avec nous. Nous resterons ici. C'est chez nous.

— Ce ne serait pas raisonnable, haleta Inga. Les hommes qui vont venir seront plus cruels encore. Je les ai vus à l'œuvre. Ce sont des monstres.

— Nous avons l'habitude d'affronter les monstres, s'entêta Sigrid. Tes hommes ne nous font pas peur, nous les perdrons dans le labyrinthe. Ils tomberont dans les oubliettes.

— Tu te trompes, insista Inga. Ils auront des torches, des lampes, ils éviteront les pièges.

— Des lampes, ricana la fillette. *Oui, comme toi en ce moment...* N'est-ce pas ? Je renifle l'odeur de l'huile de phoque. Comme tu es toute seule, il est facile d'en déduire que tu n'es pas aveugle. Je m'en suis doutée dès que je t'ai entendue approcher. Tu marchais avec trop d'assurance, comme quelqu'un qui sait parfaitement où il pose le pied. Cela ne trompe pas. Tu nous a menti… depuis le début. Tu vois. Tu n'as rien à faire ici.

– J'essaye de vous sauver, bredouilla Inga. Tu n'as aucune idée de ce qui se prépare. Laisse-moi passer, je veux voir Orök.

– Orök ne voudra pas te recevoir. Il déteste les voyants. Orök saura nous protéger. Il ordonnera au dieu qu'il a modelé avec de la boue de se mettre en marche et de détruire nos ennemis. C'est un dieu terrible. Personne ne peut se dresser en travers de sa route.

«Une idole de pisse et de tourbe, faillit cracher Inga. Elle ne pèsera pas lourd en face des voleurs d'enfants.»

– Je t'en prie, murmura-t-elle, mène-moi auprès d'Orök. Il faut évacuer les caves au plus vite. Ces gens n'ont aucun scrupule.

– Et moi je te dis de t'en aller ! cria Sigrid. Nous ne voulons plus de toi ici. Tu mériterais qu'on te crève les yeux pour te donner une bonne leçon. Nous avons eu tort de nous montrer bons avec toi. Ah ! tu as dû bien t'amuser de nos maladresses ! Je suppose que tu en as ri avec tes amis d'en haut… Maintenant fiche le camp, ou nous te ferons regretter de nous avoir manqué de respect.

Le groupe de marmots se porta en avant d'un pas décidé. Ils brandissaient des bâtons au bout desquels ils avaient fixé des clous ou des pierres pointues. Ils les agitaient de haut en bas, en un mouvement mécanique menaçant. Inga devina qu'ils n'hésiteraient pas une seconde à l'empaler. Elle recula.

– Va-t'en ! Va-t'en ! scandaient les gosses avec férocité.

Les yeux révulsés, Sigrid avait à présent l'aspect d'une minuscule sorcière.

– Orök ! appela la jeune fille. Écoute-moi ! Il faut que nous parlions… Vous êtes en danger… Orök !

Elle n'eut pas le temps d'en dire plus, l'une des sagaies rudimentaires l'avait frappée à l'épaule, lui déchirant la peau. Elle sentit le sang couler le long de son bras.

Cette fois, elle battit en retraite.

Poursuivie par les gnomes, elle se rua en direction de l'escalier, manquant de se prendre les pieds dans l'ourlet de sa robe.

Le bossu l'attendait au sommet de l'escalier. Dès qu'elle fut dans la cour, il s'empressa de verrouiller la grille. Les gosses en colère s'arrêtèrent au bas des marches, hurlant injures et malédictions. Inga regagna la cuisine, mortifiée.

Elle ne pouvait s'empêcher d'imaginer les voleurs d'enfants faisant irruption dans la crypte, capturant les jeunes aveugles avant de se lancer à l'assaut des étages supérieurs. Leur résister serait impossible. Comment un bossu et deux femmes pourraient-ils s'opposer à une telle invasion ?

Elle passa la journée sur le qui-vive, collant son oreille aux murs pour tenter de détecter le bruit des pics s'ouvrant un passage dans les profondeurs des fondations. Elle avait peur.

Dans la cour, les enfants, devinant l'angoisse des adultes, restaient immobiles et silencieux, ce qui n'était guère dans leurs habitudes. N'y tenant plus, Inga grimpa sur le chemin de ronde, elle y retrouva Skall, embusqué dans la découpe des créneaux.

– Ça y est, annonça l'adolescent. Ils ont trouvé un passage. Je les ai vus arracher les ronces qui le bouchaient ; après ils sont descendus dans le trou, avec des outils. Ils creusent. De temps en temps, ils remontent des pierres et des paniers de terre. Ça doit s'être à moitié effondré. Il y a des gars du village qui les aident. J'ai vu aussi des monstres qui sortaient des roulottes… Estce que ce sont des trolls ? Peut-être qu'ils comptent les lâcher dans les souterrains une fois le passage dégagé…

Pour une fois, il semblait effrayé. Son habituel masque d'arrogance envolé, il livrait son visage d'enfant sans fard aucun. Inga en fut émue.

– Non, murmura-t-elle, il n'y a pas de trolls, ce sont des gosses… des gosses qu'ils ont déformés en leur brisant les membres. C'est là que finissent les mioches dans votre genre quand les loups ne les dévorent pas. Si Dame Urd ne t'avait pas recueilli, tu serais devenu l'un de ces monstres.

Skall parut réfléchir.

– Peut-être que ce serait pas plus mal, grogna-t-il. Au moins ils voyagent, ils ne sont pas enfermés dans ce château.

– Continue de les surveiller, fit Inga. Je vais prévenir la dame noire.

Elle trouva la châtelaine penchée sur de vieux parchemins. Elle avait déroulé sur la table les plans du manoir. Des esquisses grossières qui ne sortaient sûrement pas de la main d'un maître charpentier.

– Le tracé des souterrains n'y figure pas, dit-elle. C'est normal. Généralement on s'empresse d'en détruire les plans… et de tuer les ouvriers qui les ont creusés. Tel que je connais Arald, mon époux, il a veillé à ce que le secret soit bien gardé. Je pense qu'il existe trois tunnels. L'un part vers la forêt, l'autre vers la lande, le dernier doit déboucher sur une plage. Plus un souterrain est long, plus il y a de risques qu'il se dégrade rapidement. Les infiltrations de l'hiver le minent, les étais pourrissent, la voûte finit par s'effondrer.

– Pourquoi votre mari ne vous a-t-il jamais mise dans le secret ? s'enquit Inga.

– Arald était un chef de guerre, soupira Dame Urd. Il n'avait que mépris pour les femmes. Pour exister, à ses yeux, il fallait savoir manier la hache et tuer un loup affamé du premier coup. Il pensait sûrement que je bavarderais, que je m'empresserais de mettre mes suivantes dans la confidence.

Inga occupa le reste de la journée à des besognes ménagères ; principalement à cuire du pain et à distribuer de la soupe aux enfants. Avoir les mains occupées la distrayait de ses angoisses. Les gosses essayèrent à plusieurs reprises de l'interroger, notamment la petite Odi. Les rumeurs allaient bon train. Skall leur avait annoncé que des sorciers allaient investir le château, qu'ils sortiraient de terre comme des morts vivants et qu'ils emmèneraient tous les mioches avec eux pour les changer en trolls. Odi ne voulait pas devenir un troll.

Elle expliquait cela en triturant sa poupée de bois de ses petits doigts sales.

Inga essaya de la rassurer du mieux qu'elle put. Son discours ne produisit guère d'effet.

La nuit venue, elle grimpa sur le chemin de ronde. Elle eut la surprise d'y voir la dame noire et le bossu qui scrutaient la campagne environnante.

Skall la tira par la manche pour attirer son attention.

– Je sais où ils sont, murmura-t-il comme si les assaillants pouvaient l'entendre. Maintenant qu'il fait sombre, il suffit de regarder le sol.

– Comment cela ? s'étonna la jeune fille.

– Y a des crevasses, expliqua l'adolescent. Des fissures dans la terre. Par moments, elles laissent filtrer de la lumière… la lumière des torches que portent les gars qui creusent dans le tunnel.

– Par les dieux ! tu as raison ! haleta Inga. C'est formidable, ça permet de les localiser avec précision. Il me semble que je les vois… Mais oui, ça dessine un ruisseau doré à ras de terre.

– C'est pas de l'eau, insista Skall. C'est la lumière qui remonte par les fissures de la lande. Ils sont juste en dessous, à essayer de déboucher le passage.

La jeune fille se redressa et courut prévenir Dame Urd de la découverte de Skall.

– Je sais, fit la châtelaine sans même tourner la tête. Snorri a fait la même observation. Cela nous donne une chance… Une toute petite chance.

Aussitôt, elle tourna les talons et descendit dans la cour, suivie du bossu. Inga entendit grincer la grille fermant la crypte. La châtelaine et l'infirme chuchotaient comme des comploteurs. Inga s'aplatit contre la muraille. L'obscurité acheva de la dissimuler. Elle se demanda ce que la princesse noire était allée chercher dans la cave. Elle se rappela la porte cloutée d'où émanait l'étrange odeur animale… Un long moment s'écoula, puis elle perçut le grincement de la clef dans la serrure. On refermait le passage. D'autres chuchotements lui parvinrent : *attention… dangereux… le feu… craint le feu…*

Retenant son souffle, elle s'appliqua à se fondre dans les pierres du mur. Elle eut soudain la certitude que la dame noire n'hésiterait pas à la tuer si elle la découvrait en train de l'espionner.

La porte du château fit entendre son grondement sourd. On l'entrebâillait ! Quelqu'un… ou quelque chose, quittait le château pour s'élancer sur la lande. Au passage, la jeune fille flaira un relent de suint, comme une grosse bête en laisserait dans son sillage. Des images fantasmagoriques l'assaillirent, il lui sembla voir Snorri tenant en laisse un animal monstrueux qu'il s'en allait jeter à la gorge de l'ennemi. Elle s'ébroua, chassant ces fariboles d'un haussement d'épaules.

D'un pas rapide, elle regagna le chemin de ronde. Il y avait un peu de lune, et elle espérait mettre cette pâle lumière à profit pour voir ce qui se tramait au-dehors.

Le souffle court, elle s'agenouilla à côté de Skall.

– Quelque chose est sorti, murmura le garçon, ça puait comme l'enfer. Maintenant ça court entre les buissons, ça se cache…

– Je sais, haleta Inga. Tu as pu voir ce que c'était ?

– Non, juste une masse noire encore plus bossue que Snorri, mais qui puait dix fois plus que lui. Une odeur bizarre… une odeur de… de…

– De bête, compléta la jeune fille.

– C'est ça, chuchota l'adolescent. Je crois qu'ils ont sorti le monstre qu'ils cachent dans la cave… Le monstre qu'ils nourrissent d'habitude avec les marmots malades. Ils vont le lâcher sur les gars qui creusent, pour qu'il les dévore. C'est pas une mauvaise idée…

seulement je ne sais pas s'ils pourront le ramener ici, une fois le festin terminé. Si la bestiole reste sur la lande, on ne pourra plus jamais sortir du château, elle sera toujours là à tourner autour.

Inga, nerveuse, se défendait contre les bouffées de superstition que les paroles de Skall faisaient naître en elle.

Elle plissait les paupières à s'en faire mal, essayant de distinguer quelque chose sur l'uniformité ténébreuse de la campagne environnante.

La lune s'était cachée derrière les nuages et la luminosité s'en trouvait réduite à néant.

— Le monstre va se guider sur la lueur des torches qui filtre par les crevasses, expliqua Skall. Quand il sera juste au-dessus des sapeurs, il sautera dans le trou et les mettra en morceaux. Oui, c'est exactement comme ça que ça va se passer.

Inga frissonna. Elle perdait pied. L'obscurité l'étouffait, d'un seul coup tout lui semblait possible.

Un long moment s'écoula, on n'entendait plus que le bruit des vagues se brisant au pied de la falaise. Puis, tout à coup, un grondement formidable retentit. C'était comme si un ours géant rugissait dans les profondeurs de la terre. Une vive lueur jaillit de la crevasse fissurant la lande. Les voleurs d'enfants, effrayés par l'intrusion fantastique, avaient probablement laissé tomber leurs flambeaux, enflammant leurs guenilles. Changés en torches humaines ils galopaient à présent au long de la galerie, poursuivis par le monstre que la peur du feu avait empli d'une colère dévastatrice.

— La bête ! hurla Skall d'une voix d'enfant terrifié. Elle les dévore !

Inga, qui s'était ratatinée à l'abri des créneaux, se

força à regarder en direction de la plaine. Elle ne vit rien. Les lueurs s'étaient éteintes. Plus personne ne rugissait.

Elle attendit vainement un autre prodige. Quand le jour se leva, la clairière était vide. Les marchands de monstres avaient pris la fuite.

– Le loup-garou leur a donné une bonne leçon, ricana Skall. Espérons qu'il en a profité pour se remplir la panse, comme ça, il nous laissera tranquilles un bout de temps.

Crimes, fantômes et loups-garous…

Inga ne sut jamais ce qui s'était réellement passé cette nuit-là. À quel sortilège la princesse noire avait-elle eu recours pour mettre en fuite les assaillants ? La jeune fille n'en avait aucune idée. Quand, le lendemain matin, elle retrouva Snorri à la cuisine, elle flaira sur lui l'odeur de suint qui l'avait tant intriguée. Les vêtements du bossu en étaient imprégnés. Elle comprit que l'infirme avait probablement guidé quelque bête monstrueuse vers la sape des assaillants, comme l'avait suggéré Skall. Elle se demanda si Snorri n'aurait pas, par hasard, travaillé chez des forains, des montreurs d'animaux savants.

« Qui sait s'il n'aurait pas été dresseur d'ours ? pensa-t-elle. Cela expliquerait bien des choses. »

Un dresseur savait se faire obéir d'un animal dangereux, voire l'utiliser comme un chien de garde. Or, un ours en colère pouvait couper un mouton en deux d'un simple coup de patte. Les voleurs d'enfants avaient dû passer un mauvais moment.

Mais l'explication fournie par Dame Urd était très différente :

– Nous avons eu de la chance, soupira-t-elle. Je pense que le tunnel s'est effondré sur leurs têtes. Comme ils s'éclairaient au moyen de lampes à graisse, le feu a pris à leurs guenilles. Ils ont dû penser que nous déchaînions contre eux une sorcellerie de notre cru.

Inga feignit de se rallier à cette version des événements.

Le lendemain, la dame noire la convoqua pour lui confier une nouvelle mission.

– J'ai réfléchi, annonça-t-elle. Il faut nous rabibocher avec les gens du village pour les empêcher de faire alliance avec d'autres éventuels assaillants. Nous ne pouvons nous permettre de laisser fermenter de telles rancœurs. Ton talent m'a donné une idée. Tu vas leur tailler une idole dans un beau morceau de bois que te fournira Snorri. Un dieu qu'ils pourront adorer. Comme ce sont des pêcheurs, choisis de sculpter une image qui leur soit favorable[1].

– Vous voulez leur offrir une statue ? s'étonna Inga.

– Oui, en gage d'amitié, insista la châtelaine. J'espère qu'ils apprécieront le geste et la planteront au beau milieu du village. Si nos relations s'améliorent, nous pourrons espérer un meilleur approvisionnement. Je voudrais parvenir à une sorte de pacte qui me permettrait de laisser les enfants sortir se promener sur la lande sans qu'ils soient aussitôt attaqués par les chiens des paysans. Je les sais très superstitieux, la statue d'un dieu marin pourrait les impressionner favorablement. Saurais-tu faire ça ?

– Oui, je suppose, répondit Inga. À condition que le bois ne soit pas trop dur. Je suis orfèvre, pas tailleuse de pierre.

---

1. Chez les Vikings les dieux ne sont pas « spécialisés ». Plusieurs divinités peuvent se partager la même fonction.

– Tu régleras ces détails avec Snorri, éluda Dame Urd. Mets-toi au travail sans tarder. Plus vite nous disposerons de l'idole, plus vite le calme reviendra dans les esprits.

Pensive, Inga choisit de s'installer dans une resserre donnant sur la cour. Elle avait décidé de tailler une effigie du dieu Njord, roi de Noatun, personnage vénéré des marins. Elle en connaissait parfaitement la physionomie et les attributs grâce aux dessins de son père qui avait l'habitude de le dessiner dans le sable avec la pointe de son poignard.

Snorri lui apporta un tronc d'arbre sec, mais point trop dur, comme elle l'en avait prié. Entre deux corvées de soupe, Inga se retirait dans l'atelier improvisé pour sculpter l'idole commandée par la princesse noire. Était-ce une bonne idée? Elle n'en pouvait juger, connaissant mal les gens du rivage. Son travail constituait un agréable divertissement pour les enfants qui venaient s'asseoir dans la sciure pendant qu'elle arrachait de grands copeaux à la figure du dieu marin.

– Puisque tu es si forte de tes mains, remarqua Odi, tu pourrais fabriquer une tête à ma poupée, ce serait mieux.

Inga s'exécuta. Dès lors, il ne se passa pas une heure sans qu'un gosse entre dans l'atelier porteur d'un bout de bois, exigeant qu'on lui fabrique une épée, un cheval, un ours… La jeune fille se prêtait de bonne grâce à ces caprices qu'elle matérialisait en dix coups de lame habiles.

Elle prit conscience qu'elle aimait travailler le bois, se battre avec la matière… cela la changeait des déli-

cates ornementations dont elle avait jusqu'alors décoré
les bijoux des notables.

Le soir, elle s'effondrait sur sa couche, fourbue, et
s'endormait d'un sommeil de brute.

Une nuit, pourtant, elle fut réveillée par un tapote-
ment régulier en provenance de l'atelier, comme si
quelqu'un, profitant de son sommeil, poursuivait la
besogne à sa place. Étonnée, elle s'enveloppa dans une
couverture et gagna la cour sur la pointe des pieds.

« Est-ce Snorri ? se demanda-t-elle. La dame noire
juge-t-elle que les choses n'avancent pas assez vite ?
J'espère que ce maladroit n'est pas en train de gâcher
mon travail. »

Inquiète, elle s'approcha de la resserre en rasant le
mur. Par une fente de la porte elle surprit alors un spectacle curieux : penchés sur l'idole, le bossu et la princesse noire travaillaient furieusement à évider le tronc
servant de support au dieu Njord. Ils haletaient, l'her-
minette au poing, couverts de sciure et de copeaux.

Ce spectacle parut si saugrenu à Inga, qu'elle prit la
fuite sans demander son reste.

De retour dans sa chambre, elle resta longtemps les
yeux ouverts, à fixer le plafond, sans pouvoir trouver le
sommeil. Elle détestait être prise pour une idiote ; or,
depuis qu'elle avait franchi le seuil du château, elle
avait la détestable impression d'être manipulée par la
dame noire et son fidèle acolyte, Snorri. Pire que tout,
elle n'entrevoyait pas le sens de ces manigances. Ces
deux-là préparaient quelque chose en secret, mais quoi ?
L'atmosphère irrationnelle qui planait sur les lieux commençait à avoir raison de ses certitudes. Elle se laissait

peu à peu gangrener par les contes fabuleux que les enfants véhiculaient au long des corridors. *Et si…* se disait-elle. *Et si…* À partir de là tout devenait possible : les monstres cachés dans la cave, les garous, les spectres… Il lui fallait se raidir contre ces superstitions que le manoir semblait sécréter aussi aisément que l'humidité dont ses parois étaient imbibées.

Le lendemain, quand elle descendit dans la cour, elle vit que la statue du dieu Njord était déjà ficelée sur la charrette, dans l'attente d'être livrée. On avait ajouté à cette offrande vingt cruchons de piquette, autant d'eau-de-vie, ainsi qu'une trentaine de gros pains.

– Si je comprends bien, lança-t-elle à Snorri, je n'ai plus qu'à livrer, c'est ça ?

Le bossu hocha affirmativement la tête.

– La sculpture n'était pas terminée, remarqua Inga, mais je suppose que vous vous en fichez ?

Snorri grogna pour lui signifier qu'il s'impatientait et désigna la porte.

– J'y vais, soupira la jeune fille. Puisque c'est ce que vous voulez.

Elle se hissa sur la carriole et saisit les rênes. Les chevaux se mirent en marche au premier claquement de lanière. La charrette passa sous la poterne et s'engagea sur la lande, provoquant l'envol des corbeaux postés de part et d'autre de la route.

Il faisait froid, le brouillard stagnait au ras du sol, si épais que l'ymagière avait l'illusion d'avancer au milieu d'un nuage échoué.

Alors qu'elle s'éloignait, elle sentit un regard fixé sur sa nuque. C'était celui de la princesse noire, dressée au sommet du donjon. Soulevés par les bourrasques, les pans de sa cape flottaient autour d'elle, l'affublant d'ailes gigantesques qui semblaient celles d'une chauve-souris.

Inga éprouva un réel soulagement quand la brume lui permit enfin d'échapper à la surveillance de Dame Urd.

Les chevaux trottinaient, nerveux. Ils relevaient fréquemment la tête pour flairer les alentours, les naseaux frémissants, comme s'ils devinaient la présence d'un prédateur. Au fil des minutes, Inga devenait de plus en plus tendue. Elle poussa un soupir lorsque les premières maisons émergèrent du brouillard. Le trajet lui avait paru interminable. Le bruit de l'attelage fit sortir les villageois. D'abord, ils restèrent dressés sur le seuil des bicoques, méfiants ou mal à l'aise. Honteux peut-être d'avoir aidé les voleurs d'enfants. Inga tira sur les brides et dit :

– C'est la maîtresse du château qui m'envoie. Je ne suis que sa messagère. Elle tient à vous offrir cette statue du dieu Njord en gage de sa bonne foi et dans l'espoir de conclure avec vous un pacte de bonne entente. Elle ne vous tient pas rigueur de vous être alliés aux marchands d'enfants. Elle souhaite repartir sur des bases nouvelles...

Tout en parlant, Inga ne pouvait s'empêcher de penser : « Est-ce seulement vrai ? Ne suis-je pas en train de leur débiter des mensonges ? »

La statue avait piqué la curiosité des pêcheurs. Quittant le refuge des maisons, ils s'approchèrent de la carriole pour la contempler de plus près. Ils la trouvèrent belle, impressionnante et pleine de gravité.

– Vrai, dit un vieux d'un ton appréciateur, le gars qui a fait ça connaissait son métier, c'est du bel ouvrage.

Une image comme ça nous attirera sûrement les faveurs de Njord. Quel dieu n'apprécierait pas de se voir aussi joliment représenté?

On approuva. On ne tarda pas à voir les cruches ; dès lors l'atmosphère s'allégea.

– Descends donc de ton char, la fille ! ordonna Fodor, celui qui s'était présenté la dernière fois comme le chef du hameau. Viens trinquer avec nous. Nous savons bien que tu as été achetée et que tu es innocente de ce qui se trame au château, c'est pour ça que nous ne t'en voulons point. Mais il serait peut-être temps que nous éclairions ta lanterne, ainsi tu comprendras que nous ne sommes pas aussi méchants qu'on essaye de te le faire croire.

Inga obéit. Fodor éprouva aussitôt le besoin de se vanter. Il s'appelait Fodor Œil d'aigle parce qu'il avait une vue perçante capable de voir un poux trottiner dans les plumes d'une mouette volant au ras des nuages. Personne ne pouvait l'égaler comme pilote ou vigie. Il possédait deux bateaux de pêche, ce qui faisait de lui un notable. Sa barbe blonde tournait au gris, et il lui manquait la peau d'une joue. «Un ancien Viking», en déduisit Inga.

On se rassembla dans la salle commune de la plus grande maison, pour porter des libations en l'honneur de Njord[1].

Les femmes distribuèrent des gobelets de terre cuite et les remplirent de vin. Fodor cria haut et fort le nom du dieu des vagues, les hommes firent chorus et burent d'un trait. On réitéra ce rituel six fois de suite. C'était

---

1. Chez les Vikings le rituel des libations est véritablement sacré. Rien ne peut se faire sans lui, surtout pas l'inhumation des défunts.

trop pour Inga dont la tête se mit à tourner. Les pêcheurs s'échauffant, un vacarme de rires et de chansons emplit bientôt la demeure. La jeune fille percevait tout cela à travers le brouillard de l'ivresse martelant ses tempes. Ses jambes ne la portaient plus. Craignant de perdre l'équilibre, elle chercha le secours d'un siège. Il faisait trop chaud dans la maison, la sueur lui coulait entre les seins. Pour un peu, elle aurait arraché ses vêtements. Fodor ne la quittait pas d'une semelle. Il parlait d'une voix de comploteur, sifflante, en jetant de fréquents coups d'œil par-dessus son épaule. Inga avait le plus grand mal à fixer son attention. Le chaos de la fête lui broyait la cervelle. Chaque nouvel éclat de rire enfonçait mille aiguilles dans son front.

– Je ne sais pas ce qu'on t'a raconté au château, grommela Fodor, mais il est temps que tu saches la vérité vraie. C'est une très sale histoire qui remonte à dix années. Ça se passait juste après la construction de cette fichue bâtisse. Arald faisait régner la terreur. C'était un chef Viking dont la réputation avait franchi les mers. Il refusait de faire du commerce, il s'obstinait à mener la vie d'un pillard, à multiplier les expéditions guerrières…

Fodor avait baissé la voix. Pour se faire entendre il chuchotait, la bouche contre la tempe de la jeune fille. Il évoquait Arald la Hache, Arald le fou aux cheveux rouges.

– La paix lui faisait horreur, dit-il. Alors il partait faire la guerre aux loups, aux ours. Tout seul, avec ses haches. Il s'enfonçait dans la forêt, les raquettes aux pieds. Et chaque fois nous adressions des prières aux dieux pour qu'il y rencontre sa mort, mais il revenait toujours, couvert de sang. « Ah ! j'ai bien tué, grognait-

il comme un homme qui vient de faire un bon repas.
J'ai bien tué ! » C'était un *bersekker* de la pire espèce. Il
aimait tuer salement, débiter ses victimes en quartiers.
On raconte qu'au cours de ses expéditions il coupait ses
adversaires en morceaux, bras, jambes, tête. Sa fureur
sacrée ne connaissait plus de bornes. Mais c'est normal,
beaucoup de *bersekkers* finissent loups-garous.

— Comment sa femme supportait-elle cela ? demanda
Inga, les joues brûlantes.

— Elle mourait de peur, comme nous, ricana Fodor.
Elle recommençait à respirer lorsque ce fou hissait la
voile de son *knorr* pour prendre la mer. C'est d'ailleurs
de cette manière que les choses ont commencé.

— Quelles choses ?

— L'adultère... À cette époque, il y avait au village un
jeune gars dont nous étions tous fiers, Jivko beau sourire. Toutes les filles en étaient folles. Il avait travaillé à
l'édification du château parce qu'il se débrouillait plutôt bien en maçonnerie. Ça lui avait permis d'approcher
la dame noire. Oui, c'est comme ça que les choses ont
commencé.

Inga sentait sa tête dodeliner ; elle devait accomplir
des efforts surhumains pour empêcher ses yeux de se
fermer. Le récit de Fodor faisait éclore d'étranges
images dans son esprit. Elle voyait Jivko et dame Urd se
rencontrer en cachette dans le manoir désert. Arald était
loin, occupé à ravager quelque côte étrangère. La dame
noire se grisait du corps du jeune homme, un corps
frais, sans la moindre cicatrice. Les mains de Jivko se
posaient sur elle, des mains innocentes qui n'avaient
jamais tué, jamais égorgé. C'était important. Elle avait
terriblement besoin de pureté, de fraîcheur. Elle ne supportait plus de partager ses nuits avec un boucher, un

Princesse noire

assassin qui grognait dans son sommeil et gardait ses
haches à la tête du lit… Jivko était beau, intact. Les
traits de son visage ne se contractaient jamais vilainement, il ne vivait pas perpétuellement aux aguets,
l'oreille analysant les bruits des alentours pour détecter
l'approche d'un éventuel ennemi… Il n'amenait pas
dans le lit des odeurs de bivouac et de sang séché. Il
n'avait pas le corps couvert de poils sombres. Quand il
dormait, c'était paisiblement, sans ces sursauts qui dressaient Arald sur sa couche, le couteau à la main, prêt à
pourfendre les ombres de la nuit.

Jivko était tranquille, paresseux, sensuel. Arald ne
tenait pas en place et n'avait de passion que pour ses
armes dont il affûtait interminablement le tranchant.
Arald ne concevait l'amour que dans le viol. Il aimait
trousser des inconnues, les entendre hurler, et les abandonner à ses hommes. Avec une épouse, il se sentait
mal à l'aise, contraint à des manières, des précautions,
dont il n'avait pas l'habitude. Cela lui gâtait tout plaisir, aussi n'honorait-il sa femme que rarement.

– Vers la fin, ajouta Fodor, Dame Urd et lui ne se
voyaient pratiquement plus, chacun vivant dans une aile
du château. Arald passait sa vie dans les bois ou dans la
montagne. S'il entendait parler d'un ours tueur de
chèvres, il se mettait aussitôt en campagne et ne revenait qu'une fois la tête de l'animal piquée sur sa lance.
C'était un tueur redoutable, sans égal. Capable de lancer ses haches à la vitesse de la foudre. Il aimait raconter qu'à l'origine il était blond, comme tout le monde,
mais que, à force de tuer, son poil et ses cheveux
avaient viré au rouge. «Plus je fais de victimes, plus
mes cheveux rougissent, répétait-il. Un beau jour ils
s'enflammeront.» Il disait aussi que sa barbe et sa cri-

nière brillaient dans la nuit, l'éclairant comme une torche, et qu'il n'avait nullement besoin d'un flambeau pour avancer dans la forêt par les nuits sans lune. Il se vantait d'un tas de choses et riait en tapant sur les tables avec ses gros poings couturés de balafres. Nous faisions semblant de nous esclaffer mais nous mourions de peur.

– Et Jivko ? s'enquit Inga.

– Tout le monde savait, pour Jivko, soupira l'homme, et cela nous terrifiait. Nous pensions qu'Arald nous accuserait de complicité et qu'il raserait le village après nous avoir tous décapités. Nous aimions Jivko, mais nous le détestions également pour cette menace qu'il faisait planer sur nous.

Portée par l'ivresse, Inga n'avait aucun mal à se représenter Arald le massacreur de loups, hantant les forêts à la recherche de prédateurs dignes de lui, taillant à coups redoublés dans la fourrure, brisant les mâchoires, faisant voler les crocs, plongeant les mains dans les corps éventrés pour se repaître de chair crue.

– Il fumait une herbe ramenée d'Orient qui lui faisait perdre la tête et le rendait insensible à la douleur, expliqua Fodor. Je l'ai croisé une fois, alors qu'il marchait vers les bois. Il avait des yeux de fou, des yeux de bête. J'ai cru qu'il allait hurler à la lune comme un chien.

Inga comprenait sans peine le soulagement de Dame Urd lorsque son époux s'embarquait enfin pour l'étranger. Elle imaginait les deux amants dans le manoir désert, contemplant la mer du haut des créneaux, nus, tous deux enveloppés dans la même peau d'ours. L'angoisse exaltait leur passion, la menace de la catastrophe à venir les poussait à s'aimer davantage et sans retenue.

– Comment Arald a-t-il su ? demanda-t-elle.

– Je ne sais pas, avoua Fodor. Possible qu'une fille du village ait parlé ; une fille jalouse éconduite par Jivko… Mais laquelle ? Le choix est vaste. Elles se consumaient toutes d'amour pour lui !

– Peu importe, coupa Inga, comment Arald a-t-il réagi ?

– Il n'a pas réagi, soupira Fodor. Il n'a rien changé à ses habitudes. Seulement, un jour, il a invité Jivko a chasser le loup avec lui. Le garçon ne pouvait pas refuser, ç'aurait été faire preuve de couardise. On les a vus s'enfoncer dans la forêt, un beau matin. Arald muni de ses deux haches d'abordage, Jivko armé d'une pique… Trois jours se sont écoulés. Dame Urd les a passés debout au sommet du donjon, à scruter les bois, sans prendre de repos. Quand Arald est enfin sorti d'entre les arbres, il était seul, et nous savions tous que le sang qui le couvrait n'était pas celui d'un loup… Il avait un sourire cruel, et les vieilles du village ont prétendu que ses dents étaient plus longues qu'avant son départ. Elles disaient qu'il avait mis Jivko en pièces pour le manger, et que cela ne lui porterait pas chance.

Inga sentit la chair de poule couvrir ses avant-bras.

– Il n'a rien tenté contre Dame Urd ? interrogea-t-elle.

– Pas que je sache, fit Fodor. Ni contre nous… du moins dans l'immédiat, mais nous savions qu'il méditait sa vengeance. Il estimait sans doute que nous aurions dû l'avertir de sa disgrâce, mais qui s'y serait risqué ?

L'homme crispa les doigts sur son gobelet, hésitant à poursuivre. De gouttes de sueur roulaient sur son front. Inga crut qu'elle allait défaillir. La beuverie confinait à présent au chaos total. Les jarres de vin asséchées, on s'attaquait à l'eau-de-vie, ensuite viendrait l'hydromel.

Un peu partout des hommes vomissaient bruyamment, s'essuyaient la barbe d'un revers de manche et reprenaient leur place dans le cercle des convives.

– Alors sont apparus des signes…, révéla Fodor. Un berger a vu des loups sortir du bois et s'avancer sur la lande. Ils pleuraient et parlaient avec la voix de Jivko. Ils réclamaient vengeance[1]. De ce jour nous avons su que de grands malheurs se préparaient.

Il expliqua que Dame Urd, inconsolable, avait décidé de venger son amant. Grimpée au sommet du donjon, par une nuit d'orage, elle invoqua Odin, Thor, les suppliant de lui accorder le pouvoir de détruire Arald l'invincible. Les dieux acceptèrent… *sous certaines conditions.*

– À présent, haleta Fodor, les loups venaient pleurer toutes les nuits sous les murailles du château. Ils se lamentaient avec la voix de Jivko. Ils récitaient en chœur les serments d'amour que le jeune homme avait adressés à son amante. Arald n'y a pas résisté. Aveuglé par la colère, il n'a pas flairé le piège. Saisissant ses haches, il est sorti du manoir afin de pourfendre les animaux qui le défiaient. Au moment où il levait ses *bolox* pour décapiter les loups, le ciel s'est entrouvert et Odin a jeté la foudre dans l'entrebâillement des nuages. Le feu divin est tout droit descendu dans le fer des haches, et Arald a cuit debout, comme un sanglier à la broche. La fumée lui sortait par la bouche et les narines, ses yeux bouillonnaient dans leurs orbites. Enfin, il est

---

1. Dans la philosophie viking le principe de l'œil pour œil est fondamental. Il constitue un devoir sacré pour les proches de la victime et peut entraîner la disparition de familles entières. Seule une intervention du conseil régional (le Thing) peut mettre fin à la tuerie généralisée en y substituant un dédommagement matériel.

tombé, transformé en statue de cendre, et le vent venu de la mer a éparpillé son cadavre à travers toute la campagne. À n'en pas douter, ses cendres se sont mêlées à la terre pour monter dans les blés, et nous les avons mangées avec notre pain à la moisson suivante.

À cette idée, il frissonna.

Il contempla son gobelet vide, parut sur le point d'aller le remplir, puis renonça.

— Mais il y avait un prix à payer, dit-il. Les dieux ne donnent jamais rien pour rien. En échange de la foudre libératrice, Dame Urd devait accepter d'en porter la marque sur le corps.

— Comment cela ? s'étonna Inga en fronçant les sourcils.

— Elle est brûlée, bredouilla Fodor avec un geste vague en direction de sa poitrine et de son ventre. Brûlée, partout, sauf au visage… C'est pour cette raison que tu ne la verras jamais montrer ses bras ou ses épaules. Elle est horrible, comme une sorcière qui se serait échappée du bûcher.

— Tu l'as vue ?

— Non, mais une fille de chez nous qui lui servait de lingère l'a surprise une fois qu'elle se changeait. Elle a failli vomir.

Inga se leva, elle éprouvait le besoin de respirer un peu d'air frais. Fodor la suivit. Dehors, les hommes creusaient un trou pour y planter l'effigie du dieu Njord. Ils avaient atteint un tel point d'ivresse, qu'ils avaient le plus grand mal à coordonner leurs coups de pelle et manquaient de s'assommer ou de s'arracher la tête chaque fois qu'ils rejetaient la terre à la volée.

— C'était le prix réclamé par les dieux, radota Fodor

lui-même titubant. Dame Urd ne nous l'a jamais pardonné. Elle estimait sans doute que c'était à nous de tuer Arald, puisqu'il avait assassiné l'un de nos gars. Elle a commencé à cultiver sa haine. De ce jour nos relations avec le château n'ont cessé de se dégrader. Mais il y a pire…

Inga arqua les sourcils, elle avait eu son content d'horreurs. Elle imaginait mal que Fodor puisse encore en rajouter.

– Une fois Arald puni, murmura l'homme. Jivko est sorti du bois…

– Quoi ? hoqueta la jeune fille. Il n'était pas mort ?

– Si, bien sûr, bredouilla Fodor, mais il éprouvait tant d'amour pour Dame Urd, qu'il avait obtenu des dieux de revenir parmi les vivants, pour une nuit, une seule, qu'il passerait dans les bras de son amante pour lui faire ses adieux. Il implora Loki, et celui-ci, comme toujours, lui fit une méchante farce. Il permit à Jivko de ressusciter, mais sous l'aspect d'un démon, mi-homme mi-loup. Un assemblage horrible, constitué à partir des morceaux de son cadavre et des dépouilles de tous les loups qu'Arald avait massacrés au cours de ses parties de chasse. Cela donna un être monstrueux, mais la dame noire éprouvait tant de passion pour lui, qu'elle l'accueillit dans son lit. Ils s'accouplèrent dans les ténèbres du donjon. À l'aube, Jivko mourut, mais Dame Urd était enceinte.

Inga aurait voulu se boucher les oreilles. Elle se demanda ce qui la retenait de grimper sur la charrette et de reprendre le chemin du château. L'ivresse ou… la curiosité ? Une horrible curiosité.

– Pendant le temps de sa grossesse, continua Fodor, nous nous sommes dix fois réunis pour désigner qui serait chargé de la tuer en lui décochant une flèche… Nous ne voulions pas d'un enfant garou écumant la campagne, saignant les brebis et égorgeant les bergères. Hélas, personne n'a voulu se charger de la besogne. Ils avaient trop peur.

— L'enfant est né ? abrégea Inga, pressée d'en finir.

— Oui, souffla l'homme. Il était si horrible que sa mère l'a caché dans les caves du château, comme un prisonnier. Sans doute était-il déjà trop fort pour qu'on puisse le tuer… ou bien, elle n'a pu se résoudre à se débarrasser du fils de son amant. C'est alors qu'elle a imaginé de recueillir les gosses exposés… Elle a commencé à aller et venir à travers tout le pays pour collecter des bébés abandonnés. Des mal formés, des mioches trop chétifs. Au début, nous n'avons pas compris pourquoi, puis la raison de la chose nous est enfin apparue : *c'était pour nourrir son fils !* Tu comprends ? Si elle s'en était pris à des gosses de paysans, à nos gosses, cela aurait fini par se savoir. Un représentant des villages aurait pu aller réclamer de l'aide en ville… des guerriers seraient venus pour exterminer le monstre, alors que là… Là, elle ne risquait rien. Qui imaginerait de monter une expédition et de risquer sa peau pour sauver des gamins bancroches, tordus ? Personne, et surtout pas des gens de guerre !

Inga en avait assez. Le vertige la gagnait. Elle ne supportait plus cet homme qui s'accrochait à elle en bourdonnant comme un essaim de guêpes noires. Elle fut tentée de le repousser des deux mains ou de lui griffer le visage.

— Le manoir, s'entêta Fodor, c'est un garde-manger pour le fils de Jivko. Voilà pourquoi nous avons fait alliance avec les voleurs d'enfants. Nous avions conclu un pacte : nous leur montrions l'entrée d'un souterrain, en échange, ils incendiaient le château et ils tuaient la dame noire. Ça leur convenait fort bien car ils détestent Dame Urd qui cause du tort à leur petit commerce.

– Tu étais donc là la nuit de l'invasion, siffla Inga. As-tu vu ce qui s'est passé ?

Fodor secoua négativement la tête.

– Je ne suis pas descendu dans le tunnel, plaida-t-il. Je sais qu'il était obstrué. Les forains ont peiné tout le jour pour s'y ouvrir un passage. Une fois la nuit tombée, ils ont décidé de partir à l'assaut et de passer au-dessous des murailles. À partir de là, je ne sais pas ce qui s'est produit. J'ai entendu un rugissement affreux, comme en pousserait un ours géant. Les hommes hurlaient tandis que le tunnel s'effondrait. Deux d'entre eux ont réussi à en sortir, ils portaient d'affreuses lacérations sur le corps. Dans la panique, ils avaient laissé tomber les lampes à graisse, enflammant leurs vêtements. Ils sont morts sans prononcer un mot. J'ai pu examiner leurs cadavres, il a fallu des griffes longues comme des sabres pour les mettre dans cet état. C'est tout ce que je sais. Au matin, leurs amis ont levé le camp, trop effrayés pour faire une nouvelle tentative.

Il se tut, car la salive lui manquait. Sur la place du village, les hommes achevaient de dresser l'effigie du dieu Njord.

« Si je leur révélais qu'elle sort de mes mains ils n'en voudraient probablement plus », songea Inga avec amertume.

– Nous acceptons l'idée d'une trêve, soupira Fodor, dis-le à la dame… Mais elle ne pourra pas tenir son fils bouclé à la cave jusqu'à la nuit des temps. Un jour ou l'autre il s'échappera et vous dévorera tous. Tu devrais y réfléchir ma petite. Et choisir ton camp. Si tu acceptes de bouter le feu au château, nous t'aiderons… Tes conditions seront les nôtres.

– Et si je réclamais un bateau ? lança Inga de manière irréfléchie. Un bateau pour les enfants, et un bon pilote pour nous emmener loin d'ici…

– Pourquoi pas, fit Fodor. Ça n'a rien d'impossible. Des bateaux nous en avons ; libre à toi de partir en emportant ta marmaille infernale. Si tu remplis ta part du pacte, nous remplirons la nôtre. Une seule chose nous intéresse : être débarrassés de la bête humaine que la princesse noire cache dans la crypte du château.

Inga se hissa sur la charrette et saisit les rênes. Elle s'éloigna du village sans un regard en arrière. La lande disparaissait sous une épaisse couche de brouillard. Était-ce un effet de l'ivresse ? À deux reprises la jeune fille crut voir passer au-dessus de sa tête l'ombre d'une gigantesque paire d'ailes…

Le prisonnier de la lande

De retour au manoir, Inga tenta de s'absorber dans les tâches ménagères dont elle avait la charge. Elle ne savait que penser. Elle avait beau s'exhorter à la lucidité, le climat de la lande grignotait peu à peu son sens des réalités. Loin du monde civilisé, elle succombait aux peurs anciennes que les paroles de son père avaient contribué à graver dans son esprit lorsqu'elle était enfant. Il lui arrivait de rêver de la mort d'Arald, foudroyé par le feu du ciel. Elle voyait l'acier des haches qui ramollissait sous la morsure de l'éclair et finissait pas couler sur les mains du Viking telle la cire d'une bougie… Elle entendait le chœur des loups se lamentant sous les murailles avec la voix de Jivko… Elle voyait le jeune homme assassiné sortir du bois, horrible caricature humaine constituée de morceaux épars et mal emboîtés…

Elle se réveillait en sueur, le souffle court, écoutant les bruits de la nuit. À présent, quand elle côtoyait Dame Urd, elle scrutait son cou et ses poignets, essayant de découvrir des cicatrices de brûlures sous l'étoffe.

La châtelaine, encouragée par l'accueil que les paysans avaient réservé à la statue, s'était mis en tête de leur adresser d'autres cadeaux. Depuis deux semaines, elle filait et tissait, fabriquant de gros vêtements molletonnés qui, selon elle, protégeraient ces pauvres gens du froid mordant soufflant sur la lande. Inga lui fit remarquer qu'il aurait été peut-être plus avisé de réserver cette laine, ces étoffes aux enfants du château mal enveloppés dans des guenilles trouées, mais la dame noire ne voulut rien entendre.

– Faisons d'abord la paix, déclara-t-elle. Si les gens du village deviennent nos alliés, la vie nous sera plus douce.

Inga se demanda si elle croyait réellement à ce qu'elle disait.

À plusieurs reprises, la jeune fille obtint du bossu la permission de descendre des provisions aux aveugles des souterrains ; hélas, elle fut chaque fois mal accueillie. Sigrid ne lui pardonnait pas sa félonie et lui jetait des pierres dès qu'elle reconnaissait son pas. Elle visait remarquablement bien pour quelqu'un qui n'avait pas l'usage de ses yeux.

– Tu ne veux pas comprendre, plaidait rituellement Inga. J'essayais de vous aider... je devais vous apprendre le monde du dehors.

– Fiche le camp ! répliquait chaque fois l'adolescente, nous n'avons pas besoin de toi. Nous nous débrouillons très bien tout seuls. Orök commande l'idole, et l'idole nous protège. Si tu veux nous rejoindre, crève-toi les yeux !

Comme les travaux de Dame Urd nécessitaient beaucoup de laine, Inga reçut pour mission d'aller s'en procurer auprès d'un berger qui demeurait sur la lande. Pour ce faire, on lui confia la carriole et ses deux chevaux, une pièce d'argent et deux jarres d'eau-de-vie. La châtelaine ne craignait manifestement point qu'elle tente de s'échapper. Elle avait raison. Prise en étau entre la forêt peuplée de loups et l'océan, l'ymagière ne pouvait guère envisager de prendre la fuite.

Une fois de plus, Inga se retrouva sur la plaine battue par les vents. En dépit des bourrasques, le brouillard marin s'obstinait à noyer le paysage sous ses volutes blanchâtres. La dame noire avait confié à la jeune fille un plan rudimentaire qui devait lui permettre de trouver la cahute du berger. Inga s'appliqua donc à localiser les repères signalés par la châtelaine : un cairn… un fossé… une crête rocheuse en forme d'étoile…

Soudain, alors qu'elle conduisait la charrette au milieu d'un tourbillon de brume, une flèche empennée de plumes noires fendit l'air pour venir se ficher dans le flanc de la carriole.

– Hé ! cria la jeune fille. Arrêtez ! Je viens juste acheter de la laine… Je ne suis pas une ennemie.

Elle n'osait plus bouger. À moins d'une coudée de sa main droite, la flèche vibrait encore. Une silhouette se dessina dans le brouillard, avançant à pas prudent. Un homme apparut, en guenilles, une peau de mouton crasseuse jetée sur les épaules. Il brandissait un arc. Une expression obtuse figeait ses traits. Inga lui trouva une tête de crétin. Le berger fit trois pas, à demi courbé, surveillant le ciel avec méfiance.

– La bête volante, bredouilla-t-il, l'oiseau géant aux ailes noires, il est revenu. Il m'a encore tué un mouton. Je tire des flèches en l'air pour l'empêcher de rôder autour de mon troupeau.

– Imbécile ! s'emporta Inga, tu as bien failli me tuer !

Mais le berger ne prêta aucune attention à ses propos, il continuait à surveiller les nuages, une flèche encochée sur la corde de son arc. Inga lui expliqua qu'elle venait pour la laine en vrac.

– Regarde, lança l'homme en désignant le cadavre sanglant d'un mouton couché dans l'herbe. Je l'ai trouvé comme ça hier soir. Ce n'est pas la première fois.

Inga examina la dépouille. Les flancs avaient été labourés par d'énormes griffes. L'agresseur avait arraché les deux pattes postérieures.

– C'est le monstre de la lande, expliqua le berger. Il y en a qui habillent leurs moutons avec des peaux de sanglier, mais moi je ne suis pas assez riche, alors la bête volante s'acharne sur mon troupeau.

Tout à coup, croyant repérer une ombre à travers le brouillard, il décocha une flèche au hasard.

– C'est très dangereux, protesta Inga, tu pourrais tuer quelqu'un.

– Évidemment ! ricana le benêt, c'est fait pour tuer le monstre.

La jeune fille eut le plus grand mal à le convaincre de lui céder la laine. Enfin, après bien des palabres, elle réussit à charger les ballots à l'arrière de la carriole.

– Je m'en vais, expliqua-t-elle à l'abruti. Ne me tire pas dessus. C'est compris ?

– Je tire sur le monstre, grommela le berger, pas sur les pucelles. Je sais ce que je fais.

Et il décocha un nouveau trait, au hasard.

Inga fouetta la croupe des bêtes, pressée de prendre le large. Alors qu'elle s'enfonçait dans le nuage de brume, elle entendit siffler plusieurs projectiles aux alentours. L'idiot continuait à se battre contre les démons invisibles. Instinctivement, elle rentra la tête dans les épaules.

Ce qui devait arriver arriva… Une flèche frappa l'un des chevaux à la gorge. La bête se cabra en hennissant, puis tomba sur les genoux. Le sang lui coulait des naseaux. L'arrêt brutal de la carriole désarçonna la jeune fille qui roula sur le sol. Son premier mouvement fut de ramper sous la charrette pour se mettre hors de portée des projectiles. Dans l'herbe humide, le cheval agonisait. En s'effondrant, il s'était emmêlé dans ses sangles et Inga ne savait comment l'en dépêtrer. Elle cria à l'idiot de cesser son bombardement, mais sa voix se perdit dans le vent. Cédant à un mouvement de panique, Inga sortit de dessous la charrette et se mit à courir droit devant elle, sans même savoir où elle allait. Après cent mètres d'une course échevelée elle se reprit, mais ce fut pour s'aviser qu'elle était perdue au milieu du banc de brouillard. Elle s'immobilisa, ne sachant où se trouvait le bord de la falaise. Elle prit conscience qu'elle avait failli basculer dans le vide et, dès lors, n'osa plus faire un pas.

Elle entendit, au loin, la voix du berger hurler :

– Elle revient ! La revoilà ! La bête… la bête…

Il lui sembla repérer une sorte de tourbillon sombre au sein du voile de brume, comme si un gigantesque oiseau brassait l'air.

Elle eut à peine le temps d'avoir peur. Une paire d'ailes noires jaillit du brouillard, presque aussi larges que les ailes d'un moulin… un homme se tenait au milieu, telle une chauve-souris géante. Inga hurla de terreur. Le monstre passa à moins d'une coudée de sa tête et s'écrasa contre un talus, dans un grand fracas de bois brisé.

La jeune fille demeura statufiée, scrutant le corps de l'oiseau impossible. Elle finit par comprendre qu'il s'agissait en fait d'une armature de bois sur laquelle on avait tendu de la toile enduite de calfat. Une sorte de nacelle d'osier occupait le centre de cet étrange machine. Un homme décharné, barbu comme un troglodyte s'y trouvait prisonnier.

Quelque peu rassurée, Inga s'approcha de la carcasse. L'énergumène avait perdu connaissance. Il saignait d'une blessure à la tempe. L'une des flèches du berger était fichée dans la structure soutenant l'aile gauche.

« Cela fonctionne à la manière d'un cerf-volant, se dit la jeune fille. Le vent s'y engouffre, vous soulevant dans les airs… Quelle drôle d'invention, à quoi cela peut-il servir ? »

Elle se pencha sur l'homme pour s'assurer qu'il était toujours vivant. Il pouvait avoir trente ans. Un crucifix pendait sur sa poitrine osseuse. Un de ces gros crucifix ostentatoires qu'affectionnent les prêtres. En dépit de sa maigreur et de sa barbe hirsute, il avait des traits agréables.

— M'entendez-vous ? souffla-t-elle. Qui que vous soyez, je vous conseille de revenir à la vie, car le berger est sur vos traces…

L'inconnu gémit. Il finit par ouvrir les yeux et murmura :

— Es-tu chrétienne, ma fille ? Es-tu de la vraie foi ?

— Oui… bredouilla Inga sans réelle conviction. Je suis baptisée.

— Dieu soit loué, souffla l'inconnu. Une alliée, enfin ! Ainsi je ne serai plus seul en terre païenne… Dieu m'a entendu ! Dieu m'a exaucé…

– C'est très bien, s'impatienta Inga, mais il serait préférable de vous extraire de cette… machine car le berger se rapproche.

– Je suis frère Jean de la Croix, dit l'homme, je suis chrétien, et prêtre… mon navire s'est brisé sur les récifs qui entourent cette île. Mon pilote ne connaissait pas les bons passages. Je suis prisonnier de cette île impie depuis cinq longues années.

Inga l'aida à se dégager de la structure de bois qui l'emprisonnait comme un carcan. Des échardes s'étaient fichées dans ses flancs ; il saignait.

– Vous êtes blessé, remarqua-t-elle.

– Ce n'est rien ma fille, grommela l'homme, Notre-Seigneur Jésus en a supporté bien davantage.

Inga retint une grimace. De telles réflexions lui rappelaient trop les interminables sermons de sa mère. Elle avait toujours détesté le dolorisme de la religion chrétienne, cette complaisance dans la souffrance, qui prenait parfois l'aspect d'un plaisir sournois.

– Mon église est par là…, indiqua frère Jean.

Inga entreprit de le soutenir. Ils clopinèrent en direction d'un amoncellement de grosses pierres, surmonté d'une croix plantée de travers.

– Je l'ai élevée de mes propres mains, expliqua l'homme, sans mortier. C'est un lieu bien fruste, mais Jésus n'est-il pas né dans une étable ?

« S'il continue comme ça, je le flanque au bas de la falaise… », songea Inga.

Ils pénétrèrent dans la bâtisse, une espèce de caverne sans autre ouverture que la porte. L'homme se laissa tomber sur le sol.

Ils restèrent un long moment, serrés l'un contre l'autre, à écouter le cheminement du berger à travers le brouillard. Par bonheur, le benêt ne tarda pas à rebrousser chemin, et ils poussèrent le même soupir de soulagement.

– D'où vient cette machine ? interrogea Inga. Ces ailes… cette chose volante ? Est-ce le produit d'une quelconque sorcellerie ?

– Bien sûr que non, grogna frère Jean. Ce n'est qu'un cerf-volant de mon invention… Il flotte dans le vent si l'on prend soin de se jeter dans le vide du haut d'une colline. C'est un objet stupide, sans réelle utilité, et je ne m'en sers que pour assurer ma sécurité. Je n'en suis pas plus fier pour autant. Imiter les oiseaux est sans aucun doute un péché. Si Dieu avait voulu que nous volions, il nous aurait donné des ailes…

Il se tut brusquement, comme s'il se rappelait soudain la présence de la jeune fille. Celle-ci comprit qu'il avait l'habitude de parler tout seul.

– Qui es-tu ? demanda-t-il en fixant Inga de ses yeux fiévreux. Que fais-tu ici ? Je ne t'avais jamais vue auparavant.

L'interpellée s'assit sur le sol, près de ce qui semblaient être les reliefs d'un feu de camp. En quelques mots, elle lui conta son histoire.

– *Dame Urd ?* ricana frère Jean, tu veux dire que tu es prisonnière chez la châtelaine du manoir des corbeaux ?

– Oui, fit Inga, vous la connaissez ?

– Je la connais fort bien, trop bien même, ulula le prêtre. J'étais son confesseur du temps où elle s'appelait encore Anika de Götterdhal. C'était déjà une dévergondée… une fieffée putain qui faisait honte à sa famille.

– Anika ? s'étonna Inga.

– Oui… grogna le prêtre. La brebis galeuse d'une noble famille de la presqu'île de Valmhor. À seize ans, elle avait déjà un comportement scandaleux, accumulant amants et orgies, jetant l'opprobre sur son père, un seigneur de haut lignage. Quand Anika a compris qu'elle allait être internée à vie dans un cloître où l'on se chargerait de purifier son âme par les macérations, le jeûne et les flagellations, elle a organisé son évasion en soudoyant un aventurier des mers… un Viking.

– Arald la Hache ?

– Oui, une brute. Elle l'a grassement payé pour qu'il l'enlève et l'emmène loin des siens, là où elle ne risquerait pas d'être rattrapée. Après avoir largement puisé dans le trésor de sa famille, elle a traversé l'océan pour échouer ici… C'est elle qui a ordonné à Arald de lui construire un château, afin qu'elle puisse continuer à vivre dans le luxe auquel elle était habituée.

– Mais Arald était son mari, n'est-ce pas ?

Le prêtre s'esclaffa.

– Arald n'a jamais été qu'un serviteur dévoué à ses caprices… du moins tant qu'elle était en mesure de le payer. Arald la Hache ne s'intéressait pas aux femmes, c'était un sodomite de la pire espèce, s'accouplant avec ses guerriers. Anika l'avait choisi à dessein, sachant qu'il ne l'obligerait jamais à partager son lit.

Inga hocha la tête. Voilà qui bouleversait considérablement le tableau qu'elle avait patiemment construit à partir des témoignages glanés chez les villageois.

Frère Jean se redressa pour arpenter le sol d'un pas furieux. Ses bras décharnés esquissaient de grands gestes, comme s'ils continuaient, inconsciemment, leur apprentissage du vol.

– Une putain, cracha-t-il. Une fille gâtée, adulée, courtisée trop jeune par des dizaines de soupirants et trop consciente du pouvoir de sa beauté. Son père, veuf, avait reporté sur elle la tendresse qu'on réserve d'ordinaire à une épouse. Elle en profitait, la garce ! Le jour elle jouait les pucelles confites en dévotions, mais la nuit… la nuit… On la surnommait la princesse noire parce qu'elle allait chercher ses amants dans les bouges à matelots, le visage couvert d'un masque d'ébène. Dans la ville, le scandale grandissait, sapant l'autorité du père. Les autorités religieuses ont exigé que la démone leur soit confiée à fins de purification. On avait dressé à son intention un programme de mortification exemplaire, conjuguant le port du cilice, le jeûne, la claustration. On l'emmurerait dans un cachot, dans l'obscurité complète en ne lui donnant pour toute pitance qu'un peu de pain rassis et une cruche d'eau… Hélas, elle a fini par apprendre ce qui se tramait dans l'ombre, quelqu'un l'a prévenue. Qui ? une servante ? un page ? C'est alors qu'elle a imaginé de s'enfuir. Ses accointances avec les gens de mer lui ont permis d'organiser son enlèvement. Arald a investi le château, massacrant les gardes et libérant la fille.

– Ainsi ils n'ont jamais été mariés…, souffla Inga.

– Non, de cela je suis certain…

La jeune fille fronça les sourcils.

– Mais…, balbutia-t-elle, si je comprends bien, vous n'êtes pas ici par hasard, n'est-ce pas ?

– Non, fit l'homme. On m'a envoyé à sa poursuite, pour la ramener chez elle… L'archevêque a considéré que j'étais en partie responsable de sa fuite. On m'a accusé de ne pas l'avoir suffisamment surveillée. Pour me punir, on m'a donné pour mission de la traquer sans pitié. Hélas, j'ai échoué…

– Vous espériez la capturer, s'étonna Inga. Tout seul ? Malgré la présence d'Arald ? Il vous aurait taillé en pièces !

– Tu te trompes, répondit frère Jean avec un sourire indulgent. Une fois le trésor épuisé, Arald a cessé de s'occuper d'elle. Elle n'avait plus aucune importance pour lui, il la délaissait. Il aurait pu la chasser, mais il préférait la faire passer pour sa femme, afin de dissimuler aux yeux du monde ses pratiques sodomites. Ils vivaient en parfaits étrangers. Si j'avais enlevé Anika – Dame Urd, comme tu la nommes –, Arald l'aurait remplacée par une autre femme, pour entretenir l'illusion, rien de plus.

– Mais vous avez fait naufrage, rappela Inga. En cinq ans, la dame noire a forcément découvert votre présence sur l'île…

– Bien sûr, soupira frère Jean. Elle sait que je suis là ! Mais elle sait également que je ne dispose d'aucun pouvoir sur cette terre impie, en proie aux pires superstitions. Privé de l'appui du clergé, je ne suis qu'un fantoche, un pantin… Cela l'amuse de me voir réduit à rien, loqueteux, volant ma subsistance, chassé à coups de pierres par les paysans, mordu par leurs chiens. Le traqueur est devenu traqué. Elle observe tout cela du haut de son donjon, riant de ma déchéance. Quel mal pourrais-je lui faire ?

– Et comment comptiez-vous l'enlever ? s'enquit la jeune fille.

– Je disposais d'un bon bateau et j'étais accompagné par deux solides moines de mon ordre, rompus à tous les exorcismes. Nous aurions profité d'une absence d'Arald pour nous glisser dans le manoir et nous saisir de la démone. Une fois ficelée dans un sac de cuir, elle aurait pu crier tout son saoul en pure perte. Arald ne se serait pas donné la peine de prendre la mer pour la récupérer. Ruinée, elle n'avait plus aucun intérêt pour lui. Mon plan était bon… Malheureusement le sort en a décidé autrement. La tempête nous a drossés sur les récifs. Ignorant les secrets du chenal, notre pilote n'a pas su nous mettre à l'abri. Le navire a éclaté comme une coque de noix sous le talon. J'ai repris connaissance sur la plage. J'étais le seul survivant. Quand ils ont compris que j'étais chrétien, les villageois m'ont chassé… Je ne pensais pas qu'il existait encore des contrées aussi arriérées, prisonnières de croyances d'un autre âge. J'ai essayé de les convertir, mais ils sont tous résolument païens. Païens jusqu'aux moelles. Je n'ai réussi qu'à me faire détester. Voilà pourquoi je vis à l'écart… Pourtant on ne me laisse pas tranquille, les gosses viennent souvent me jeter des pierres. Un jour ils me tueront, c'est certain. Je manque de tout, je dois lutter pour ne pas mourir de faim.

Inga l'examina. Il ne mentait pas. Ses bras, ses épaules étaient constellés d'hématomes de plaies mal cicatrisées. Il offrait un spectacle pitoyable, et c'est tout juste si les guenilles dont il était enveloppé lui permettaient de sauvegarder sa pudeur. Ce devait être terrible pour lui car Inga savait que les chrétiens avaient affreusement honte de leur corps et s'obstinaient à le dissimuler en toute circonstance.

— Mais je n'ai pas renoncé, lança frère Jean. Je reste sur le qui-vive, je surveille le château, j'attends mon heure. Je sais qu'elle viendra. Un jour je serai en mesure d'infliger à la princesse noire le châtiment qu'elle mérite.

Il y avait dans ses yeux une lueur un peu folle qui n'échappa point à la jeune fille. Elle comprit que la misère et les tourments avaient diminué l'esprit de cet homme. Il survivait comme une bête, accroché à une idée fixe.

Elle laissa son regard courir autour d'elle. Ses yeux s'étant accoutumés à l'obscurité elle y voyait mieux à présent. L'«église» n'était qu'une caverne aux parois recouvertes de tourbe séchée. Sur cet enduit grossier frère Jean avait peint des scènes bibliques et recopié des prières. Les dessins avaient l'air d'avoir été tracés par un enfant. Dans le fond, un lambeau de toile à voile masquait un pan de mur. Une grande saleté régnait sur les lieux, comme c'est souvent le cas dans un endroit occupé par un homme seul.

— Je suppose que vous savez tout de l'histoire du château? fit-elle. Avez-vous entendu parler d'un nommé Jivko, qui aurait été l'amant de la dame noire.

Le prêtre éclata d'un rire strident. Étouffant sous l'effet de l'hilarité, il avait renversé la tête en arrière. Les tendons de son cou semblaient près de se rompre.

— Ma pauvre petite, gloussa-t-il, Jivko n'a été qu'un numéro parmi tant d'autres! L'amusement d'un été, un chiot, une distraction éphémère... Une fois installée au manoir, il n'a pas fallu longtemps pour que la putain reprenne ses anciennes habitudes. Elle a commencé à sortir la nuit, sur la lande... Nue, sur un cheval, provocante, seulement vêtue de son masque noir. Les nuits d'été, elle rôdait autour du village pour aguicher les jeunes gens. Au début, on a cru qu'il s'agissait d'une déesse, une de ces déesses païennes toujours promptes à forniquer avec les mortels. Elle avait faim, la catin, faim d'enlacements, faim de foutre... Alors, les jeunes du hameau ont commencé à venir la retrouver, à guetter ses apparitions... Nue, sur son cheval noir. Elle surgissait du brouillard pour s'offrir à ces inconnus...

Il dut s'interrompre, la bouche sèche. Fébrile, il se saisit d'une outre et but à la régalade.

– Elle s'amusait à faire cela sous mon nez, pour me provoquer, la garce, et j'avais beau prier, prier...

Inga se mordit la lèvre inférieure. Quelque chose n'allait pas... Arald était mort il y avait de cela dix ans, or frère Jean vivait sur l'île depuis cinq années seulement. Il ne pouvait donc avoir assisté à la mort du Viking, et encore moins aux débauches supposées de Dame Urd puisque ses relations avec Jivko avaient précédé la disparition d'Arald.

«Soit il a perdu la notion du temps et de la chronologie, se dit-elle, soit il affabule...»

L'homme avait joint les mains et se frappait la poitrine comme s'il voulait se défoncer le sternum. Pendant un long moment il parut oublier la présence d'Inga et marmonna des prières en latin.

La jeune fille en profita pour aller lever le morceau de toile suspendu au fond de la pièce. Le chiffon dissimulait une fresque naïve détaillant les turpitudes de Dame Urd. On distinguait le cheval, la lande... mais surtout Dame Urd, nue, dans des positions indécentes, s'accouplant avec de petites créatures rosâtres. Ses amants, sans doute... Inga grimaça, tout cela sentait la fièvre et l'onanisme forcené. Elle laissa retomber la loque.

Devait-elle s'en aller ? Elle commençait à penser que frère Jean avait sombré dans cette folie bien particulière qui s'empare des ermites lorsqu'ils ont présumé de leurs forces spirituelles.

Dans un coin, elle repéra une discipline ainsi que plusieurs cilices artisanaux hérissés d'échardes.

Elle en conçut un vague dégoût. Décidément, cette religion qui s'obstinait à réfréner les élans naturels de la chair lui paraissait de plus en plus suspecte.

– Attends ! haleta brusquement Jean en la saisissant par le bas de sa robe, tu ne sais pas tout.

– Quoi encore ? s'impatienta la jeune fille.

– Non contente de forniquer, la dame noire est devenue une meurtrière, gronda l'homme d'une voix sourde. Elle avait beau s'affubler d'un masque pour aller copuler sur la lande, au bout d'un moment il s'est trouvé quelqu'un pour faire la relation avec la châtelaine du manoir des corbeaux. La rumeur a grossi. Arald se fichait d'elle comme d'une guigne, mais il ne pouvait tolérer qu'on porte atteinte à son honneur de chef viking. Il était impossible qu'un seigneur de la guerre accepte d'être cocufié par les jeunes coqs du village… Il aurait perdu tout ascendant sur ses guerriers. Pour la sauvegarde de son rang, il se devait de faire un exemple. Il a commencé à penser qu'il serait assez convenable que sa prétendue épouse trouve la mort dans un accident de chasse, et cela sans trop tarder. Mais la catin a senti le vent tourner… Elle a réagi la première, profitant de ce qu'Arald était ivre mort, elle a demandé à l'un de ses amants, Jivko, de l'aider à hisser son « époux » sur le chemin de ronde, et, une fois là, de le jeter au bas de la falaise par-dessus les créneaux. Voilà comment Arald est mort. Ensuite, les deux amants sont descendus jusqu'au débarcadère pour dénouer les amarres du bateau. Jivko a hissé la voile et s'est installé

à la barre… Son idée était de conduire le *knorr* au-delà
la passe, de bloquer le gouvernail et de revenir à la
nage, tandis que le navire s'en irait vers le large. Malheureusement, il a été pris dans les tourbillons et s'est
noyé. Voilà pourquoi on a retrouvé deux corps au bas de
la falaise, au milieu des débris du navire que la marée
avait drossé sur les récifs.

Inga battit des paupières. Pour la première fois
depuis son arrivée sur l'île elle entendait un récit cohé-
rent où il n'était nullement question de loup-garou et de
sorcellerie. Le récit d'un crime, avec ses mobiles et sa
méthode…

– Comment savez-vous tout cela ? demanda-t-elle.
Avez-vous assisté à la scène ?

Le regard de frère Jean se brouilla.

– Je… je ne sais plus, bredouilla-t-il. J'ai été blessé
à la tête au cours du naufrage, depuis mes souvenirs
sont confus… des images me viennent, sorties je ne
sais d'où, sans que je puisse déterminer s'il s'agit de
souvenirs réels ou de rêves…

Inga s'agenouilla et, du bout des doigts, fourragea
dans la crinière de l'homme. Une cicatrice blanchâtre
courait sur son cuir chevelu. Il avait effectivement été
blessé. Cela pouvait expliquer sa tendance à mélanger
les dates.

– D'accord, soupira-t-elle, admettons. Mais pourquoi
les villageois s'obstinent-ils à répandre ces histoires de
loup-garou ?

– Ce sont des créatures bornées, superstitieuses, qui
préfèrent les contes à la vérité, comme toutes les peu-
plades primitives que n'éclaire pas la foi du Christ, siffla le prêtre. Il est également possible qu'ils cherchent
à te manipuler en t'effrayant, pour te convaincre de

mettre le feu au château… je sais que c'est leur grande obsession. Fodor, leur chef, ne supporte pas que la dame noire lui fasse de l'ombre. Avant son arrivée, il régnait en despote sur cette partie du rivage.

Il se tut, regardant fixement la jeune fille. Celle-ci, troublée, prit tout à coup conscience qu'il était beau. Sous la barbe en broussaille et les cheveux hirsute se cachait un visage aux pommettes saillantes, aux yeux extraordinairement clairs.

— Après la mort d'Arald, reprit Jean, la catin s'est retrouvée seule dans son beau château. Elle a continué à fréquenter les jeunes gens du village. Hélas, sa chance a commencé à tourner. Elle s'est retrouvée enceinte… C'est là, pour dissimuler son inconduite, qu'elle a eu l'idée de recueillir des gosses abandonnés. De cette manière, elle pourrait aisément cacher le fruit de sa faute au milieu des autres marmots.

— Elle m'a dit que son fils se trouvait effectivement parmi les petits pensionnaires du manoir, fit Inga.

Le prêtre éclata d'un rire grinçant.

— Son fils ? hoqueta-t-il. Tu veux dire *ses* fils ! Car elle en a eu dix, la putain ! Un tous les ans, sans compter ceux dont elle s'est débarrassée au moyen d'immondes pratiques abortives.

Il écumait de nouveau.

— Dès qu'elle est grosse, on ne la voit plus sur la lande, reprit-il, elle se cache jusqu'à la délivrance. C'est qu'il est plutôt difficile de s'exhiber nue avec un gros ventre, n'est-ce pas ? Je sais ce que je dis. J'ai noté les dates de ses apparitions. Tout concorde. La Messaline disparaît le temps de fabriquer un nouveau bâtard, puis ses appétits reprennent le dessus, et elle ne peut s'empêcher de revenir chercher la saillie…

Inga aurait voulu s'en aller, mais elle n'osait bouger de peur de provoquer la colère de l'énergumène. Elle avisa soudain, dans un recoin, une besace de toile d'où émergeait une cuisse de mouton souillée de sang.

– Mon Dieu ! souffla-t-elle. C'est donc vous qui attaquez les bêtes ?

– Bien sûr, ricana le prêtre. Tu croyais donc que c'était le loup-garou ? Je dois bien me nourrir et je ne peux compter que sur moi-même. À part m'en prendre aux moutons, je n'ai aucun autre moyen de me procurer à manger… alors j'ai inventé cette histoire de monstre. Ils sont très superstitieux… Vindicatifs mais superstitieux. Je devais les tenir à distance, les empêcher de me harceler… Tu comprends ? Seule la peur pouvait les tenir en respect. Le loup-garou, la *bête faramine*… des sottises.

Il se redressa. Gloussant de manière déplaisante, il souleva le couvercle d'un coffre et en tira une griffe d'acier très approximative.

– J'ai fabriqué ça à partir d'une lance, expliqua-t-il. Je m'en sers pour tuer les brebis. Ensuite je leur lacère les flancs pour faire croire qu'elles ont été attaquées par un garou. Le monstre de la lande m'est un déguisement bien commode. Sans lui, je serais mort de faim depuis longtemps. La stupidité de ces gens m'est précieuse… leur couardise aussi, car ils n'ont jamais tenté d'organiser une battue pour donner la chasse au fameux monstre.

Tout content, il extirpa du coffre une peau mal tannée dont la fourrure s'ornait de grandes plaques de pelade.

– Je me déguise avec cette couverture que j'ai récupérée dans les débris du naufrage, commenta-t-il. Dans le brouillard, elle me donne l'allure d'un ours. Ces petites ruses m'ont peu à peu permis de faire de la lande un territoire effrayant où ces bougres n'osent plus mettre les pieds.

– Et les ailes ? interrogea Inga, elles font partie du même cérémonial ?

– Oui, répondit frère Jean. J'ai découvert qu'on peut utiliser les vents qui soufflent sur la plaine pour se propulser dans les airs et planer à la façon des oiseaux… Il suffit pour cela de grimper sur une colline et de se jeter dans le vide. Par temps de grosses bourrasques, il m'est arrivé de planer sur de longues distances. Le brouillard aidant, cette supercherie accrédita l'idée d'une présence monstrueuse capable d'emporter un mouton dans les airs. Mais la chose n'est pas sans danger. À deux reprises, j'ai perdu le contrôle de ma machine volante et failli être emporté par le vent bien au-delà de la falaise, vers la haute mer… Ces ruses doivent bien sûr te sembler mesquines et peu dignes d'un homme de religion, mais je suis entouré d'ennemis. Tout le monde veut ma mort… j'en suis réduit à m'inventer une armée de fantômes pour assurer ma défense.

Inga se garda de tout commentaire. Le voile se levait en partie et elle y voyait désormais plus clair. Le formidable secret de la lande se réduisait aux pathétiques mystifications d'un homme aux abois. En dépit de l'extrême misère du personnage, elle ne parvenait pas à s'émouvoir de ses tracas. Il y avait quelque chose, chez cet individu, qui lui faisait peur.

– Peut-être pourriez-vous envisager de partir ? suggéra-t-elle. Pourquoi ne pas traverser la forêt pour gagner la côte sud. On est là-bas, à ce qu'il m'a semblé, un peu plus civilisé.

– C'est hors de question, trancha le prêtre. On m'a donné une mission, je la remplirai. Je construis une barque, en secret… Un jour ou l'autre je parviendrai à capturer la dame noire. Alors nous quitterons l'île dans mon canot. Je la ramènerai chez elle, où elle subira enfin le châtiment qu'elle mérite.

Inga se leva. Elle estimait avoir passé assez de temps avec ce demi-fou. Elle voulait regagner le château avant la tombée de la nuit.

– Et comment l'attraperez-vous ? fit-elle en essayant de pas se montrer trop ironique.

– Ne t'en fais pas, gloussa l'homme. Je connais mon affaire. Il y a des souterrains qui serpentent sous la lande. Tous mènent au château, mais l'un d'eux débouche directement dans les appartements du seigneur des lieux. C'est lui que j'emprunterai pour aller capturer la putain. Une nuit, elle me verra surgir au pied de son lit. Je la jetterai dans un sac et repartirai comme je suis venu.

– Et vous savez où se trouve le tunnel en question ? s'enquit la jeune fille.

Frère Jean prit un air entendu, mais se garda de répondre.

Inga épousseta sa robe.

– Avant de partir, grogna frère Jean, je mettrai le feu au manoir, pour détruire l'engeance impie sortie du ventre de cette catin. Tous ces bâtards mal fichus… On n'est jamais infirme par hasard, sais-tu ? Une malformation est toujours le signe d'une faute des parents… C'est ainsi que Dieu stigmatise le fruit du péché.

– Ce sont des enfants, protesta la jeune fille. Ils n'ont rien à voir avec les… les « crimes » de Dame Urd. Leur faire du mal serait monstrueux.

– Tu raisonnes bien comme une fille, ricana le prêtre. Tu ne vois pas plus loin que le bout de ton nez. N'as-tu pas compris que c'est là engeance hérétique ? Des païens qui n'aspirent qu'au chaos pour célébrer l'avènement d'une divinité encore plus barbare que celles qui l'auront précédée…

« Curieux, songea Inga, on dirait qu'il fait allusion à l'idole d'Orök… Comment peut-il être au courant de ces choses ? Aurait-il trouvé le moyen de s'introduire dans la crypte des aveugles ? »

Elle s'immobilisa au seuil de l'« église », observant le vagabond d'un œil nouveau. Était-ce lui qui se faufilait dans les caves pour terroriser les gosses ? Écoutait-il les délires d'Orök, tapi au fond d'un tunnel ?

Il n'était pas impossible qu'à force de fureter dans la lande, le prêtre ait fini par dénicher l'entrée d'un boyau menant directement aux sous-sols du manoir.

– Je les détruirai, assura frère Jean. Mais je ramènerai la putain vivante, car telle est ma mission. Je les baptiserai les uns après les autres, puis je les délivrerai d'une vie qu'ils auraient, de toute façon, mal employée. Je ne nourris plus aucune illusion, on ne peut convertir de telles créatures. Satan a modelé leur âme avec ses propres excréments, il serait vain d'espérer les purifier. Non, face à de telles anomalies, il ne faut plus songer qu'à protéger la chrétienté et agir en soldat du Christ.

Inga fut à deux doigts de le traiter de pauvre fou, mais elle jugea préférable de rester en bons termes avec cet énergumène afin d'être en mesure de protéger les enfants.

À ce moment, le vent s'engouffra dans la bâtisse, faisant voler l'étoffe qui masquait les étranges peintures de frère Jean. Une fois de plus, Inga put contempler les naïfs dessins représentant Dame Urd en train de s'accoupler avec de multiples partenaires dans les buissons de la lande. La partie supérieure de la fresque était occupée par un château au sein duquel grouillaient des dizaines de petits démons cornus et bancroches, à peine plus grands que le pouce.

— La prochaine fois que je passerai, dit-elle, je vous apporterai de la nourriture.

— Inutile, lança Jean. Tu me dis que ton cheval est mort. Je vais t'aider à dételer son cadavre et je prélèverai sur sa dépouille assez de viande pour tenir un moment. Je la fumerai, cela me constituera d'excellentes réserves. Par contre, si tu pouvais me procurer du vin…

— Du vin ?

— Mais oui… pour dire la messe, bien sûr.

— Bien sûr.

Dès qu'ils furent sortis de la bicoque, ils cheminèrent en silence dans le brouillard qui allait s'épaississant. Inga commençait à croire qu'ils s'étaient perdus quand ils butèrent sur la carriole. Frère Jean eut tôt fait de dételer la bête morte.

— Maintenant tu peux y aller, ma fille, lança-t-il. Laisse-toi conduire par le cheval, il te mènera directement au château. Reviens dès que tu pourras, je te confesserai, car ton âme est en grand danger de souillure.

— Je n'y manquerai pas… mon père, marmonna Inga en se hissant sur la charrette.

Elle éprouva un réel soulagement à s'éloigner de cet antre de folie. À tout prendre, les révélations du prêtre

l'avaient davantage effrayée que les loups-garous de
Fodor.

Devait-elle croire cet homme?

«Et s'il s'agissait d'un dément? songea-t-elle. Il a
été blessé à la tête lors du naufrage. A-t-il encore tous
ses esprits?»

Elle commençait à désespérer d'élucider un jour les
mystères de la lande!

La vérité, rien que la vérité

Lorsqu'elle arriva en vue du château, elle remarqua que la dame noire et le bossu la guettaient depuis le chemin de ronde. Sans doute s'inquiétaient-ils de sa disparition ?

Quand elle sauta de la charrette, dans la cour, Dame Urd s'empressa de lui demander ce qu'il était advenu du cheval manquant.

— Aurais-tu été assez sotte pour le donner au berger en échange de la laine ? s'emporta la châtelaine.

— Non, répondit Inga avec lassitude. Le berger l'a tué par maladresse…

Et, pendant que Snorri déchargeait les ballots de laine grasse, elle entreprit de narrer les faits. Comme les enfants se pressaient pour l'écouter, elle décida de ne pas souffler mot de sa rencontre avec frère Jean, mais la dame noire perçut ses réticences.

— Tu ne me dis pas tout, siffla-t-elle. Montons dans mes appartements, je veux connaître le fin mot de cette histoire.

Les deux femmes gagnèrent la galerie, à la grande déception des gosses qui voulaient tout savoir des aventures de la jeune fille sur la lande.

Inga ne savait pas mentir et la dame noire avait l'habitude des complots. Il ne lui fallut pas longtemps pour deviner ce qui s'était passé.

– Suis-je bête! lança tout à coup la châtelaine. Tu l'as rencontré, n'est-ce pas? J'aurais dû m'en douter. Je savais bien que tôt ou tard il chercherait à te parler. Dis-moi ce qui est arrivé.

Inga aurait aimé avoir reçu à la naissance le don de dissimulation, malheureusement elle avait toujours été mauvaise menteuse. Elle exposa donc brièvement les diverses accusations du prêtre.

– Ho! ho! *rien que ça?* ricana Dame Urd. Je vois que ce pendard n'a toujours pas recouvré ses esprits.

– Que voulez-vous dire? s'enquit Inga.

La princesse noire se laissa tomber sur un haut siège de bois sculpté. Elle paraissait tout à la fois lasse et irritée.

– Je vais te dire la vérité, annonça-t-elle, rien que la vérité. Pour commencer, sais-tu qui est réellement cet homme dont les révélations t'ont manifestement si fort impressionnée? C'est un pauvre fou, un malade. Il n'a jamais été prêtre. Il se nomme Olaf. C'est, effectivement, le seul survivant d'un naufrage. Olaf était pilote à bord du vaisseau transportant le prêtre que mon père avait lancé à ma poursuite, ce trop fameux Jean de la Croix. Tu entends? Olaf est un marin, un simple marin grandi dans un orphelinat chrétien. Un valet de l'Église. Quand le bateau s'est brisé sur les récifs défendant la passe, il a été blessé à la tête. De ce jour, il a endossé la personnalité de frère Jean qui s'est noyé avec le reste de l'équipage. Olaf s'est installé sur la lande pour m'espionner, avec l'espoir de me punir... Dans son esprit malade, je suis devenue une sorte de démon, de sorcière, qu'il a pour mission de châtier. Il n'attend qu'une occasion pour me faire un mauvais sort. Je suppose qu'il projette de me brûler sur un bûcher… Avec les années, sa folie n'a fait qu'empirer.

– Depuis combien de temps est-il prisonnier de cette île ? demanda Inga.

– Treize ans…, soupira Dame Urd. Il a fallu moins de six mois aux chasseurs engagés par mon père pour retrouver ma trace. Je venais à peine de m'installer ici que je l'ai vu surgir, criant ses malédictions, balbutiant des exorcismes fantaisistes. Il m'enjoignait d'accepter de me laisser brûler vive pour le salut de mon âme. À cette époque, le château n'était pas terminé, et je tremblais à l'idée qu'une nuit il puisse se faufiler dans le camp pour m'assassiner pendant mon sommeil. Au début, Arald voulait lui trancher la tête pour en finir une fois pour toutes. Je suis intervenue en sa faveur, j'ai plaidé pour qu'on lui laisse la vie. Quelle sottise, j'en ai été bien punie…

– Comment cela ? demanda Inga.

La châtelaine repoussa vivement son siège. Elle était soudain encore plus pâle qu'à l'accoutumée. Comme chaque fois qu'elle était sous le coup d'une vive émotion, son regard allait et venait d'un bout à l'autre de la pièce sans jamais se fixer, tel celui d'une bête traquée.

– Olaf… m'a tendu un piège…, haleta-t-elle. Un jour que je traversais la lande, à cheval, il a jailli de derrière un boqueteau et m'a aspergée d'huile bouillante. De la graisse de phoque qu'il s'était procurée je ne sais comment et qu'il avait fait fondre. Ensuite, il a essayé d'enflammer le liquide avec une torche, pour me brûler vive, là, sur ma monture. La crinière de la pauvre bête s'est enflammée. Elle est partie au galop, avivant le feu qui la dévorait. Mes vêtements se sont embrasés à leur tour. C'est un miracle que mon visage n'ait pas été ravagé.

Inga écarquilla les yeux, effrayée par les images d'horreur qui l'assaillaient. Il lui semblait voir le destrier à la crinière de flammes zigzaguant à travers la plaine tel un animal fabuleux.

– Sans l'intervention d'Arald, je serais morte, murmura Dame Urd. Saisissant son arc, il a tiré une flèche sur le cheval, le foudroyant. J'ai roulé dans la boue du sol. Cela m'a sauvée, mais j'étais mal en point. Tu veux voir, sans doute… tu veux t'assurer que je ne mens pas ?

Pour donner la preuve de ses dires, elle retroussa ses manches, dévoilant de vilaines cicatrices brillantes sur ses avant-bras.

– Si je me mettais nue, dit-elle sèchement, tu constaterais que j'en ai tout autant sur le torse, la poitrine et le ventre. Un jour, je te convierai à mon bain, pour me frotter le dos. Tu verras que ce n'est guère ragoûtant ; aucun homme n'a plus envie de vous toucher après ça. Comment peux-tu imaginer que j'aie fait l'amour avec les jeunes gens du village dans un tel état ? Aucun d'eux n'aurait voulu de moi… Messaline avait un corps parfait, pas moi. En l'espace d'une heure j'étais devenue un objet d'horreur.

Inga déglutit avec peine. Elle ne parvenait pas à détacher son regard des boursouflures sillonnant les bras de la châtelaine.

– Pourquoi Arald n'a-t-il pas supprimé frère Jean… je veux dire Olaf, après cela ? demanda-t-elle.

– Oh ! je vois que tu n'es pas encore convaincue, ricana la dame noire. Tu trouves la mansuétude d'Arald suspecte… Tu te dis qu'un Viking ne laisse pas ce genre de préjudice impuni, c'est vrai… Mais Arald m'avait déjà proposé de tuer Olaf lors de son arrivée sur l'île, j'avais alors pris la défense de ce pauvre fou. Arald a estimé que je n'avais qu'à supporter le poids de mon erreur, et à ne m'en prendre qu'à moi. D'une certaine manière, il avait raison. Si je l'avais laissé décapiter Olaf, ce dément ne m'aurait pas brûlée. Arald ne m'aimait pas, et il avait sa propre logique. Par-dessus tout, il détestait que les femmes se contredisent. Je me rappelle que ce jour-là, il était surtout peiné d'avoir dû tuer un bon cheval. Il m'en voulait pour cela.

Dame Urd déroula ses manches, dissimulant les cicatrices.

– Vous dites qu'Arald ne vous aimait pas, releva Inga. Que faisiez-vous avec lui, alors ?

La châtelaine ferma les yeux et se renversa dans son siège, comme si évoquer des souvenirs aussi lointains nécessitait qu'elle rassemblât toute son énergie.

– Mon père… dit-elle enfin, mon père avait décidé de me marier à un vieillard. Un barbon qui me faisait horreur. C'était un mariage d'intérêt bien évidemment, mais mon futur époux était hideux. Je me refusais à devenir un jouet entre ses mains. Les servantes, les chambrières me chuchotaient toutes qu'il avait mauvaise réputation. On le prétendait libidineux et cruel, prêtant volontiers ses compagnes de lit à ses valets de chenil «pour les dresser». Mon père n'en avait cure, seuls comptaient pour lui les avantages commerciaux que lui apporteraient ce traité, cette vente… car il s'agissait bien d'une vente, n'est-ce pas ?

– Vous avez choisi de fuir…

– Oui. Une servante m'a parlé d'un marin, capitaine d'un navire rapide. Il s'agissait d'Arald. Elle m'a

assuré qu'il n'avait pas son pareil pour semer ses pour-
suivants et qu'il était le seul à pouvoir louvoyer dans le
dédales des îles, au milieu des récifs. J'étais jeune et
stupide. La perspective de cette fuite au bout du monde
m'a exaltée. Je m'imaginais déjà tombant amoureuse
du beau Viking, devenant l'égérie des pirates, me transformant en une femme de guerre dont le nom ferait
trembler mon père. Je me voyais, lançant la flottille
d'Arald contre les vaisseaux de commerce paternels,
attaquant ses comptoirs, le ruinant…

— Mais ça ne s'est pas passé de cette manière.

— Non, hélas. J'avais très peu d'argent pour négocier
mon passage, à peine quelques bijoux. J'ai dû accepter
de me vendre. Arald semblait très excité à l'idée de
ramener chez lui une princesse chrétienne dont il ferait
son épouse. Il ambitionnait d'éblouir sa province, et,
qui sait, de devenir roi. À trente ans, il était déjà trop
vieux pour continuer à vivre de pillages et d'abordages.
Il lui fallait s'assagir, faire retraite dans l'honneur.
Voilà comment la chose s'est conclue. J'étais si niaise
que j'ai tout accepté. Je le trouvais fascinant. Jusque
là, je n'avais côtoyé que des nonnes, des servantes et
les vieillards associés aux affaires de mon père. Arald
m'apparaissait sous les traits d'un aventurier magni-
fique.

— Il ne vous a jamais aimée ?

— Non, j'étais sa parure. Il aimait me montrer, m'exhiber. Il répétait à l'envi que je l'avais supplié de m'enlever, ce qui était vrai. Mais en réalité il se sentait mal à
l'aise en ma compagnie. Je le voyais peu. La construction du château l'occupait tout entier. Il me consultait à
ce propos, car il ne connaissait pas grand-chose à ce
genre d'habitation. Il voulait m'éblouir, s'éblouir,

éblouir la contrée tout entière… Tout cela était assez pitoyable au demeurant.

Inga hésitait. Le récit de Dame Urd était très convaincant, trop peut-être… Ne correspondait-il pas à ce que la princesse noire s'imaginait qu'une jeune fille souhaitait entendre ?

— Arald vous délaissait, fit Inga presque négligemment, c'est alors que vous avez rencontré Jivko.

La dame noire émit un rire plein de tristesse.

— Oh ! bien sûr, gémit-elle, j'aurais dû m'y attendre, on t'a aussi parlé de Jivko… Combien de fables n'a-t-on pas brodées sur ce jeune homme et moi ! Sache qu'il n'y a jamais rien eu entre nous qu'une tendre amitié. Il était maçon, il essayait de mettre en forme les délires architecturaux d'Arald. Il ne s'y retrouvait plus, alors il venait me demander conseil, car il savait que j'avais habité des demeures semblables. À cette époque je me remettais lentement des brûlures infligées par Olaf, ou peut-être devrais-je dire frère Jean de la Croix ? Tu imagines à quel point j'étais prête à me glisser dans le lit d'un homme avec mon ventre, mes seins couverts de cloques ? Non… Jivko a été délicieux avec moi. Nous parlions, il me racontait les légendes de l'île, il m'expliquait la mer, la nature. En fille de la ville, j'étais ignorante de toutes ces choses. Nous nous retrouvions sur les remparts pour contempler le coucher du soleil… Très vite, les commérages ont colporté dans les chaumières les détails de nos « accouplements ». Tous les ouvriers avaient quelque chose à rajouter. Celui-ci nous avait surpris forniquant comme des chiens en chaleur, celui-là m'avait vue me rouler nue en compagnie de Jivko sur une peau d'ours… En réalité, ils étaient jaloux de voir qu'un gars de leur village avait réussi à nouer des relations avec la princesse noire, comme on me surnommait déjà. Non... il n'y a jamais rien eu entre ce garçon et moi. Je pense qu'il n'aurait pas dit non, pour sûr, mais je me faisais horreur. Comment imposer à un si beau garçon la vue de mon corps couvert de plaques rougeâtres, de cicatrices boursouflées ? Non, j'aurais préféré mourir. Une femme peut comprendre cela, n'est-ce pas ?

Inga, d'un signe de tête, lui signifia qu'elle comprenait.

Dame Urd se passa la main sur le visage.

– Après, balbutia-t-elle, je ne sais pas ce qui s'est réellement passé... Un jour, Jivko a disparu. On n'a jamais su ce qu'il était devenu. À l'époque j'ai pensé qu'il était tellement amoureux de moi qu'il avait préféré prendre la fuite. Pour cesser de souffrir, pour ne plus me voir... Je me répétais qu'il s'était enfoncé dans la forêt pour s'en aller refaire sa vie de l'autre côté de l'île, loin de moi, loin de cette femme mutilée qui jamais ne se donnerait à lui. Mais il y a d'autres explications possibles...

– Vous pensez qu'Arald aurait pu l'assassiner ? hasarda Inga.

– Oui, souffla la châtelaine. Oh ! pas par jalousie... Arald se moquait bien de moi, mais pour sauvegarder son honneur de chef. Les rumeurs de cocuage l'irritaient au plus haut point. Il a pu en prendre ombrage et attirer Jivko dans un piège. C'est une solution possible... probable même. Mais on peut aussi imaginer que Jivko a été tué par les garçons du village, par tous ces jeunes coqs jaloux de sa bonne fortune. Il me disait souvent que l'amitié que nous nous portions lui valait bien des quolibets. En définitive, on ne saura jamais. Et c'est mieux ainsi, j'aime me raconter qu'il est parti ailleurs et qu'il est heureux. Il le méritait. Voilà la vérité sur ma vie de libertinage, mes centaines d'amants, mes orgies, mes crimes… tels que te les a narrés frère Jean de la Croix, ou plutôt sa réincarnation, Olaf le marin fou.

– Ainsi, observa Inga, votre père avait dépêché un chasseur pour vous ramener chez lui ?

– Oui, fit Dame Urd. C'est qu'il avait beaucoup à perdre dans cette histoire. Sans mariage pas de traités commerciaux, pas de fortune, pas de pouvoir… Frère Jean était un exorciste redoutable, un fanatique, un moine soldat prêt à en découdre par le fer. Affronter un Viking ne lui faisait pas peur. C'était un *bersekker* de Dieu… Il se serait jeté sur Arald en écumant de rage. Je pense que sa personnalité a fasciné Olaf au point qu'il en est resté imprégné. Le naufrage lui ayant troublé l'esprit, notre pauvre marin a décidé de reprendre à son compte la mission du moine. Mais il convient de se méfier de lui. Il est fou, mauvais, et plus habile qu'il n'y paraît. Au début j'ai cru que les gens du village le tueraient rapidement ; je me suis trompée. Il a su leur faire peur pour les tenir à distance. Il est fourbe et malin, prodigue en petites astuces. Je l'ai souvent observé du haut des remparts. Je l'ai vu jouer au monstre pour effrayer les bergers. Il use d'une sorte de cerf-volant de toile, auquel il se suspend pour tournoyer dans le vent. Cela lui donne l'aspect d'une chauve-souris géante.

– Je sais, coupa Inga. Mais il dit également qu'il sait comment s'introduire dans le château.

Dame Urd frissonna.

– Je pense qu'il a trouvé l'entrée de l'un des trois souterrains, murmura-t-elle. Il travaille avec obstination à le dégager. Depuis dix années qu'il y besogne chaque jour, il doit se rapprocher des murailles… peut-être même est-il parvenu à entrer dans la crypte des aveugles ? Voilà pourquoi je t'avais expédiée en bas… Je voulais m'assurer qu'il n'était pas déjà dans nos murs, mais tu n'as pas su me renseigner.

— Tous les tunnels débouchent dans les caves ?

— Hélas non ! certains ouvrent directement sur des chambres… ma chambre, la tienne… que sais-je ? S'il parvient à se faufiler dans les caves, il lui faudra forcer la grille pour sortir dans la cour. S'il a des outils, cela ne lui demandera pas longtemps. Je vais demander à Snorri de s'assurer que la serrure fonctionne bien.

Elle paraissait soudain fort nerveuse. Prenant conscience du regard d'Inga, elle eut un geste de colère pour congédier la jeune fille.

— Que fais-tu là à bayer aux corneilles ? s'emporta-t-elle. Fiche le camp, va donc aider Snorri à préparer la laine. Si « frère Jean » se met en tête de nous faire la guerre, nous aurons besoin de l'aide des villageois pour lui donner la chasse. Ils sont mieux équipés que nous pour ce genre de battue.

Inga s'éloigna docilement, mais au lieu de rejoindre le bossu elle grimpa jusqu'au chemin de ronde. Skall l'y attendait.

— J'ai bien cru que tu ne reviendrais pas, ricana-t-il. J'ai vu l'ombre de la bête volante à travers le brouillard. Je pensais qu'elle t'avait prise.

— Ce n'est pas une bête, soupira Inga, c'est un homme suspendu à une espèce de cerf-volant ; il s'en sert pour planer dans le vent.

— Je sais, fit le garçon. Je disais ça pour te faire marcher. On apprend beaucoup de choses en vivant sur les remparts. Il y a longtemps que j'ai percé le secret de la bête volante qui terrifie ces crétins de paysans.

– Tu connais frère Jean ? s'étonna Inga.

– Je ne savais pas qu'il s'appelait comme ça, grogna l'infirme, mais pour être dingue il est dingue, ça c'est certain. Et dangereux.

– Pourquoi ?

– Il se débrouille sacrément bien avec son cerf-volant. Des fois, quand le vent est en furie, il grimpe très haut dans le ciel… presque aussi haut que les remparts. Il hurle des malédictions en brandissant le poing dans notre direction. Dans ces moments-là, s'il avait un javelot ou un harpon, il pourrait facilement atteindre quelqu'un qui se tiendrait comme toi, près des créneaux. Quand j'étais petit, il me faisait peur, je croyais que c'était un démon descendu de l'Asgard. Je sais que la dame noire le craint. Parfois, elle monte ici avec un arc, et elle lui décoche une flèche pendant qu'il marche sur la lande. Mais jusqu'ici elle n'a jamais réussi à le toucher. Il est rapide…

– Et que fait-il sur la lande ?

– Il fouille, il creuse… Il cherche l'entrée d'un souterrain.

Inga reporta son regard sur le soleil qui se couchait. Elle songeait aux confidences de Dame Urd. Devait-elle y prêter foi ? Elle tenta de s'imaginer la vie de la jeune femme sur cette île sauvage, peuplée de gens rudes parmi lesquels Arald recrutait pirates et pillards. À n'en pas douter, elle avait rapidement cessé de trouver l'aventure exaltante. Fille de la noblesse, elle avait probablement peu goûté les transports amoureux

d'Arald, ensuite, ne lui était resté que l'attente… et
l'ennui. Alors était arrivé Jivko.

« Tout cela est peut-être d'une grande banalité, songea-t-elle. En réalité, *il ne s'est rien passé*. Jivko est
parti et Arald s'est noyé, exactement comme l'affirme
la dame noire. Le reste – les mystères, les crimes, les
prodiges – n'est que le produit des divagations de Fodor
et de frère Jean. Ils ont fabriqué une fantasmagorie là
où il n'y avait qu'une histoire d'amour avortée, l'ennui
et la tristesse d'une femme mal aimée égarée en un
bien étrange pays. »

Le souffle du dragon

À ces jours de mystère succédèrent de grises semaines que l'on employa à carder la laine puis à la filer, de manière à pouvoir entamer le tissage des vêtements que Dame Urd comptait offrir aux villageois avant l'arrivée de l'hiver.

L'air était plein d'une poussière de suint, d'une odeur de bête. Les enfants avaient été mis à contribution. Au début, ils s'étaient réjouis de cette nouveauté qui venait enluminer le morne écoulement des heures d'enfermement. Mais, bientôt la répétition des tâches les avait lassés. Seules les fillettes s'obstinaient, heureuses de transformer la fourrure des brebis en un beau fil lisse. Parfois, dans la lumière mourante des fins d'après-midi, Inga ne pouvait s'empêcher de songer aux Nornes, ces femmes sans visage qui tissent et coupent le fil des destinées humaines dans le secret de la terre, et un frisson désagréable lui parcourait l'échine.

La dame noire n'épargnait pas sa peine. Levée avant tout le monde, elle travaillait d'arrache-pied sur les métiers à tisser. Observant les mouvements de ses mains, Inga croyait y déceler une sorte de rage secrète et d'impatience.

« Elle tisse avec la hargne que des guerriers mettraient à préparer leurs armes avant la bataille, se dit-elle un matin. C'est étrange. »

Jamais elle n'avait vu une femme manier le peigne avec une telle expression sur le visage. Dès qu'elle se penchait sur le métier, la princesse noire se transfigurait... À quoi pensait-elle ? Quelles images défilaient dans son esprit ?

Lentement, les vêtements prenaient forme ; colorés, brodés, ils étaient à la fois beaux et commodes. À n'en pas douter, Fodor les accepterait de bon cœur.

Inga accueillait la fatigue avec bonheur. Harassée, elle cessait de se lamenter en se répétant qu'elle allait finir ses jours ici, sur cette île du bout du monde. Avec l'hiver le jour deviendrait éternel, il faudrait s'habituer à la curieuse teinte du ciel et faire la guerre au froid. Ce dernier point l'inquiétait tout particulièrement, car elle n'avait jamais connu l'hiver qu'en ville, calfeutrée entre les parois d'une maison bien chauffée. Il n'en irait pas de même ici, dans ce manoir ouvert aux quatre vents, aux murailles percées, aux tours béantes.

Elle pensait également aux enfants, mal équipés, mal vêtus.

— Plutôt que de tisser pour les paysans, grommela-t-elle un soir, ne vaudrait-il pas mieux s'occuper de nos gosses ?

— Tu ne sais pas ce que tu dis, éluda Dame Urd. Il ne sert à rien d'habiller les enfants si Fodor et ses villageois viennent incendier le château un soir de beuverie. Si nous voulons survivre, nous devons gagner leur amitié. » Elle parut réfléchir un instant, puis ajouta : « Ne

commets pas l'erreur de t'attacher aux gamins. Beaucoup mourront pendant l'hiver. C'est ainsi, sur cette
terre les enfants sont gens de passage, s'y attacher plus
que de raison, c'est se condamner à la tristesse perpétuelle. Mieux vaut ne voir en eux que de petits animaux
promis à une existence éphémère et ne pas leur donner
plus d'amour qu'à un chiot.

Au bout d'un mois, les vêtements furent prêts. Il
s'agissait de grosses casaques rembourrées de laine,
portant cols et poignets de fourrure. Ils empestaient la
laine de mouton mal dégraissée, mais personne, parmi
les gens de Fodor, n'en prendrait ombrage.

Lorsque la charrette fut remplie, Dame Urd dépêcha
Inga au village pour une première livraison.

– Vous ne voulez vraiment pas m'accompagner?
demanda la jeune fille. Votre présence serait un gage
supplémentaire de votre désir de paix.

Le visage de la châtelaine se crispa vilainement,
comme si l'idée de rencontrer les paysans lui était
odieuse.

– N... Non, balbutia-t-elle. Je ne suis pas certaine de
trouver les mots qu'il faut... Ta jolie figure fera sûrement meilleur effet. En outre, ils n'ont aucun grief à ton
encontre, c'est un point important. Va... et évite de
bavarder avec «frère Jean», tu es si naïve qu'il lui suffira d'un instant pour te farcir la tête de fariboles.

Vexée, Inga fit claquer les brides sur la croupe du
cheval.

Le brouillard l'accueillit, cocon moite à l'odeur de
varech. Se levait-il jamais? Le cheval trottinait sans se
presser, indifférent aux sollicitations de la jeune fille.

L'attention de celle-ci fut attirée par le brasillement d'un feu de camp qui fumait en bordure du chemin. Elle tournait la tête de droite et de gauche pour tenter de repérer le propriétaire du bivouac quand, tout à coup, quelque chose jaillit du sol dans un nuage de poussière. Inga laissa échapper un cri de frayeur. Une silhouette terreuse se tenait sur le bord de la route, tel un mort échappé de la tombe. Inga voulut fouetter le cheval pour s'éloigner au plus vite, mais la créature boueuse s'empressa de saisir l'animal par le mors, l'immobilisant.

– Attends! lança la voix de frère Jean. Ce n'est que moi. Où cours-tu ainsi?

– Pourquoi êtes-vous dans cet état? s'étonna Inga. Le paysans vous ont enterré vivant?

– Non… fit l'homme, avec une certaine réticence. Je creusais. J'explorais certaines galeries. Rien d'important. Que transportes-tu?

– Des vêtements d'hiver, pour les villageois, expliqua la jeune fille. Un présent de Dame Urd pour s'attirer les bonnes grâces de Fodor.

– Des vêtements… grommela Jean, voyons cela. J'ai grand besoin d'une pelisse.

Inga lâcha les rênes et s'empressa de rejoindre le dément à l'arrière de la carriole pour l'empêcher de semer le chaos dans les piles soigneusement constituées.

– Laissez cela, ordonna-t-elle, ce n'est pas pour vous. Si la dame noire nous observe en ce moment, elle va encore me réprimander.

– Elle ne peut pas nous surveiller, la garce, ricana frère Jean, le brouillard nous dissimule. Je suis très peiné par ton attitude, ma fille. Ainsi, tu préfères vêtir des païens que d'offrir un manteau à un homme de Dieu dans le dénuement?

Il s'excitait. Ses yeux roulaient, exorbités, dans sa face terreuse.

« Je n'aurais pas dû le contrarier, songea Inga. Il va avoir une crise… Quelle idiote je fais ! pourquoi ne lui ai-je pas donné l'un des ces fichus manteaux ? »

– La catin t'a contaminée, c'est ça ? hurlait à présent l'homme à la figure boueuse. Elle t'a gagnée à ses idées impies ? Peut-être partages-tu son lit, qui sait ? Dès le premier regard j'ai senti que tu n'avais pas la foi chevillée au corps. Tu es la proie idéale pour ce genre de sorcière. Avant longtemps tu lui mangeras dans la main… Tu… tu…

La colère l'étouffait. Inga faillit lui crier : « Ça suffit ! Assez de sermons, vous n'êtes même pas prêtre ! » mais elle eut peur de provoquer une réaction extrême chez l'énergumène qui gesticulait à présent au milieu des manteaux, les empoignant à pleines mains pour les jeter sur la route.

– Défroques d'hérétiques ! s'égosillait-il, défroques de démons… Regarde ces dessins, des runes diaboliques, à coup sûr… Et cette couleur rouge ! La sorcière les a teints dans le sang de ses menstrues ! Il faut les détruire, les brûler, les purifier !

– Assez ! cria Inga. Lâchez ces habits… Bon dieu ! mais vous êtes vraiment fou à lier !

Elle se jeta sur l'homme qui, en dépit de sa maigreur, la repoussa sans difficulté.

– Tu as blasphémé ! hoqueta-t-il en roulant des yeux incrédules. Tu as blasphémé, toi, une chrétienne. Tu ne vaux pas mieux que ce ramassis de païens adorateurs d'idoles ! Tu mériterais que je te jette dans le feu comme ces défroques immondes !

Enjambant les ridelles, il sauta sur le sol et entreprit

de pousser les vêtements à coups de pied en direction
du bivouac qui fumait au bord du chemin.

– Le feu ! vociférait-il, le feu purifie tout !

Il se saisit d'un manteau et le jeta sur les braises. La
laine commença à roussir en répandant une odeur de
poil brûlé. Inga le rejoignit d'un bond et l'empoigna
par ses guenilles.

– Ça suffit ! gronda-t-elle, j'en ai assez de vos folies !

– Ah ! siffla Jean, je vois bien que tu es avec ELLE
désormais, elle t'a pervertie, je vais devoir te châtier, je
vais devoir extirper le démon de ton âme. On verra si tu
la défends encore lorsque je te tiendrai le visage dans
les braises !

Décidé à mettre sa menace à exécution, il empoigna
la jeune fille par les cheveux ; c'est alors que se produisit un phénomène inexplicable… Inga fut aveuglée par
une vive lumière et projetée en arrière par un souffle
violent qui la souleva de terre. À demi sourde, la face
et les vêtements noircis, elle se retrouva couchée sur le
dos à cinq mètres de l'endroit où elle se tenait une
seconde auparavant.

À la place du bivouac s'ouvrait un cratère fumant,
comme si l'on avait essayé d'y creuser une tombe,
mais l'excavation était bien trop profonde pour avoir
été ouverte par la main de l'homme en si peu de
temps…

C'était à n'y rien comprendre. La jeune fille roula
sur le flanc. Son visage lui faisait mal.

« On dirait que je me suis approchée trop près d'une
flamme, constata-t-elle. Mon Dieu ! Que s'est-il passé ?
S'agirait-il effectivement d'une diablerie ? »

Frère Jean gisait sur le dos, la barbe et les cheveux
roussis par le vent de feu qui l'avait frappé, lui aussi. Il

balbutiait des mots sans suite, mélangeant prières et anathèmes.

Inga se redressa, essayant de rassembler ses idées. Qu'y avait-il à la place du cratère une minute plus tôt? Le bivouac, et sur le bivouac… Un manteau, bien sûr! *Un manteau en train de prendre feu…*

Fallait-il y voir une relation de cause à effet?

Étourdie, la jeune fille fit quelques pas sur la route. Terrifié par l'inexplicable phénomène, le cheval avait repris le chemin du château, traînant derrière lui la carriole brinquebalante.

Inga se pencha pour ramasser l'un des vêtements jetés à terre par le prêtre fou. C'était un épais manteau molletonné, dans l'épaisseur duquel on avait entassé une grosse couche de flocons de laine brute. On ne pouvait guère le soupçonner, à première vue, de posséder des pouvoirs magiques. La jeune fille s'appliqua à le palper. Au bout d'un moment elle réalisa que ses doigts produisaient un curieux crissement lorsqu'ils malaxaient la laine des moletons.

«On dirait du sable… se dit-elle. Oui, c'est comme si on avait ajouté du sable ou de la limaille de fer au rembourrage.»

Seul un esprit averti pouvait détecter une telle anomalie. En outre, on était au bord de la mer, et tout le monde avait l'habitude de trouver du sable dans les plis de ses habits.

Néanmoins, Inga décida de défaire la couture du manteau. À l'aide du petit stylet qui ne la quittait jamais, elle fit sauter les points un à un, libérant la bourre laineuse emplissant le manteau.

On avait ajouté quelque chose aux flocons de laine… une poudre noire, très fine, qui les imprégnait telle une poussière collante. L'odeur en était étrange, inconnue. S'agissait-il d'une substance démoniaque ? Quand cet ingrédient avait-il été ajouté ? Et par qui ?

Comme frère Jean s'agitait, Inga jugea plus prudent de ne pas s'attarder en sa compagnie. D'un pas mal assuré, elle reprit la route du manoir, le manteau décousu sous son bras.

À peine eut-elle franchi la poterne, que Snorri l'empoigna et la poussa dans l'escalier menant à la galerie à grandes bourrades dans le dos. Il grognait, au comble de la fureur. Au sommet des marches, Dame Urd attendait, le visage convulsé par la rage. Elle empoigna Inga par le devant de sa robe et la projeta contre un mur en criant :

– Imbécile ! qu'as-tu fait ? J'ai vu la lueur à travers le brouillard ! Que s'est-il passé ?

Snorri, qui jusqu'alors s'était toujours bien comporté avec Inga, s'approcha d'elle et lui expédia un coup de poing dans le ventre. La jeune fille s'effondra sur le sol en vomissant de la bile.

La dame noire s'agenouilla à ses côtés et la saisit par les cheveux.

– Idiote ! Triple idiote ! vociféra-t-elle, tu aurais pu tout faire rater ! Il aurait suffi qu'un paysan, un seul, assiste à l'explosion…

– Je n'y suis pour rien, haleta Inga, c'est frère Jean. Il a jeté un manteau dans le feu et…

– Encore lui ! cracha Dame Urd, il sera donc toujours là à nous mettre des bâtons dans les roues !

Inga s'agrippa à une colonne pour se relever. Les visages convulsés de fureur de la châtelaine et du bossu lui faisaient peur.

– Qu'est-ce que c'était ? balbutia-t-elle. Le sable noir à l'intérieur des vêtements…

La dame noire recula d'un pas, les traits figés.

– Ah ! dit-elle, tu as également découvert cela… C'est dommage pour toi. » Puis, se tournant vers le bossu, elle ordonna : « Enferme-la à la cave, nous verrons plus tard ce qu'il convient de faire d'elle. Je vais livrer moi-même les manteaux au village, après tout, cela pourra passer pour une preuve de bonne volonté.

Snorri empoigna Inga par les cheveux et lui fit dévaler l'escalier sous l'œil éberlué des enfants massés dans la cour.

– Non ! supplia la jeune fille. Pas la crypte ! Les aveugles vont me crever les yeux ! Pas la crypte !

Mais Snorri demeura inflexible. Ayant déverrouillé la grille défendant l'accès au sous-sol, il projeta la jeune fille dans les ténèbres et s'empressa de tourner la clef dans la serrure.

Inga roula sur les marches en se meurtrissant les côtes. Elle ne comprenait rien à ce qui lui arrivait.

Lorsqu'elle toucha le sol, elle se redressa en tâtonnant. Devant elle s'ouvrait à présent le gouffre des caves avec leurs enfilades de tunnels et de souterrains, leurs labyrinthes, leurs oubliettes… Il n'y avait de lumière qu'à proximité de l'escalier, tout le reste baignait dans une obscurité impénétrable.

« Le royaume des aveugles… », songea-t-elle.

D'un revers de manche, elle essuya des larmes. Elle n'osait pas s'éloigner des rayons de soleil, qui s'insinuaient par la grille et dessinaient une tache tremblotante au bas de l'escalier. Tant qu'elle resterait sous la protection du jour, il ne pourrait rien lui arriver de

fâcheux ; du moins l'espérait-elle. Elle scruta inutile-
ment les ténèbres. Orök et ses petits guerriers de la nuit
approchaient-ils déjà, la lance levée pour lui crever les
yeux ?

Pour parer à cette éventualité, elle ramassa une pierre
et s'assit sur une marche. Elle souffrait de mille contu-
sions et mourait de soif. À force de sonder la nuit, elle
était peu à peu gagnée par l'illusion d'y voir bouger des
formes monstrueuses.

« J'ai découvert quelque chose, pensa-t-elle. Un
secret… un complot… voilà pourquoi Dame Urd m'a
jetée ici. »

Au seul souvenir des éclats de haine, qu'elle avait vu
briller dans les yeux de la princesse noire, elle frisson-
nait encore.

Une heure s'écoula, et rien ni personne n'était sorti
du territoire nocturne constitué par les caves. Inga
grimpa au sommet de l'escalier, de manière à se tenir
contre la grille. Une fois installée là, elle essaya d'appeler les enfants qui jouaient dans la cour, mais aucun
d'eux ne répondit à ses sollicitations, pas même Odi qui
lui tourna ostensiblement le dos lorsque la prisonnière
prononça son nom.

« Je suis en disgrâce, soupira la jeune fille. Personne
ne veut prendre le risque de mécontenter la châtelaine
en prenant mon parti. »

On devait être au milieu de l'après-midi quand Dame
Urd se présenta à la grille.

– J'ai fait ton travail, annonça-t-elle. J'ai livré les
manteaux au village. Fodor m'a fait bon accueil. Ce

crétin semble désireux de signer la paix. Il ne sait pas ce qui l'attend.

— Qu'êtes-vous en train de préparer ? demanda Inga. De quelle magie usez-vous ?

— Il ne s'agit pas de sorcellerie, petite sotte, fit la femme au visage blême, mais d'une science étrange venue de Chine. Le sable noir, comme tu l'appelles, c'est de la poudre…

— De la poudre de quoi ?

— Je ne sais pas, et je m'en moque. Arald en avait ramené une petite quantité de ses voyages au bout du monde, mais elle lui faisait peur et il n'a jamais osé s'en servir contre ses ennemis. Il prétendait que ce n'était pas une arme honorable. Les Chinois, eux, l'utilisent indifféremment pour s'amuser ou faire la guerre. Au contact du feu, cette poussière donne naissance à une vive lumière qu'accompagne un souffle de tempête. C'est d'ailleurs ainsi qu'ils le surnomment : le souffle du dragon. J'ai eu l'idée de m'en procurer d'autres tonnelets, grâce à d'anciens compagnons d'Arald, qui commercent avec l'Asie. Ici, tout le monde ignore l'usage qu'on peut faire de cette poudre noire. J'en ai entassé une bonne réserve au fond de cette cave, dans des tonneaux frottés de graisse.

Inga tendit l'oreille. Elle se rappela soudain l'odeur de suint qu'elle avait flairée à maintes reprises, ainsi que les va-et-vient mystérieux de la dame noire et du bossu.

— De la graisse ? répéta-t-elle sur un ton interrogatif.

— Oui, consentit à expliquer Dame Urd. La graisse colmate les fissures des tonnelets, elle empêche la poudre de se répandre. En outre, elle protège le contenu de la barrique contre l'effet d'éventuelles étincelles, ou contre les méfaits de l'humidité. Les Chinois utilisent de la graisse de tigre. La poudre déchaîne son pouvoir dès qu'elle est mise en présence du feu, c'est pourquoi il faut la manier avec précaution, loin des flammes.

– Oh ! souffla Inga traversée par une soudaine illumination, c'est ainsi que vous vous êtes débarrassée des voleurs d'enfants dans le souterrain !

– Oui, admit Dame Urd. Snorri est sorti sur la plaine, par l'une des crevasses du sol il a laissé tomber sur la tête des sapeurs trois ou quatre bourses de cuir remplies de poudre. On peut faire exploser ces sortes de paquets en y plantant une mèche de bougie… Ainsi le souffle destructeur se produit à retardement, au bout de trois ou quatre battements de cœur.

– Mon Dieu ! soupira Inga, confuse de s'être montrée si naïve, et moi qui croyais que vous cachiez une bête monstrueuse dans la crypte… une bête que vous lâchiez sur vos ennemis.

– C'est vrai que tu es assez sotte, observa la princesse noire, mais pas assez cependant pour faire jusqu'au bout le travail qu'on te réservait.

Inga crispa les doigts sur les barreaux.

– Vous êtes en train de piéger tout le village, n'est-ce pas ? lança-t-elle. Les… les manteaux… et l'effigie du dieu Njord… Je vous ai vue en train de l'évider, c'était pour y tasser de la poudre !

– Bien sûr, admit Dame Urd avec un sourire satisfait. L'effigie que tu as taillée, et qu'ils ont stupidement plantée au milieu du hameau est remplie de poudre comprimée. Lorsqu'on y mettra le feu, le souffle qui s'en dégagera tuera tout le monde à trois cents pas à la ronde ! Les manteaux feront le reste. Dès qu'ils prendront feu, ils exploseront à leur tour. Ces culs-terreux seront tous réduits en charpie ou brûlés vifs. C'est ce que je souhaite depuis longtemps… c'est ce qui va enfin se réaliser. Ces idiots ignorent qu'en acceptant mes cadeaux ils entassent dans leurs coffres les bombes qui vont les détruire. Quand le moment sera venu, Snorri et moi sortirons sur la lande, avec nos arcs… Nous lancerons des flèches enflammées sur la statue, sur les maisons. Ce sera l'hiver. La plupart des paysans auront revêtu mes manteaux. Quel bonheur de les voir voler en miettes !

— Mais pourquoi ?

— Cela ne te regarde pas. Occupe-toi seulement d'essayer de conserver tes yeux le plus longtemps possible. Je crois que les aveugles n'ont guère apprécié d'avoir été bernés. Ils gardent un mauvais souvenir de ta prétendue cécité. Quand on est infirme, on place son honneur là où l'on peut.

Dame Urd fit un pas en arrière.

— Je te laisse, dit-elle. Si tu reviens à de meilleurs sentiments… *et si tu y vois encore*, je t'accorderai peut-être une seconde chance. Il va te falloir choisir tes amis, ma petite, mais dépêche-toi, le temps presse.

— Vous voulez que je vous aide à détruire le village, haleta Inga. C'est ça ?

— Oui, tu es mignonne et de basse extraction, cela te donne une certaine facilité pour nouer des liens d'amitiés avec ces croquants, répondit sourdement la châtelaine. Et puis, il n'existe aucun contentieux entre eux et toi, ce qui n'est pas mon cas. Mon plan fonctionnera mieux si c'est toi qui les charmes. Pourquoi prendrais-tu leur défense ? Tu ignores qui ils sont… Ils doivent être punis ; après, je recommencerai à vivre. Nous quitterons ce château, nous voyagerons, je t'emmènerai avec moi. Le trésor d'Arald nous permettra de nous établir ailleurs.

– Et les enfants?

– Les enfants nous accompagneront, je ne les abandonnerai pas. Ne me crois pas mauvaise, j'exige simplement mon droit à la vengeance, ce droit si chèrement revendiqué par les Vikings. Pourquoi serait-ce le seul privilège des hommes? Pourquoi les femmes n'y auraient-elles pas droit, elles aussi?

Effrayée par la violence de Dame Urd, Inga s'éloigna de la grille.

– Je ne peux pas être avec vous tant que vous ne m'expliquez rien, lâcha-t-elle.

– Une princesse n'a pas à se justifier aux yeux de sa servante, siffla la dame noire en tournant les talons. Quand tu seras devenue plus docile, je te libérerai, à condition toutefois que tu sois encore en état de me servir.

Celui qui marche dans les ténèbres

Quand ses yeux se furent habitués à l'obscurité, Inga distingua des zones de moindre noirceur dans l'opacité de la crypte. La lumière du jour s'infiltrait dans ces poches de pénombre par les lézardes de la voûte. Ces oasis lumineuses n'étaient ni très nombreuses ni très éclairées, mais elles n'en constituaient pas moins des refuges que la jeune fille pourrait utiliser si sa claustration s'éternisait.

Pour l'heure, elle avait beau tendre l'oreille, elle ne percevait aucun bruit, aucune voix. Tout se passait comme si les aveugles avaient décidé d'observer le plus parfait silence, ou s'étaient retirés au plus profond des tunnels.

Recroquevillée contre la grille de fer forgé, elle attendait la nuit avec inquiétude. Elle se répétait qu'Orök et ses ouailles faisaient de même.

« Quand les rires et les cris des gosses se tairont dans la cour, songea-t-elle, ils sauront que tout le monde est parti dormir et que l'obscurité règne sur la terre. Alors ils sortiront de leur cachette pour m'attaquer, tablant sur le fait que je ne saurai pas me défendre dans le noir. »

Elle imaginait fort bien leur stratégie : il leur suffirait

de la pousser dans un tunnel truffé d'oubliettes pour qu'elle tombe dans une fosse et s'y brise les jambes. Oui, c'était probablement ce qu'ils avaient prévu…

Dehors, le jour baissait. Malgré sa peur, Inga avait faim et soif. Elle se sentait faible. À deux reprises, cédant à un mouvement de panique, elle avait secoué la grille, en vain. La serrure, énorme et compliquée, avait été conçue pour résister aux tentatives d'effraction.

La nuit s'installa. Alors qu'elle scrutait les ténèbres, la jeune fille entendit un bruit de claudication. Elle se retourna. C'était Skall, cramponné à sa béquille. Il s'approcha de la grille pour glisser un sac de toile crasseux entre les barreaux.

– Tiens, souffla-t-il, c'est tout ce que j'ai réussi à voler. Je ne peux pas rester, le bossu surveille l'entrée des caves. Il vient de partir pisser, mais ça ne lui prendra pas longtemps. Essaye de tenir tête à ces cochons d'aveugles ! Je reviendrai demain.

Sans attendre de remerciements, il clopina sur les pavés pour se fondre dans l'obscurité. Émue, Inga examina le contenu du sac ; il y avait là un morceau de pain, un bout de saucisse fumée, un bouteillon de cidre, une petite lampe à graisse et sa pierre à feu.

La jeune fille faillit battre des mains. La lumière, même parcimonieuse, lui permettrait de déjouer les pièges de la tribu des profondeurs. C'était plus qu'elle n'espérait.

Elle s'empressa de frapper le silex avec l'aiguillon de fer. Bientôt, la pierre cracha assez d'étincelles pour enflammer la mèche de la lampe à huile. Le lumignon palpita, jetant une lueur dansante sur les parois de la crypte.

Armée de ce photophore rudimentaire, Inga descendit les marches. Quand elle fut au bas de l'escalier, elle vit que la porte cloutée qui l'avait tant intriguée était ouverte. Ainsi c'était là que la dame noire avait tenu cachés les fameux tonnelets de poudre noire… À présent, la cellule était vide. Inga se demanda s'il lui serait possible de s'y retrancher en cas d'attaque des enfants. Elle examina le verrou. Hélas, comme toutes les serrures de cachot, on ne pouvait l'actionner de l'intérieur.

Elle en était là de ses réflexions, quand l'écho d'un pas résonna sous la voûte. Quelqu'un s'approchait. Pas une troupe, non… une seule personne qui avançait en s'aidant d'un bâton. Inga leva la lampe, guettant ce qui allait sortir de l'obscurité. Elle reconnut Sigrid. La fillette était seule, elle marchait les paupières closes, son petit visage crasseux levé vers le plafond.

— C'est toi, Inga ? lança-t-elle. Ils t'ont jetée ici pour que nous te punissions. Tu as une lampe, je renifle l'odeur de la graisse chaude.

— Tu viens me crever les yeux ? interrogea la jeune fille. Je ne suis pas votre ennemie. Je ne faisais qu'obéir à la dame noire.

— Je sais, fit Sigrid, cela n'a guère d'importance aujourd'hui. Il faut que tu nous aides… Toller est mort. On l'a tué.

— Toller ? répéta Inga.

— Un garçon, expliqua la petite fille. Il avait huit ans. On l'a retrouvé, la tête écrasée par une grosse pierre. Je pense que c'est celui qui marche dans les ténèbres qui l'a tué.

Inga se mordit la lèvre. Elle avait presque failli oublier que les jeunes aveugles étaient poursuivis par un ennemi secret déambulant dans les tunnels à la faveur de la nuit.

– La… chose est revenue ? s'inquiéta-t-elle. Vous l'avez entendue ?

– Oui, comme d'habitude nous avons pris la fuite pour nous cacher dans les souterrains avant qu'elle n'atteigne la crypte, mais Toller était petit. Il n'a pas été assez rapide. Quand on est sorti de nos cachettes, il était mort. On l'a enterré dans le cimetière. Nous avons peur. Depuis que tu es partie, celui qui marche dans les ténèbres vient de plus en plus souvent. Parfois, il profite de notre sommeil pour s'approcher de nous. L'autre fois il s'est penché sur moi… J'étais si effrayée que j'ai fait semblant de dormir. Il tenait une lampe à la main. J'entendais grésiller l'huile et je flairais l'odeur de la graisse de phoque.

– Qu'a-t-il fait ?

– Il a écarté mes cheveux et fait couler de l'eau sur mon front. Il marmonnait. J'ai cru qu'il allait me tuer, mais j'avais si peur que j'aurais été incapable de m'enfuir. Il a touché ma figure avec ses doigts mouillés, puis il s'est éloigné.

– Je pense que tu en as déduit la même chose que moi, fit Inga. S'il porte une lampe, c'est qu'il s'agit d'un voyant, comme moi. Il ne peut pas se déplacer dans le noir, comme vous le faites si bien. C'est quelqu'un qui vient de l'extérieur…

Au moment où elle prononçait ces paroles, le doute s'insinua dans l'esprit de la jeune fille.

« Un voyant… songea-t-elle. *Ou un aveugle qui veut justement faire croire qu'il a besoin d'une lampe pour y voir !* »

Elle hésita, troublée par cette éventualité.

– Que dit Orök de tout cela ? demanda-t-elle.

La fillette s'agita, mal à l'aise.

– Orök répète que son idole nous défendra contre l'intrus, murmura-t-elle, mais ce n'est pas vrai. L'idole ne marche pas… Je suis allée la toucher, ce n'est qu'un tas de boue séchée qui pue. Je ne crois plus en elle. Au début, il nous racontait qu'elle nous touchait le visage pour apprendre à nous connaître, parce qu'elle était aveugle, comme nous… Ensuite, quand les premiers enfants ont été tués, il a prétendu qu'elle éliminait les impurs, ceux qui ne pourraient pas faire partie de la race nouvelle… Après, il a raconté qu'elle se chargerait de l'intrus et nous défendrait contre lui… Il s'embrouille, il se contredit… Je n'ai plus confiance. Je crois qu'il dit n'importe quoi.

Elle éclata en sanglots, et ses larmes tracèrent des sillons plus pâles dans la crasse qui vernissait ses joues.

– Il s'en fiche, bredouilla-t-elle. Il ne dort pas avec nous, alors l'intrus ne risque pas de se pencher sur lui pour lui toucher la figure… Ce n'est pas juste !

Inga posa la main sur l'épaule de la fillette.

– Répète ce que tu viens de dire, souffla-t-elle. Orök ne dort pas avec vous ?

– Non, confirma Sigrid. Il a toujours fait bande à part… C'est lui le chef, pas vrai ? Il dit qu'il doit méditer… ou parler avec le nouveau dieu qui sortira de terre après Ragnarök. Il prétend que nous ne devons pas entendre ce qu'il lui raconte, que la voix de la divinité nous rendraient sourds ou fous… Avant, quand j'étais plus petite, je le croyais. Maintenant, je ne suis plus sûre de rien.

Inga attira Sigrid contre sa poitrine et lui caressa les cheveux. Des idées folles se bousculaient dans sa tête.

« Si Orök ne dort pas avec ces gosses, se dit-elle, c'est peut-être qu'il vient de l'extérieur ! Il ne fait que de brèves apparitions dans la crypte, puis, son message délivré, il repart par où il est venu… »

Un enfant du château aurait fort bien pu jouer ce rôle. Il suffisait pour cela qu'il ait découvert le moyen de s'introduire dans les caves. Un trou dans un mur, un conduit de cheminée, lui avait peut-être livré le moyen d'accéder au monde des aveugles. Là, où un adulte n'aurait jamais pu passer, le gamin se faufilait telle une belette, à l'insu de tous. Il y avait tant d'enfants dans la cour du manoir que personne n'était en mesure de les surveiller tous. L'un d'eux aurait aisément pu disparaître pendant plusieurs heures sans qu'on remarque son absence.

« Un gosse, se répéta Inga. Un gosse qui s'amuse à jouer les tyrans et prend un malin plaisir à régner sur ce minuscule royaume… »

Son cœur battait la chamade, elle était certaine d'avoir trouvé la solution du mystère. Orök n'était pas aveugle, il simulait la cécité, et, de peur de se trahir, se tenait à distance prudente de ses « sujets ». Il savait qu'il n'aurait pu faire illusion en les côtoyant trop longtemps. Mais qui ? Skall était assez futé pour mettre en place une telle machination…

« Mais je connais sa voix, se dit Inga, et j'ai parlé avec Orök. Les deux timbres n'avaient rien en commun. À moins que Skall ne soit capable de modifier sa façon de parler au point de tromper son monde ? »

– Ne pleure plus, chuchota-t-elle à l'adresse de Sigrid. Je suis là, maintenant. Je vais m'occuper de la créature qui marche dans les ténèbres.

– Fais attention aux autres, murmura Sigrid, ils croient encore au pouvoir de l'idole. Ils obéissent toujours à Orök. S'ils sentent ta présence, ils essayeront de te faire du mal.

– D'accord, fit Inga, merci de m'avoir prévenue. Je vais rester cachée jusqu'à ce que vous dormiez, ensuite je monterai la garde dans la crypte. Si celui qui marche dans l'obscurité vient vous rendre visite, je le verrai.

Sigrid serra Inga dans ses petits bras, puis s'en retourna comme elle était venue. La jeune fille la regarda s'enfoncer dans la nuit, le cœur serré.

En attendant de passer à l'action elle choisit de s'installer dans le cachot. Là, elle réfléchit longuement aux révélations de Sigrid. Elle avait la quasi-certitude que le prétendu Orök était un enfant descendu des étages supérieurs. Si elle réussissait à lui mettre la main au collet, c'en serait terminé du harcèlement cruel auquel étaient soumis les jeunes aveugles.

« Pourquoi fait-il couler de l'eau sur le front des dormeurs ? se demanda-t-elle. En agissant ainsi il risque de les réveiller… S'en moque-t-il ? Tout cela n'a aucun sens ! »

Quant à Toller, le garçonnet à la tête écrasée, elle n'était pas encore certaine qu'il faille porter cette mort au crédit de l'intrus.

« Il peut s'agir d'un accident, pensa-t-elle. D'un malheureux concours de circonstances. La voûte est pourrie, lézardée. Une pierre a pu s'en détacher et fracasser la tête du gamin.»

Elle s'efforça de rester calme, mais l'attente la torturait. Pour tromper son impatience, elle retournait le problème en tous sens, ce qui ne faisait que l'énerver davantage.

«Pourquoi leur verse-t-il de l'eau sur le front? se répétait-elle. C'est stupide… à moins… à moins que Sigrid n'ait commis une erreur d'interprétation. Et si l'eau, c'étaient des larmes? *Et si l'intrus pleurait?*»

L'hypothèse n'avait rien d'invraisemblable, quant à l'origine de ce chagrin, elle restait à découvrir.

N'y tenant plus, elle sortit de sa cachette, la lampe à la main, et s'enfonça prudemment dans la crypte. Elle s'appliquait à ne pas faire de bruit. L'oreille tendue, elle essayait de capter l'écho d'une conversation enfantine, mais le silence régnait. Les gosses s'étaient regroupés pour la nuit. Inga avançait pas à pas. La faible luminosité du lumignon ne lui permettait pas de voir au-delà d'une dizaine de coudées. Retenant son souffle, elle dépassa le groupe de gamins qui dormaient, roulés dans de mauvaises couvertures. L'un des garçons s'était fabriqué une petite épée de bois qu'il avait posée près de sa tête, sans doute pour se défendre contre l'ogre venu des ténèbres.

Inga se faufila dans la galerie menant au sanctuaire de l'idole. C'était là qu'elle avait rencontré Orök à plusieurs reprises. Elle espérait y découvrir un passage menant aux étages supérieurs. Peut-être même aurait-elle la chance d'empoigner le garnement par la peau du cou lorsqu'il déboucherait du boyau?

La statue de boue séchée était toujours là, exhalant son odeur de pissat. La lueur dansante de la flamme accentuait sa physionomie grotesque, presque menaçante. Inga prit conscience qu'elle hésitait à lui tourner le dos, comme si l'idole risquait de se mettre à bouger dès qu'elle cesserait de la regarder.

«Allons, se dit-elle, ce n'est après tout qu'une vilaine poupée de terre.»

La lampe brandie à bout de bras, elle examina la salle, cherchant une ouverture, un passage.

Sur une grosse pierre plate, elle découvrit une couverture pliée en quatre et de menus objets : une écuelle, un gobelet. Tout cela appartenait probablement à Orök. Cette pierre surélevée lui tenait lieu de trône. C'était de cette estrade naturelle qu'il présidait au destin des aveugles et débitait ses interminables sermons.

Elle décida d'attendre, en embuscade, et se recroquevilla dans un coin. Au premier bruit suspect, elle soufflerait la lampe. Si, comme elle le pensait, Orök n'était pas aveugle, il ne viendrait pas sans moyen d'éclairage.

De nouveau, elle pensa à Skall… Elle l'imaginait bien, jouant les petits rois de pacotille. S'amusant à bourrer le crâne des aveugles de contes absurdes sur l'après-Ragnarök.

«Pourtant il m'a prêté assistance, songea-t-elle. Si Orök c'est lui, il n'avait aucun intérêt à me faciliter les choses en me procurant cette lampe!»

Elle secoua la tête, agacée; ne sachant plus où elle en était. Le temps passait, la minuscule flamme de la lampe grésillait. Inga commençait à redouter qu'elle ne s'éteigne faute de combustible. Quant à économiser la graisse en la soufflant momentanément, c'était inenvisageable. Si le danger se matérialisait brusquement elle n'aurait jamais le temps de rallumer la mèche…

Elle se résigna à attendre, se jurant que si l'huile venait à manquer, elle battrait précipitamment en retraite.

Une fatigue sournoise s'empara d'elle favorisée par l'immobilité. À trois reprises elle s'assoupit et se réveilla en sursaut au moment où son menton touchait sa poitrine.

Alors qu'elle commençait à désespérer, elle perçut l'écho d'un raclement lointain au fond d'un tunnel.

«On dirait que quelqu'un rampe ou déplace des pierres», se dit-elle en se recroquevillant davantage au fond de sa cachette.

On marchait, à présent. Inga plissa les yeux, guettant l'apparition d'une lueur au fond du souterrain. Toutefois, les pas se rapprochaient sans que le vacillement lumineux d'une torche ou d'une lampe à huile éclaire les voûtes. La créature qui marchait dans la nuit n'avait nullement besoin de clarté.

«Soit elle est aveugle, songea Inga au bord de la panique, soit elle y voit parfaitement dans les ténèbres…»

S'apprêtant au pire, elle tira des plis de sa robe le fin stylet qui ne la quittait jamais. Les pupilles dilatées par l'angoisse, elle scrutait l'entrée du tunnel, se demandant qui allait surgir de l'obscurité. Une forme se dessina… Une silhouette d'homme, de haute taille mais décharnée. Un homme presque nu, et dont le ventre s'entourait de haillons. *Son visage*…

Dieu! Inga faillit hurler de terreur. Le visage de l'inconnu n'était qu'une plaie, un champ de bataille de cicatrices et de boursouflures. Il n'avait ni cheveux ni barbe, encore moins de sourcils, comme si on lui avait tenu la tête dans le feu. Il avançait, les yeux clos, ses doigts effleurant légèrement la muraille pour se guider.

Inga se mordit le poing pour étouffer son cri. Le corps de l'homme était intact. Toutes les brûlures semblaient concentrées sur la face pour lui composer un masque de cauchemar.

L'inconnu s'arrêta au seuil de la crypte, dans une attitude pleine de méfiance. Il était difficile de lui donner un âge, toutefois, les poils grisonnants de sa poitrine prouvaient qu'il avait dépassé la quarantaine.

– Il y a quelqu'un ? lança-t-il en renversant la tête pour humer l'air. Je sens une odeur d'huile chaude… Je sais qu'il y a quelqu'un… une lampe est allumée…

En entendant ces mots, Inga fut pétrifiée de stupeur, la voix… la voix de l'homme défiguré… C'était celle d'Orök !

Le géant au visage détruit parlait avec une voix d'enfant.

Orök n'était pas un gosse, c'était un adulte jouant le rôle d'un adolescent. Voilà qui expliquait le curieux timbre de sa voix criarde, suraiguë, très vite insupportable.

– Répondez ! s'impatienta l'homme en agitant ses bras grêles. Vous n'avez pas le droit d'être ici sans ma permission… Cette salle est un sanctuaire…

Il bredouillait, hésitant entre la peur et la colère. À présent qu'elle le voyait de plus près, Inga distinguait son torse sillonné de cicatrices anciennes.

– Je vais vous chasser ! cria Orök en s'approchant à tâtons de la pierre plate qui lui tenait lieu de trône.

Plongeant les mains dans une crevasse, il en retira

deux outils de bois grossièrement assemblés. Des haches… des haches inoffensives comme les enfants s'en fabriquent pour jouer aux Vikings. Alors Inga comprit…

Orök n'était autre qu'Arald la Hache, l'époux de Dame Urd.

Muette, elle le regarda s'agiter grotesquement au centre de la crypte. Il frappait l'air à l'aide de ses *bolox* de bois vermoulu. Cette gesticulation l'épuisa très vite, et il laissa retomber ses bras grêles en haletant.

– C'est moi, Inga…, se décida à murmurer la jeune fille. La dame noire m'a enfermée avec vous.

– Inga ? balbutia Arald chez qui ce nom n'éveillait manifestement que des souvenirs confus.

– Je viens pour fignoler l'idole, s'empressa de préciser l'ymagière. J'ai vu qu'elle se dégradait… Son visage se désagrège, il faut le reconstituer. Je vais m'en charger.

Elle improvisait, essayant de piéger l'esprit d'Arald dans le réseau de ses obsessions habituelles.

– L'idole, balbutia le géant défiguré, tu dis qu'elle s'abîme ?

– Oui, insista Inga, mais cela peut s'arranger, du moins si l'on se met au travail sans tarder. C'est… c'est pour ça que je suis venue. Sigrid m'a fait prévenir.

– Oh ! oui… bien sûr… c'est bien…

Arald s'installa sur son estrade de pierre et rangea ses haches dérisoires dans la crevasse qui leur tenait lieu d'étui.

Ses cris avaient réveillé les enfants qui se pressaient à l'entrée de la crypte en demandant ce qui se passait. Orök les rassura en expliquant que l'ymagière était venue réparer l'idole, et qu'il ne faudrait pas lui faire de mal, même si elle appartenait à la détestable race des voyants.

L'idole passait avant tout, n'est-ce pas?

Les enfants grommelèrent, les paroles d'Orök leur paraissaient embrouillées, contradictoires. Certains émirent des protestations. Une voyante n'avait rien à faire dans le monde des cryptes, il fallait la chasser ou lui crever les yeux…

Arald s'impatienta. Il se mit à vociférer d'une voix criarde de gosse en colère. Inga l'observait avec stupeur, même ses gestes étaient ceux d'un gamin trépignant. Le tableau avait quelque chose d'hallucinant. Que lui était-il arrivé? Par quelle manigance magique ce chef viking craint de tous était-il redevenu un petit garçon?

Prenant conscience que la lampe à huile allait bien-tôt s'éteindre, Inga battit en retraite et se faufila hors du sanctuaire. D'un pas rapide, elle prit le chemin de l'es-calier menant à la grille. Elle était encore sous le coup de la surprise. Ainsi Arald n'était pas mort! mais que faisait-il au fond des caves du château, dans cet état lamentable?

La folie s'était emparée de son cerveau, toutefois cela faisait-il de lui un tueur d'enfants? Inga ne le croyait pas.

«En outre il est aveugle, se dit-elle, or le visiteur nocturne a besoin d'une lampe pour y voir clair, Sigrid me l'a confirmé.»

Ce fut avec un grand soulagement qu'elle s'assit au pied de la grille pour humer à pleins poumons l'air du dehors. Après la moisissure des souterrain, c'était presque l'odeur de la liberté.

La lueur de la lune, s'insinuant entre les barreaux, rendait l'obscurité moins oppressante. Inga se résolut à souffler la mèche de la lampe pour lui éviter de char-bonner.

Elle avait beau tourner le problème dans tous les sens, elle ne parvenait pas à se convaincre de la culpa-bilité d'Arald.

Terrassée par la fatigue, elle finit par s'endormir. Skall la réveilla à l'aube. Il avait passé une main entre les barreaux et la secouait avec vigueur.

– Hé ! souffla-t-il, tu m'as fait peur, je te croyais morte ! Les aveugles ne t'ont pas crevé les yeux ? C'est bien. Je t'ai apporté des provisions, et de l'huile pour la lampe. Je ne sais pas quand je pourrai revenir, Snorri va se rendre compte qu'on a forcé la porte de la cuisine. Essaye de tenir le coup… Si j'arrive à voler la clef de la grille, on s'enfuira tous les deux. Tu m'emmèneras dans ton pays, hein ?

– Bien sûr, répondit Inga. Mais fais attention. Je crois que Dame Urd et Snorri ne sont pas réellement ce qu'ils feignent d'être.

– Sans blague ? ricana l'adolescent. Tu découvres ça aujourd'hui ? Il y a belle lurette que j'en sais assez sur leur compte pour me méfier d'eux. J'ai essayé de te prévenir, rappelle-toi !

Sans s'expliquer davantage, il partit en clopinant dans la lumière de l'aube naissante.

Inga ouvrit le sac et mangea avec avidité le lard et les fruits qui s'y trouvaient entassés pêle-mêle. Elle avait froid, elle aurait donné n'importe quoi pour une jatte de soupe brûlante.

Quand elle fut rassasiée, elle remplit le réservoir de

la lampe, la ralluma et redescendit dans les caves du château. Sigrid, reconnaissant son pas, vint à sa rencontre.

– C'est vrai que tu vas réparer l'idole ? s'enquit-elle.

– Oui et non, murmura Inga. Ce n'est qu'une astuce pour gagner du temps. L'important c'est qu'Orök me permette de rester avec vous, tu comprends ?

– Oui, mais fais attention. Orök n'est plus aussi respecté qu'avant. Il y a des garçons qui aimeraient bien prendre sa place… Beaucoup commencent à penser que l'idole ne fait rien pour eux et qu'Orök raconte n'importe quoi. Ils ne veulent plus attendre Ragnarök, ils ont envie de s'échapper…

– Pour aller où ? Ils ne connaissent rien au monde du dehors ! Sans guide, ils se perdront ou tomberont du haut de la falaise.

– Justement, chuchota la fillette, il y en a qui pensent que tu pourrais être notre guide. Le clan est en train de se séparer en deux. Tu n'es pas en sécurité ici. Si quelqu'un brisait ta lampe, tu te retrouverais perdue dans la nuit, ce serait alors facile de te pousser dans une oubliette.

– Merci de me prévenir, fit Inga. J'essayerai de rester sur mes gardes.

Elle gagna rapidement le sanctuaire, car elle voulait savoir d'où Arald était sorti. Quand elle arriva dans la salle de l'idole, elle découvrit le Viking recroquevillé sur la pierre plate, tel un nourrisson. Les bras serrés autour des genoux, il dormait. La jeune fille s'approcha de lui afin de mieux l'examiner. La cicatrice d'une entaille profonde lui partageait le crâne en deux, comme si on l'avait frappé avec une hache. L'os, brisé, avait formé une dépression qui s'était ressoudée en dépit du bon sens.

« Voilà pourquoi il a perdu l'esprit, songea Inga. Les blessures à la tête ont souvent cet effet-là, Père me l'a expliqué. »

Elle s'éloigna, car elle ne tenait pas à le réveiller. Elle comprenait mieux à présent le délire bâti par Orök autour du mythe du Ragnarök. Qui donc, mieux qu'un chef Viking, pouvait connaître dans le détail les légendes des temps anciens ? En ville, dans les régions gagnées par le christianisme, on n'évoquait plus guère ces contes barbares, mais Arald, lui, avait baigné toute sa vie dans ce climat de magie belliqueuse et de superstition sanglante. Sa folie s'était alimentée de ces souvenirs.

La lampe brandie, elle s'enfonça dans le tunnel d'où elle avait vu surgir Arald. Le boyau était étroit et fort près de s'effondrer. Il se terminait en cul-de-sac, sur un mur de maçonnerie. Inga vit toutefois qu'une pierre avait été descellée au ras du sol, permettant d'aller et venir de part et d'autre de cette frontière. Elle s'y engagea en rampant, poussant la lampe devant elle.

De l'autre côté s'ouvrait une cellule éclairée par une mince meurtrière d'où tombait un unique rayon de soleil plus mince que la lame d'une épée. L'endroit était d'une saleté repoussante. Une rigole creusée dans le sol tenait lieu de latrines. Une porte bardée de fer scellait l'endroit. Un étroit guichet ouvert en son milieu permettait d'y glisser de la nourriture.

« Un cachot, songea Inga. Voilà donc où Arald est enfermé depuis dix ans. La meurtrière doit s'ouvrir au ras du sol, du côté de la falaise. C'est le vent de la mer qui lui permet de ne pas mourir étouffé.»

Un lit rudimentaire, couvert de fourrures graisseuses, occupait la moitié de l'espace. L'impression de misère dégagée par l'endroit était insoutenable. Sa puanteur prenait à la gorge. Incapable d'y demeurer plus longtemps, la jeune fille se dépêcha de sortir par où elle était venue.

Elle commençait à y voir plus clair. Ainsi, depuis dix longues années, Arald était le prisonnier de la dame noire! Qui aurait cru cela? Triste fin pour un chef Viking qui, tout au long de son existence, avait rêvé de mourir au combat, la hache au poing. Quel complot, quelle traîtrise l'avait donc conduit dans ce cul-de-basse-fosse, lui qui avait fait régner la terreur sur les côtes normandes?

Revenue dans la salle de l'idole, elle s'en éloigna en hâte, ne tenant pas à subir l'un des interminables sermons dont Arald avait le secret.

«Je comprends maintenant pourquoi il n'est pas constamment avec les enfants, pensa-t-elle. À certains moments il regagne son cachot pour y prendre la nourriture qu'on lui fait passer par le guichet. En outre, il garde peut-être assez de bon sens dans sa folie pour deviner qu'il n'aurait pas intérêt à ce que les gosses découvrent sa véritable identité. C'est déjà un miracle que le secret n'ait pas été éventé. Mais le temps a passé, les petits aveugles crédules du début ont grandi, certains d'entre eux ne se satisfont plus des fables dont il les a abreuvés ces dernières années.»

Mariage de sang

Il devait être midi quand Dame Urd se présenta à la grille. Elle était seule et portait un petit panier de nourriture à la main. Elle semblait calme, disposée à discuter.

« Je sais pourquoi elle vient, songea Inga. Elle a besoin de moi pour berner les paysans. On l'a sans doute fraîchement accueillie lorsqu'elle s'est avisée de procéder elle-même à la dernière livraison. »

La châtelaine esquissa un sourire plein de gêne, mais Inga ne s'y laissa pas prendre. Les derniers événements avaient achevé de la convaincre qu'elle ne pouvait accorder aucune confiance à la maîtresse du château.

– Es-tu revenue à de meilleurs sentiments ? s'enquit cette dernière. Je t'adresse mes excuses, je me suis emportée, je crois qu'il serait bon pour nous deux de faire la paix. Nos intérêts convergent. Ni toi ni moi ne sommes nées sur cette île perdue. Nous valons mieux que ces porcs. Pourquoi nous heurter ? Tu n'as qu'une idée, filer d'ici au plus vite et rentrer chez toi… La même envie me taraude le cœur depuis des années. Unissons nos forces pour rompre nos chaînes, nous n'en serons que plus vite libérées.

– Gardez vos beaux discours, répondit calmement Inga. Vous m'avez menti Arald n'est pas mort, je viens de le croiser dans la crypte. Il avait fort vilaine figure.

La châtelaine eut un sursaut ; pourtant elle ne tourna point les talons comme l'on aurait pu s'y attendre. Un sourire étrange se dessina sur ses lèvres, et elle se rapprocha de la grille. À présent son visage n'était plus qu'à trois pouces de celui de son interlocutrice.

– Tu es moins niaise qu'il n'y paraît, souffla-t-elle d'un ton appréciateur.

– Vous prétendiez qu'il était mort, insista la jeune fille. Vous avez essayé à plusieurs reprises de me rouler dans la farine, vous m'avez prise pour une idiote.

– Je ne t'ai pas réellement menti, murmura Dame Urd, mais peut-être serait-il bon que je te raconte toute l'histoire depuis son commencement ? Tu en connais les principaux éléments mais tu ignores comment les assembler. Jivko est au centre du drame… Tu t'en doutes. Jivko, mon bon ami… Le gentil maçon un peu naïf qui me tenait compagnie sur les remparts en m'expliquant les lois de l'océan… Tu ne peux pas savoir quel réconfort m'apportait sa présence. Quand il était là, je cessais d'être seule… Je n'écoutais pas ses paroles, j'écoutais le son de sa voix… Ce bourdonnement réconfortant… Il n'y a jamais rien eu entre Jivko et moi, je te l'ai déjà dit, et sur ce point je n'ai fait qu'énoncer la stricte vérité. Rien qu'une amitié tendre, qui, peut-être, aurait évolué vers quelque chose de charnel si nous en avions eu le temps, mais cela ne s'est pas produit. Le temps nous a été confisqué, ravi… Fodor et ses compagnons de beuverie se sont appliqués à tout salir, à voir des fornications éhontées là où il n'y avait que tendres bavardages. À cause de ses calomnies, on jasait sur nos prétendus accouplements… À croire que nous nous chevauchions en permanence aux quatre coins de la lande, et cela sans repos. Arald en a pris ombrage. Non parce qu'il tenait à moi, mais parce qu'il était soucieux de sa réputation. Il a compris qu'au fil des mois il deviendrait la risée des paysans, tout cela à cause d'un jeune coq de village, un gamin à la peau trop douce… Il a décidé que cela devait cesser. Il a fait selon son habitude… à la manière de la brute épaisse qu'il était… Il y avait du sanglier en lui. Du sanglier et du bourreau.

La voix de la dame noire s'étrangla. L'espace d'un moment, Inga crut qu'elle allait se mettre à pleurer. Sur son visage se succédaient des émotions contradictoires : colère, chagrin, haine, tendresse, pitié…

Inga garda le silence, attendant patiemment la suite de la confession.

– Arald s'est débrouillé pour attirer Jivko dans un piège, reprit Dame Urd. Il ne l'a pas tué, non, ç'aurait été trop simple ; il l'a roué de coups, lui rompant tous les os du corps et de la face, le transformant en une loque sanglante. Son travail de bourreau terminé, il a chargé la dépouille de Jivko sur une charrette et me l'a fait livrer par un valet. « Voilà de quoi vous amuser, ma mie, m'a-t-il déclaré. Voyez, je ne suis pas mauvais homme, je vous laisse une chance de recoller les morceaux. S'il survit, je vous autorise à le garder près de vous comme un chien fidèle, et même à lui faire des petits, si le désir vous en reste ! » Avec l'aide d'une rebouteuse, j'ai soigné Jivko du mieux possible, mais je ne pouvais pas faire grand-chose pour lui, dans l'état où il était.

– Il est mort ? demanda Inga.

– Non, c'est pire : il a survécu, murmura la princesse noire en baissant les yeux. Je ne lui ai pas rendu service en le sauvant. Sans doute aurait-il mieux valu qu'il rende le dernier soupir.

– Pourquoi ?

– Parce qu'il était détruit. Il ne restait plus rien de sa beauté… D'ailleurs tu peux t'en rendre compte par toi-même puisque tu le croises tous les jours.

– Quoi ?

– Snorri… c'est Jivko. Du moins ce qu'il en reste. Son échine brisée s'est ressoudée en dépit du bon sens, son visage est plus laid que le mufle d'un veau. Il ne peut plus parler car sa gorge a été à moitié broyée par les coups. J'ai commis un crime en refusant de le laisser mourir. Je n'ai pensé qu'à moi… à ma solitude, à notre complicité. Je me suis comportée en enfant gâtée qui s'accroche à son jouet. La rebouteuse, elle, voulait lui faire boire une potion empoisonnée. Elle ne comprenait pas mon acharnement. Les Vikings n'ont pas pour habitude de soigner ceux que leurs blessures empêcheront de remonter au combat.

– Snorri…, balbutia Inga.

– Oui, soupira Dame Urd. Il aurait été en droit de me tuer pour lui avoir joué ce mauvais tour. Et il l'aurait peut-être fait, s'il ne m'était arrivé la même chose.

– Que voulez-vous dire ?

– Arald n'entendait pas s'arrêter là. Jivko ne constituait que la première partie de la punition. La deuxième m'était réservée. Il a convoqué les gens du village dans la cour du château, puis… puis il m'a attachée à quatre piquets… bras et jambes écartelés… Il a arraché mes vêtements, en ordonnant aux jeunes hommes présents de bien contempler mon corps, car c'était la dernière fois qu'ils le verraient intact. J'ai compris ce qui allait arriver, j'ai supplié les paysans de me venir en aide, de me libérer. Ils étaient cinquante, soixante, et Arald était seul. Ils n'auraient eu aucune difficulté à se rendre maître de lui. Mais ils étaient lâches, ils baissaient la tête, honteux. J'ai crié en vain, à me rompre les veines du cou. Plus tard, la rebouteuse m'a raconté que seul Jivko, en entendant mes cris, avait essayé de se lever, mais qu'il était retombé sur sa couche, incapable de faire un pas. Ensuite… Ensuite Arald a saisi un seau de braises ardentes et les a versées sur mon ventre, ma poitrine…

– Mon Dieu ! hoqueta Inga en se cachant le visage dans les mains.

Dame Urd était livide. Des larmes coulaient sur ses joues, mais ses yeux luisaient de haine.

– Il disait : « Voilà qui vous fera passer l'envie de me faire cocu, mes beaux damoiseaux ! Regardez-la rissoler la belle princesse. Quand elle aura fini de cuire, je doute que vous ayez encore l'envie de vous allonger sur elle ! » Il riait… Il riait comme un démon… La douleur était telle que j'ai perdu connaissance… Voilà d'où viennent les cicatrices qui me couvrent le ventre. De la vengeance d'Arald. Je suis restée longtemps entre la vie et la mort, torturée par les fièvres, la souffrance. Mais je ne voulais pas mourir, pas avant de m'être vengée d'Arald. C'est cela qui m'a tenue vivante. La haine. La bonne haine bien brûlante.

– Je ne savais pas… avoua Inga.

– Comment aurais-tu pu savoir ? soupira Dame Urd. Je suppose qu'au village on t'a abreuvée de contes à dormir debout. Ils aiment cela, se retrancher derrière les légendes pour esquiver la vérité. Ils sont si pleutres qu'ils finissent par se convaincre de leurs propres affabulations. Quoi qu'il en soit, il m'a fallu des mois pour me remettre sur pied. À ce moment-là, mon plan était fin prêt dans ma tête. Je savais très exactement ce qu'il convenait de faire. J'ai feint d'être brisée, docile, demi-folle… Je riais et je dansais toute seule sur le chemin de ronde. Les Vikings ont peur des fous, ils les croient visités par les dieux. C'est très commode pour survivre. Jivko a fait de même. À part la rebouteuse, personne ne savait qu'il était devenu un monstre, et elle a su garder le secret jusqu'à sa mort. Si bien qu'au village personne n'a jamais su qu'il vivait à une portée de flèche de la maison où il était né. Je lui avais enseigné à jouer les idiots bavotant. Arald s'amusait de nous, parfois aussi il nous jetait des pierres. Nous le dégoûtions, il aurait aimé nous tuer, mais il n'osait pas, de peur de mécontenter les dieux. Les dieux ont besoin des fous pour s'exprimer, c'est bien connu…

Dame Urd se tut, la bouche sèche. D'une main mal assurée, elle saisit la gourde qu'elle avait apportée à l'intention d'Inga et but à la régalade sans se soucier de tremper sa robe.

– Peu à peu, Arald a cessé de s'intéresser à nous, reprit-elle. C'est alors que nous sommes passés à l'action. Jivko lui a brisé un bâton sur la tête, lui ouvrant le crâne en deux. Arald est tombé comme une masse. Ses jambes tressaillaient et il bredouillait des mots sans suite en roulant des yeux de damné. Je lui ai rendu la monnaie de sa pièce, comme j'en avais envie depuis longtemps. Je suis allée chercher un seau de braises… et je les ai versées sur sa tête en disant : «Nous ne sommes plus en compte, beau sire, mais je pense que vous aurez désormais beaucoup de mal à séduire les bergères. Sans doute vous faudra-t-il vous contenter de leurs brebis!» Par Dieu! Cela m'a fait un bien immense… C'était comme si je m'étais empêchée de respirer pendant tout ce temps.

– Mais il n'est pas mort, observa Inga.

Dame Urd tressaillit, tirée de son rêve.

– Non… haleta-t-elle, c'est vrai. Il s'est montré d'une incroyable résistance… Jivko voulait qu'on le jette au bas de la falaise, mais j'ai trouvé plus intéressant de l'enfermer dans l'un des cachots du château. De l'emmurer vivant et de le laisser croupir dans ses ordures… De temps en temps je descends pour lui jeter des rogatons, des épluchures, il les dévore comme un porc. Il a perdu la raison. Il se prend pour un enfant.

– Il a joué ce rôle pour se faire accepter d'eux, dit doucement Inga. Pour ne plus être seul… Il ne se rappelle plus qui il était, c'est un innocent à présent.

– Pas à mes yeux, cracha la princesse noire. Pour moi, il restera toujours un criminel.

– Je devine la suite, fit la jeune fille. Il vous reste encore à punir les gens du village qui ne vous ont pas porté assistance…

– Exactement, approuva Dame Urd. C'est pour cette raison, qu'au début, j'ai commencé à recueillir des enfants. Je pensais confusément me constituer une armée que j'aurais lancée sur le village… Une armée de fanatiques, prêts à mourir sur mon ordre… mais ça n'a pas évolué comme je l'espérais… et puis cela demandait trop de temps. Des années et des années, je n'en pouvais plus d'attendre. Un hasard m'a fait découvrir la réserve de poudre ramenée de Chine par Arald. Un plan s'est formé dans mon esprit. Mais il me fallait davantage d'explosif, assez pour détruire le village. C'est ainsi que j'ai commencé à commercer avec les marins. Ils ne savaient pas réellement à quoi on pouvait employer la poudre. Ils croyaient qu'elle servait à produire des flammes colorées, telles ces «flèches de flammes volantes[1]» qui plaisent tant aux Orientaux. Quand je t'ai aperçue au marché des esclaves, j'ai tout de suite pensé que ta jolie frimousse plairait à Fodor... Elle me servirait de laissez-passer, elle endormirait la méfiance des villageois, hélas, tu t'es montrée trop curieuse et trop avisée... Quel besoin avais-tu de chercher à comprendre? Ce n'était pas ton rôle. Tu n'étais là que pour leur sourire et les convaincre d'accepter mes cadeaux... Mais rien n'est encore perdu. Si tu acceptes de me servir, je te sortirai de ta prison. Une fois ma vengeance accomplie, je te rendrai ta liberté. Nous quitterons cet endroit maudit et nous regagnerons le continent pour y commencer une nouvelle vie. Cela te semble-t-il équitable?

— Je ne peux pas vous aider à détruire le village, protesta Inga.

— J'en ai pourtant le droit! hurla soudain la dame noire, les doigts crispés sur les barreaux de la grille. Selon la loi en vigueur chez les Vikings, j'ai le droit d'exercer ma vengeance, et personne ne peut prétendre m'en frustrer... Le village doit payer, Fodor doit payer, lui qui est brusquement devenu sourd lorsque j'appelais à l'aide. Tous, tous, ils doivent payer par le feu... Je veux les voir se tordre, comme je me suis moi-même tordue de souffrance entre les piquets qui me tenaient attachée, offerte à leurs regards! Je veux les voir danser au grand bal des flammes! Et Jivko pense comme moi... Notre vengeance est légitime. Nous ne recom-

---

1. Expression par laquelle les Chinois désignaient les feux d'artifice.

mencerons à vivre qu'une fois nos comptes définitivement réglés.

Inga se garda d'intervenir. Elle partageait les sentiments de Dame Urd, mais ne pouvait se résoudre à
devenir complice d'une exécution massive.

— Personne ne peut comprendre, murmura la princesse noire d'un ton chargé de tristesse. Personne ne
peut savoir ce que j'ai éprouvé quand je me trouvais
dans la cabane de la rebouteuse, penchée sur la
paillasse de Jivko, à changer ses pansements, à nouer
ses attelles, à le nettoyer quand il faisait sous lui parce
qu'il ne pouvait plus se lever… Jamais nous n'avions
été aussi proches l'un de l'autre. Nous étions plus liés
que des amants, et pourtant nous n'avions jamais par-
tagé le même lit… Qui peut comprendre cela ? Le
sang, la souffrance et la fièvre avaient fait davantage
pour nous que les baisers et les caresses… C'est ainsi,
je ne l'explique pas. C'était comme une cérémonie de
mariage… Un mariage célébré par un bourreau. En
rouant Jivko de coups, en lui brisant les membres et
l'échine, Arald en avait fait mon mari. Il me l'avait
donné… Quelques jours plus tard, quand Arald m'a
recouverte de braises, notre union a été encore plus
complète… Désormais, Jivko et moi étions mari et
femme par les plaies et l'horreur ; rien ni personne ne
pouvait détruire le lien qui nous unissait. Arald était
trop stupide pour le comprendre… Il croyait nous avoir
punis, il ne se doutait pas qu'il venait de nous donner
l'un à l'autre, comme un prêtre ! Il avait lui-même
célébré notre union. De ce jour, Jivko et moi ne nous
sommes plus quittés… Nous resterons unis jusqu'à la
mort, plus fidèles que des époux rompus aux jeux de
l'amour.

La dame noire se tut. Elle respirait vite et son souffle résonnait en échos disproportionnés sous la voûte.

Peu à peu, elle reprit le contrôle de ses nerfs et se composa un visage impassible.

– Ainsi, fit-elle, Arald s'est introduit dans les caves… Je savais qu'il avait réussi à creuser un trou dans le mur de sa cellule mais, comme il y revenait chaque jour, je pensais qu'il avait dû aboutir dans une impasse.

– Non, sa tentative d'évasion l'a mené dans les caves. Il n'a pas cherché à aller plus loin. Probablement parce que la compagnie des enfants lui suffit. Il parle comme eux, d'ailleurs. Il s'est métamorphosé en une sorte de prédicateur… Je crois qu'il est inoffensif. Les gosses, eux, pensent que quelqu'un s'introduit dans la crypte pour les tuer un à un. Il y a déjà eu plusieurs morts.

– C'est Arald qui les tue… Une bête de proie reste une bête de proie, même diminuée.

– Je ne crois pas, fit Inga. Arald est aveugle et faible… Ce n'est plus qu'une sorte de fantôme décharné. Le tueur vient de l'extérieur. C'est quelqu'un qui a réussi à retrouver l'un des souterrains d'évacuation. Il s'en sert pour se glisser dans la cave, certaines nuits. Mais je ne sais pas pour quelle raison il tue les enfants.

– Ne cherche pas, s'entêta Dame Urd, c'est Arald le tueur… Reste loin de lui si tu veux survivre. » Elle se drapa dans sa cape et amorça un mouvement pour s'éloigner. « Je te laisse réfléchir, si tu acceptes de m'aider pour la prochaine livraison de vêtements, je te sortirai de cette geôle, sinon, je t'y laisserai croupir jusqu'à ce que ce bon vieux Arald décide de faire de toi sa femme !

La bête qui pleure

Dans les jours qui suivirent, Inga tenta de reprendre le contrôle des enfants ; hélas, elle eut beau multiplier contes, légendes et évocations fabuleuses, rien n'y fit. La petite communauté était désormais scindée en deux clans rivaux. Les partisans d'Orök et les autres. Des disputes éclataient, entraînant des rixes confuses. Chaque fois, la jeune fille s'empressait de séparer les adversaires et récoltait force griffures. Sigrid exceptée, tous se méfiaient d'elle, pourtant ils admettaient qu'une fois sortis des caves du château ils auraient grand besoin d'un guide. «Orök» poursuivait ses monologues. Souvent, il lui arrivait de parler tout seul dans la crypte de l'idole. À d'autres moments, il restait silencieux, absent, se balançant d'une jambe sur l'autre. Il se tenait toujours très loin des enfants, veillant à ce qu'aucun d'eux ne le touche par inadvertance. En dépit de sa folie, il sentait probablement que sa supercherie ne tenait qu'à un fil. Jusqu'à présent, il avait eu beaucoup de chance de ne pas être démasqué, mais, à présent que son ascendant sur les gosses diminuait, il courait davantage le risque d'être bousculé, aussi se retirait-il de plus en plus fréquemment dans son cachot après avoir annoncé à la cantonade qu'il s'en allait méditer.

Inga avait pris l'habitude de ne dormir que d'un œil. Elle craignait, en effet, une attaque conduite par ceux qui s'obstinaient à vouloir lui crever les yeux.

Par mesure de précaution, elle se retira dans la geôle où Dame Urd et le bossu gardaient jadis les tonnelets de poudre noire. Sigrid vint l'y rejoindre. À l'aide d'une cale de bois, Inga improvisa un système qui permettait de maintenir la lourde porte fermée. De cette manière, si quelqu'un tentait de l'ouvrir, le grincement des charnières la réveillerait en sursaut. Elle avait parfaitement conscience de la précarité de sa situation, précarité qu'aggravait encore le manque de nourriture et d'eau, car Snorri ne daignait plus lui apporter à manger; quant à Skall, il n'avait plus donné signe de vie depuis leur dernière entrevue.

« Sans doute s'est-il fait surprendre par le bossu ? » songea la jeune fille.

Elle commençait à s'affaiblir. N'y tenant plus, elle décida de ruser et de prétendre s'être ralliée aux idées de la dame noire.

« Une fois dehors, se dit-elle, même si Snorri me surveille en permanence, je trouverai bien le moyen de prévenir Fodor du piège dans lequel il est en train de s'enferrer. »

S'approchant de la grille, elle ordonna à Snorri d'aller chercher sa maîtresse. Dame Urd consentit à s'approcher des barreaux, mais, quand Inga lui fit part de ses nouvelles intentions, elle éclata de rire.

— Trop tard, ma belle, lança-t-elle. Nous nous sommes passés de ton aide, Jivko et moi. Les dernières livraisons ont été effectuées… De toute manière, je n'ai plus confiance en toi. Tu as été trop longue à te décider.

Il fallait choisir ton parti dans l'instant. Tu resteras donc là-dessous, avec ton cher Arald. Peut-être deviendras-tu sa princesse ?

– Vous ne pouvez pas faire cela ! protesta la jeune fille.

– Bien sûr que si ! Une fois le village réduit en cendre, je te libérerai, à condition que tu sois encore en vie…

Sur ces mots, la princesse noire s'en retourna dans ses appartements. Inga dut se résoudre à regagner les ténèbres de la crypte. Faute de ravitaillement, elle n'avait plus d'huile pour sa lampe, et chaque soir, désormais, devait affronter l'obscurité des caves dans toute son effrayante opacité.

La nuit, elle se réveillait au moindre bruit, persuadée que le tueur sans visage approchait. Elle empoignait alors son stylet et s'avançait dans l'entrebâillement de la porte pour guetter la lueur de sa torche sous la voûte. Elle espérait le surprendre au cours de sa déambulation, car elle avait assez assimilé la topographie des lieux pour s'y déplacer désormais les yeux fermés.

Elle était bien décidée à ne pas le laisser s'en prendre de nouveau aux enfants endormis. Elle s'était jurée de le poignarder sans hésiter… ou tout au moins de le mettre en fuite en poussant des hurlements à réveiller les morts.

Malheureusement, la malnutrition et la fatigue eurent raison de sa vigilance. Un nuit, elle s'endormit ; le lendemain, un autre enfant fut trouvé mort… Le visage écrasé par une grosse pierre.

– Les garçons disent que la bête est venue se pencher

au-dessus d'eux, lui rapporta Sigrid après avoir inter-
rogé ses camarades. Ils racontent qu'elle pleurait, et que
ses larmes leur coulaient sur la figure… plic, ploc…
comme les gouttes de pluie quand elles s'infiltrent par
les crevasses de la voûte. Elle semblait malheureuse
d'avoir à tuer quelqu'un… Elle hésitait, allant de l'un à
l'autre…

«Encore cette histoire de larmes, songea Inga en se
penchant sur le cadavre de l'enfant. Encore cet assassin
qui pleure avant de commettre ses crimes…»

Quand elle voulut s'occuper de la dépouille, les
jeunes aveugles l'écartèrent sans ménagement. Elle
n'était pas des leurs, et ils entendaient le lui faire savoir.

Inga les regarda emporter l'enfant mort vers le cimetière souterrain. La lumière du soleil, qui s'infiltrait par
les crevasses de la voûte, éclaira brièvement l'étrange
cortège qui s'enfonça dans les ténèbres tel un convoi de
spectres minuscules.

Inga ne put s'empêcher de frissonner. Son instinct lui
soufflait qu'elle était très près de trouver la solution du
mystère. Ne croyant pas en la culpabilité d'Arald, elle
soupçonnait de plus en plus Dame Urd d'être l'auteur
des infanticides.

«En réalité, se dit-elle, elle ment depuis le début.
Elle connaît parfaitement l'emplacement des souterrains. Elle les utilise pour se glisser dans les caves…
là, elle cherche le fils qu'elle a abandonné il y a dix
ans. Voilà pourquoi elle examine les visages des
gosses en pleurant… Elle cherche une ressemblance
qu'elle a peur de découvrir… une ressemblance avec
Arald!»

Oui, c'était la seule explication possible.

«L'enfant qu'elle a mis au monde était le fils d'Arald, continua Inga. Voilà pourquoi il lui faisait horreur. Elle ne pouvait se résoudre à l'élever. Incapable de l'abandonner aux loups ou de le jeter dans la mer du haut des remparts, elle a décidé de le mêler aux orphelins, pour ne plus être tentée de l'assassiner… Elle l'a "oublié" pendant dix années, mais récemment sa folie et sa haine se sont réveillées. Elle ne peut pas tolérer que le fils d'Arald grandisse et devienne en quelque sorte le double de son père… Ce serait pour elle un spectacle odieux. Ne l'ayant pas trouvé parmi les orphelins du château, elle le cherche dans les caves, partant du principe que, s'il n'est pas en haut, il ne peut être qu'en bas. Malheureusement, elle ne parvient pas à l'identifier… alors elle tue tout garçonnet ressemblant peu ou prou à Arald, par mesure de prudence.»

Inga se passa la main sur le visage. Elle tremblait.

«À moins… souffla-t-elle, que le meurtrier ne soit Jivko… Pourquoi n'agirait-il pas de sa propre initiative dans l'intérêt de celle qu'il aime ? Il a décidé, en secret, de supprimer le fils d'Arald pour que sa bien-aimée n'ait pas, un jour, à contempler le double de l'époux détesté…»

Les deux solutions se valaient, mais elles n'apportaient pas de réponse certaine quant à la personnalité du meurtrier.

Dame Urd ou Jivko ?

«À moins de prendre le meurtrier la main dans le sac je n'ai aucune chance de tirer l'affaire au clair…», soupira la jeune fille.

Elle s'aperçut qu'elle transpirait. Au loin, réson-

naient les psalmodies funéraires des aveugles enterrant
l'enfant assassiné.

« Mais Jivko pleurerait-il ? se demanda Inga. Oui,
sûrement, à l'idée d'ôter la vie à un innocent... D'après
ce que m'a raconté la dame noire, cet homme n'était
pas guerrier mais maçon. Il n'a pas le cœur endurci par
des années de pillages et de tueries... Oui, on peut sup-
poser qu'il est capable de pleurer au moment de commettre un crime. »

Elle hésitait, elle ne savait plus. Cette histoire de
larmes lui fournissait peut-être une explication trop
facile, trop évidente ?

« D'ailleurs, songea-t-elle, s'agit-il vraiment de
larmes ? »

Les enfants disaient avoir reçu des gouttes d'eau sur
le front au moment où le meurtrier s'était penché sur
eux, ils en avaient déduit que celui-ci pleurait...

« Qu'est-ce qui ressemble à des larmes sans en être ?
se demanda la jeune fille. Un suintement d'humidité
tombant du plafond ? Dans ce cas il s'agirait d'une
simple coïncidence... Non, ce n'est pas... »

Et tout à coup la solution la foudroya, aveuglante. La
voix de frère Jean résonna dans son esprit. C'était...
c'était quelque chose qu'il avait dit lors de leur première rencontre sur la lande. Il avait parlé des enfants
du château... Il avait déclaré :

« Quant aux mioches, je les baptiserai les uns après
les autres, puis je les délivrerai d'une vie qu'ils
auraient, de toute façon, mal employée. Je ne nourris
plus aucune illusion, on ne peut convertir de telles créatures. Satan a modelé leur âme avec ses propres excréments, il serait vain d'espérer les purifier. Non, face à
de telles anomalies, il ne faut plus songer qu'à protéger

la chrétienté et agir en soldat du Christ. Je les tuerai. Je les tuerai tous… »

Oui, il avait dit cela ou quelque chose d'analogue… Un délire meurtrier d'exorciste, de guerrier de la religion.

« Mon Dieu ! haleta Inga. Les gouttes d'eau, ce ne sont pas des larmes… c'est l'ondoiement du baptême ! *Il les baptise !* Il les baptise avant de les tuer pour leur permettre d'aller au ciel… »

Elle s'adossa à la muraille, le souffle coupé par la surprise. L'assassin, c'était frère Jean… ou plutôt Olaf, le marin qui avait fini par se prendre pour un prêtre vengeur.

« Il a trouvé le moyen de s'introduire dans le château, pensa Inga, ce fichu tunnel serpentant sous la lande. Malheureusement pour lui, au lieu de déboucher dans la cour, le souterrain se termine ici, au niveau des caves… »

Cette fois, elle tenait son meurtrier ! Elle n'allait pas rester inactive, à attendre que le faux prêtre massacre les uns après les autres des gamins incapables de se défendre.

« S'il peut entrer, décida-t-elle pleine d'une vigueur nouvelle, je peux sortir ! Il suffit que je trouve ce fichu souterrain. Il est là, quelque part dans l'obscurité. Avec de la lumière et de la patience, j'arriverai à le localiser… Oui, j'y parviendrai ! »

Le bal des ardents

Le lendemain, Skall fut au rendez-vous. L'aube se levait à peine quand il se présenta à la grille porteur d'un sac de ravitaillement. Il paraissait étrangement excité.

– Des choses se préparent, chuchota-t-il à l'intention d'Inga. Le bossu m'a chassé du chemin de ronde. Il a installé là-haut une dizaine de boisseaux de flèches et cinq grands arcs de guerre. Il a également monté des braseros, je crois que c'est pour enflammer les flèches avant de les décocher. La dame noire passe son temps avec lui. Ils observent la plaine, par-dessus les créneaux, et chuchotent comme des comploteurs. Parfois, la princesse se met à crier et à gesticuler, et Snorri essaye de la calmer… On dirait qu'elle ne tient plus en place.

« Maintenant que le piège est tendu, songea Inga, elle brûle de s'en servir. L'impatience la ronge. Elle disait vouloir attendre l'hiver, mais l'attente lui devient chaque jour plus insupportable. Elle ne résistera plus longtemps au désir de se venger. »

Inga réfléchit. La portée d'un arc de guerre – pourvu que le vent soufflât dans la bonne direction – était considérable. Snorri, quoique bancal, possédait des bras aux muscles puissants, il n'aurait aucun mal à

tirer vers le ciel des flèches enflammées qui, une fois
parvenues à leur apogée, amorceraient une courbe les
amenant droit sur le village. La jeune fille s'agita nerveusement; son père lui avait expliqué ces choses. En
visant les nuages, on pouvait démultiplier la portée
d'un projectile bien équilibré et atteindre des cibles
apparemment trop lointaines. C'est ce que ferait le
bossu. Après tout, la dame noire n'avait-elle pas répété
à maintes reprises que le village n'était qu'à un jet de
flèche du château?

– Tu as raison, souffla-t-elle à Skall. De grands bou-
leversements se produiront dans les jours qui viennent… Il faudra te tenir prêt. Je compte sur toi pour
empêcher que les gosses ne cèdent à la panique. Si une
catastrophe se produisait, regroupe-les, veille à ce
qu'ils rassemblent leurs affaires et se préparent à évacuer le château.

– Vrai? exulta l'adolescent. On va enfin ficher le
camp?

– Possible, murmura Inga. Mais sois discret. Snorri
et la dame noire ne doivent se douter de rien. Cela doit
rester un secret entre nous.

– Juré! promit le gosse. Je vais tout organiser.

Il s'en alla, gorgé de l'importance de sa mission,
laissant la jeune fille à ses inquiétudes.

Celle-ci s'empressa de remplir d'huile la lampe au
bec charbonneux. Skall avait bien fait les choses puisqu'il avait même pensé à lui fournir une mèche de
rechange.

Le temps pressait.

« Je dois localiser le souterrain, se dit Inga. Une fois
dehors, il me faudra rendre frère Jean inoffensif, puis
courir au village pour prévenir Fodor de ce qui se pré-

pare. Il faut qu'il se débarrasse au plus vite de la statue du dieu Njord et des manteaux… ou qu'ils les neutralisent en les aspergeant d'eau.»

Traverser la lande ne serait pas la partie la plus aisée de l'entreprise, car elle se trouverait alors en terrain découvert et Snorri n'aurait aucun mal à la repérer. Comprenant ce qu'elle essayerait de faire, il s'empresserait de lui décocher une flèche dans le dos.

La lampe allumée, elle s'enfonça dans les caves. Sigrid l'accompagna dans sa déambulation.

– Que cherches-tu? demanda la fillette.

– Un conduit qui communique avec l'extérieur, expliqua l'ymagière. C'est par là que se faufile l'homme qui vous assassine. Si je peux localiser ce passage, j'irai à la rencontre du criminel et je le mettrai hors d'état de nuire.

– Je comprends, fit Sigrid. Je vais essayer d'obtenir l'aide des autres.

Après force palabres, elle réussit effectivement à recruter cinq garçonnets qui jugeaient l'aventure distrayante.

– Tu m'as dit, à plusieurs reprises, que l'arrivée du tueur était chaque fois précédée d'un bruit sourd, rappela Inga. Une sorte de boum-boum… Serais-tu capable de situer l'origine de cet écho?

– Bien sûr, affirma Sigrid. Ça vient toujours de par-là. Viens, je vais te guider.

La petite troupe se mit en marche, tandis que, dans le lointain, résonnait la voix criarde d'Orök haranguant ses derniers fidèles.

La fillette conduisit Inga dans un dédale de corridors et de culs-de-sac au travers duquel elle s'orientait au moyen de signes minuscules gravés sur les parois. Elle « lisait » le chemin à suivre du bout des doigts, interprétant de vagues griffures de la pierre dépourvues de signification pour un voyant. C'était un trajet hasardeux, semé d'embûches, où l'on manquait à tout moment d'être avalé par une fosse, une crevasse. Le bruit du ressac s'insinuait jusqu'ici par les fissures de la falaise, si bien que le grondement des vagues roulait sous la voûte, au cœur même de l'obscurité des tunnels.

— Voilà ! annonça enfin la fillette en s'immobilisant au seuil d'une crypte au plafond très bas. Ça vient de ce côté.

— Alors ça signifie que l'orifice du souterrain est ici, décida Inga. Cherchons… Ce n'est peut-être qu'un trou s'ouvrant au ras du sol.

Il leur fallut longtemps pour explorer la crypte. Certains enfants se lassèrent et, décrétant que le jeu n'avait rien d'amusant, rebroussèrent chemin. Au fil des défections, Inga et Sigrid se retrouvèrent seules. Le découragement les gagnait quand elles mirent à jour une sorte de terrier dont l'entrée était dissimulée par une grosse pierre astucieusement posée en équilibre sur deux cailloux faisant office de pivots. Quand Inga la déplaça, cette porte improvisée heurta la paroi avec un bruit sourd que l'écho s'empressa de redoubler.

— Boum-boum…, souffla Inga. C'est ça. Vous l'entendez chaque fois que l'assassin sort du tunnel. Lorsqu'il repart, il prend soin de remettre la pierre en place pour dissimuler le passage.

– Que vas-tu faire ? s'enquit la fillette. Tu vas entrer là-dedans ?

– Oui, je n'ai pas le choix. Le meurtrier est au bout de ce boyau. Lorsque j'en aurai fini avec lui, vous pourrez tous emprunter ce passage pour quitter le château.

– J'espère que tu reviendras, bredouilla Sigrid au bord des larmes. Je ne sais pas si tu seras assez forte pour tuer la bête… tu n'es qu'une fille, après tout.

Inga la rassura du mieux possible, et, prenant une profonde inspiration, s'engagea dans le souterrain.

Elle dut parcourir les vingt premiers mètres sur les coudes et les genoux, poussant la lampe à huile devant elle. Le passage empestait le caveau. Dès qu'on heurtait la paroi, une inquiétante pluie de terre et de cailloux tombait du plafond. Inga manquait d'air. Enfin, le boyau commença à s'élargir, et elle put se redresser. Le meurtrier avait procédé à des travaux d'étaiement, consolidant la voûte à l'aide de planches grossières, toutefois l'état du tunnel restait très précaire, et l'on sentait qu'il pouvait s'ébouler d'un moment à l'autre.

Le souffle court, Inga avançait dans la trouée, se râpant les épaules aux parois. Quand les premières racines lui chatouillèrent la tête, elle comprit qu'elle se trouvait sous la lande. La sueur lui couvrait le visage et elle respirait avec peine. Des goulots d'étranglement l'obligèrent deux fois à ramper. De temps à autre, les étais craquaient sinistrement comme s'ils ployaient sous les masses de terre qu'ils avaient pour mission de retenir. À présent, la jeune fille courait presque, guettant avec impatience l'instant où la lumière du jour se dessinerait au bout du tunnel…

Dans sa hâte, elle se prit le pied dans une racine et bascula en avant, entraînant dans sa chute une poutre mal fixée. Aussitôt une avalanche de terre dégringola du plafond, la clouant au sol.

Elle hurla, avalant une poussière noire qui la fit tousser. La galerie s'effondrait ! Elle tenta de se redresser, mais un amas de tourbe et de pierraille la recouvrait, et elle n'était pas assez forte pour s'en dégager. L'avalanche continuait. La lampe avait disparu, avalée par l'éboulis. Avec horreur, Inga comprit qu'elle allait être enterrée vivante à quelques dizaines de mètres de la sortie.

Respirer lui devenait impossible, car la terre pénétrait dans ses narines et dans sa bouche chaque fois qu'elle inspirait. Elle toussa et agita faiblement les mains. Elle comprit qu'elle était en train de perdre connaissance.

Alors qu'elle se croyait morte, des mains la saisirent sous les aisselles pour l'extraire du tumulus où elle se trouvait enfouie. Quelqu'un luttait pour l'arracher au piège du souterrain, quelqu'un qui la tirait vers la lumière…

À travers ses paupières mi-closes, Inga entrevit la paysage familier de la lande. Son sauveur s'était contenté de sauter dans la galerie par le trou que l'effondrement avait ouvert dans la voûte, tel un cratère. C'est par là qu'il en ressortait maintenant, la jeune fille jetée sur une épaule.

Inga sentit qu'on l'allongeait dans l'herbe et qu'on faisait couler de l'eau sur son visage. Ce contact la ramena à la vie. Ouvrant les yeux elle distingua une silhouette penchée sur elle. Une silhouette décharnée enveloppée de guenilles.

La silhouette de frère Jean.

– Tu as bien failli y rester, ma fille, tonna le faux prêtre. C'est un miracle que je sois passé par là au même moment. J'ignorais que le souterrain serpentait de ce côté.

– Ne me touchez pas ! hurla Inga, perdant le contrôle de ses nerfs.

Les mains du tueur d'enfants posées sur elle lui faisaient horreur. Elle gigota comme une anguille, s'efforçant de leur échapper. Elle finit par comprendre qu'en se comportant comme une idiote elle risquait d'éveiller les soupçons de l'assassin.

Elle s'efforça de recouvrer son calme.

– Excusez-moi, haleta-t-elle, j'ai eu si peur…

– C'est bien naturel, fit benoîtement frère Jean. Tu as frôlé la mort de l'épaisseur d'un cheveu. Appuie-toi sur moi, allons jusqu'à l'église, tu pourras te nettoyer.

Il l'aida à se relever. La jeune fille vit alors qu'elle était noire de la tête aux pieds.

– Cet accident va m'être bien utile dans ma recherche des tunnels, fit Jean. J'avais trouvé un accès, mais au bout d'une trentaine de mètres il s'est révélé irrémédiablement obstrué par de grosses pierres que je n'ai pas réussi à déplacer.

Inga ne l'écoutait pas. Elle s'appliquait à masquer son dégoût et sa haine.

« Je ne peux pas le laisser en liberté, songeait-elle affolée. Je dois l'empêcher de nuire, sinon il retournera dans les souterrains dès la nuit tombée pour baptiser un nouvel enfant… et le tuer. »

Elle se laissa porter jusqu'à l'église, exagérant sa faiblesse pour se donner le temps de réfléchir. Jean l'adossa à un rocher et entreprit de la nettoyer à l'aide de grosses touffes d'herbe.

– Le mieux, marmonna-t-il, ce serait que tu ôtes tes vêtements pour aller te laver dans la mer. Si tu prends ce chemin, tu rejoindras la plage.

Inga le dévisagea, hébétée. Elle avait tout à coup peur qu'il tente de se débarrasser d'elle. Peut-être s'était-elle trahie en le repoussant, tout à l'heure. Il l'avait deviné. Les fous ont un instinct animal qui leur permet de flairer les choses cachées, son père le lui avait souvent répété. Elle se demanda si Jean n'essayait pas de l'attirer sur la plage pour la noyer dans une crique déserte… ou lui casser la tête avec un galet.

Instinctivement, elle tâtonna dans l'herbe du bout des doigts à la recherche d'une arme improvisée.

– Alors, comme ça, observa le prêtre, tu as trouvé le moyen de t'échapper du château ? Cela me sera d'une grande utilité dans l'accomplissement de ma mission. Le passage que tu as mis au jour pourrait me permettre de me faufiler dans le manoir pour capturer la fieffée putain qui s'y terre ! Par le Christ, oui ! tu viens de me fournir la clef que j'attendais depuis si longtemps…

Il pérorait en agitant ses bras maigres en direction du ciel, prenant le Seigneur à témoin. Inga en profita pour refermer la main sur une pierre ronde. Elle n'était pas dupe des simagrées du fou. Elle savait qu'il s'appliquait à donner le change. Elle croyait discerner dans la fixité de son œil l'annonce de sa condamnation prochaine. Il était forcé de se débarrasser d'elle, car elle s'était sottement dévoilée. Elle n'aurait pas dû le repousser, mais ç'avait été plus fort qu'elle… Une réaction purement physique en le découvrant penché sur elle, dans une posture analogue à celle qu'il devait adopter lorsqu'il baptisait les enfants avant de les occire.

– Oui, oui, claironna Jean avec un bon sourire. Ce jour est un grand jour… et pourtant, en voyant un cratère s'ouvrir dans le sol de la lande, j'ai cru qu'un diable allait en surgir pour m'attraper par les pieds !

Inga détesta d'emblée ce sourire contrefait, faussement bonasse. Elle y lut l'imminence de sa mort. Frère Jean essayait de la rassurer pour mieux la surprendre. Il allait se jeter sur elle, l'empoigner par les cheveux et la pousser dans le vide du haut de la falaise…

Elle n'avait plus le temps, elle n'avait plus le choix…

Elle détendit le bras et frappa à la volée. La pierre heurta le front du dément à l'emplacement même de la cicatrice qui lui fendait la tête en deux.

Les yeux de l'homme se révulsèrent, et il glissa sur le flanc sans même pousser un cri.

Inga le retourna sur le ventre, et entreprit de lui lier poignets et chevilles avec la cordelière de son froc de moine.

« Je devrais le pousser dans le vide, se dit-elle. Le bord de la falaise n'est qu'à dix mètres. Je n'aurais qu'à le faire rouler sur lui-même… »

Malgré son désir d'en finir avec le monstre, elle ne put s'y résoudre.

Elle l'abandonna donc où il était tombé, le nez dans l'herbe, du sang sur le visage, et se dirigea vers l'église. Au moment où elle s'apprêtait à en pousser la porte, une flèche tomba du ciel et se ficha dans le battant avec un bruit sourd, manquant de lui clouer la main.

« Le bossu ! se dit Inga, il m'a repérée ! Il sait que je me suis échappée et que je vais courir prévenir Fodor ! »

Elle plongea dans la bâtisse pour se mettre hors de portée des projectiles.

Bien lui en prit car à peine s'était-elle retranchée

dans la bicoque qu'un nouveau trait empenné de noir se plantait dans le battant.

C'était des flèches de guerre, longues, solides, munies d'un fer large et tranchant, conçues pour transpercer un homme enveloppé de cuir… et Snorri les décochait avec une rare puissance. Inga prit conscience qu'elle était désormais bloquée dans l'église. Si elle commettait l'imprudence de mettre le nez dehors, le bossu l'abattrait aussitôt. Il fallait pourtant qu'elle prévienne Fodor coûte que coûte avant que la princesse noire n'ordonne à son serviteur d'incendier le village.

« À présent qu'ils savent que je suis dehors, songea-t-elle, ils sont forcés de précipiter les choses. Plus question d'attendre le début de l'hiver. C'est maintenant ou jamais. »

Elle se mit à tourner en rond dans la bâtisse, rongeant son frein, cherchant un moyen de s'échapper.

« Il me faudrait un bouclier, se dit-elle. Un bouclier derrière lequel j'avancerais à l'abri des flèches… »

Elle regarda autour d'elle sans trouver rien qui pût faire office d'écu ou de rondache. Non, il n'y avait rien… *à part la porte !*

Elle s'en approcha pour l'examiner. Le battant ne tenait au chambranle que par deux charnières de cuir faciles à trancher.

« Si je l'attachais sur mon dos, se dit-elle, il me couvrirait entièrement. Les flèches se planteraient dedans sans le traverser… »

Elle soupesa le panneau de bois du regard. Serait-elle capable de le remorquer à travers la lande jusqu'au village ? Elle ne pouvait l'affirmer.

Fouillant dans le capharnaüm du prêtre fou, elle dénicha un coutelas et des lanières de cuir dont elle pourrait faire des bretelles.

La porte était en mauvais état, fissurée, trouée par endroits, il était possible d'y glisser des liens et de confectionner une sorte de harnais rudimentaire qui permettrait à Inga de l'assurer sur son dos.

C'était une idée folle, mais elle ne voyait aucun autre moyen de s'échapper de l'église.

Quand elle eut fini de nouer les brides, elle saisit le couteau et trancha les charnières, en commençant par celle du bas. Ayant passé le bras gauche dans l'une des boucles, elle cisailla la seconde charnière et se pencha vivement pour éviter que la porte ne bascule vers l'extérieur, la renversant sur le dos.

Courbée, haletante, elle sortit de l'église à reculons, de manière à n'offrir pour cible que le rectangle constitué par la porte dégondée.

Sans attendre, elle prit le chemin du village, traînant à grand-peine cette carapace qui lui sciait les épaules. Elle n'avait pas fait dix pas qu'un projectile se ficha à la hauteur de ses omoplates, de l'autre côté du battant.

« Si la malchance veut que la prochaine flèche s'insinue dans une fissure, se dit-elle, je suis fichue. »

Elle avançait aussi vite que possible, la sueur lui ruisselant sur le visage. Deux coups sourds la firent sursauter. Snorri ne renonçait pas, mais la distance l'empêchait d'ajuster ses traits.

Les dents serrées, elle poursuivit son chemin. La porte raclait le sol, ralentissant considérablement son allure.

Elle avait quitté l'église depuis un quart d'heure, quand la première flèche enflammée décrivit une courbe scintillante dans le ciel pour filer en direction du hameau. La dame noire avait décidé de déclencher l'offensive sans attendre. Malheureusement pour elle, le vent ne soufflait pas dans la bonne direction et ses bourrasques déviaient les traits décochés par le bossu.

« Il ne parvient pas à toucher la statue du dieu Njord, constata Inga avec satisfaction. Toutes ses flèches dérivent sur la gauche… »

Elle reprit espoir et s'arc-bouta de plus belle pour gagner le hameau avant qu'il ne soit trop tard. Elle savait que la plus grosse charge de poudre se trouvait tassée à l'intérieur du poteau de bois sculpté. En explosant, elle ravagerait la plupart des habitations.

Quelques flèches se fichèrent dans le chaume des toits, qui s'enflamma en produisant une épaisse fumée. Les volutes de suie, en s'élevant, formèrent très vite une espèce de brouillard noirâtre qui réduisait considérablement la visibilité.

« Dame Urd n'avait pas pensé à cela ! jubila Inga. Snorri va en être réduit à tirer à l'aveuglette… »

Son père lui avait appris qu'un maître archer peut atteindre une cible fixe les yeux fermés, mais elle choisit de croire que le bossu n'était qu'un bon archer, sans plus.

Le vent rabattait la fumée des incendies au ras de la lande, et c'est avec un grand soulagement que la jeune fille pénétra dans ce tourbillon âcre qui lui irrita aussitôt les yeux et la gorge.

Dès qu'elle s'estima à l'abri au milieu des volutes de suie où dansaient des étincelles, elle libéra ses épaules du harnais et laissa choir la porte dans laquelle étaient fichées trois longues flèches noires.

Elle se mit à courir au hasard, ayant grand-peine à tenir les yeux ouverts en raison de la fumée.

Elle commençait à se croire égarée, quand elle déboucha sur la place du village. Fodor hurlait et gesticulait. Une chaîne s'était formée jusqu'à la plage, se repassant des seaux qu'on remplissait directement dans la mer. Mais le feu ronflait déjà trop fort pour capituler devant les aspersions. Femmes et enfants hurlaient, rassemblés autour de la statue piégée.

«Mon Dieu! se dit Inga. Si une flèche touche le poteau, ils seront tous mis en pièces.»

Elle se fraya un chemin dans la cohue pour se rapprocher de Fodor. Hélas, les hommes, tout à leur besogne de sauvetage, la repoussaient avec impatience dès qu'elle lui coupait la route.

– Fodor! appela-t-elle, Fodor!

Le ronflement des flammes et les pleurs des gosses terrifiés couvrirent ses cris.

Pendant qu'elle avançait son regard ne quittait pas la statue.

«Si une flèche s'y plante, se dit-elle, je n'aurai même pas le temps de me mettre à l'abri.»

Elle réussit enfin à s'approcher de Fodor Œil d'aigle et le saisit par le bras.

– Il faut que je te parle! hurla-t-elle. C'est un piège, un piège de la princesse noire! Quittez immédiatement le village… courez vers la plage… Cessez d'asperger les toits, il faut mouiller la statue! Vite! La statue!

L'homme la dévisagea d'un œil égaré. Noircie comme elle l'était, il avait failli ne pas la reconnaître. Il se méprit sur le sens de ses paroles.

– L'heure n'est pas aux offrandes, lança-t-il avec impatience, écarte-toi…

Njord étant un dieu marin, il avait cru qu'Inga lui demandait d'implorer son aide en l'aspergeant d'eau de mer.

La jeune fille se cramponna au géant barbu, refusant de céder un pouce de terrain.

– Tu ne comprends pas ! haleta-t-elle. La statue est piégée… elle contient un… un maléfice fabriqué par la dame noire… Ce maléfice va tous vous tuer si le feu prend au poteau. Le seul moyen de le neutraliser est de le mouiller…

Elle balbutiait, à bout de souffle. Faute de temps pour s'expliquer, elle avait choisi d'offrir à Fodor une version simplifiée du traquenard dont il allait sous peu être la première victime.

Le chef de village la regarda, incrédule. Inga en profita pour répéter son avertissement.

– Je me suis échappée du château pour vous prévenir, balbutia-t-elle. Tous les cadeaux de Dame Urd sont empoisonnés… les manteaux… il faut vous éloigner des manteaux…

– Les manteaux, le dieu… grogna Fodor. Serais-tu devenue folle ?

Çà et là, des flèches enflammées continuaient à tomber, se fichant au petit bonheur. Inga comprit que Snorri essayait de corriger son tir. Sans le nuage de fumée, il aurait atteint le poteau depuis longtemps.

– Si tu ne m'écoutes pas, nous serons tous morts d'ici peu, cria Inga. Rappelle-toi ce qui a déchiqueté les voleurs d'enfants dans le souterrain ! Cette chose est cachée dans la statue de Njord. Le feu la réveillera et elle en sortira pour nous détruire tous !

Le regard de Fodor se voila.

– Je ne peux pas t'en dire davantage pour le moment, insista la jeune fille, c'est trop compliqué, fais-moi confiance… La dame noire veut vous punir parce que vous avez laissé Arald la brûler…

Le chef de village eut un sursaut de stupeur.

– Nous n'avions pas le droit d'intervenir, lâcha-t-il, Arald était notre maître… et il était dans son droit puisqu'elle l'avait trompé…

– Le poteau… rappela Inga. Fais arroser le poteau !

Cette fois Fodor céda. Se tournant vers les hommes, il leur ordonna de cesser d'asperger les toits et de mouiller la statue au plus vite. Les pêcheurs refusèrent d'obéir. Leurs maisons comptaient plus à leurs yeux qu'un mât de bois sculpté ! Ils injurièrent Fodor et dressèrent des échelles contre les façades pour se hisser sur le chaume enflammé. Pendant ce temps, femmes, enfants, vieillards, se massaient autour de l'effigie du dieu pour réclamer sa protection.

La princesse noire avait parfaitement prévu le déroulement des choses. Elle avait deviné que, dès le début du sinistre, le premier mouvement de la population serait de chercher refuge près de la statue piégée, s'offrant d'elle-même en holocauste.

Par chance, l'emprise de Fodor sur les siens était assez grande. Il lui suffit de quelques coups de poing pour faire obéir les récalcitrants. On se décida enfin à faire reculer la foule en direction de la plage et à asperger la statue.

À l'intérieur d'une chaumière l'un des manteaux piégés explosa dans un tonnerre de bruit et d'étincelles. Cet incident eut raison de l'incrédulité des pêcheurs.

– Où sont les autres pelisses ? s'inquiéta Inga.

– Dans les coffres à vêtements, répondit Fodor. Il fait trop chaud pour qu'on les porte…

– C'est une chance, soupira la jeune fille. Si le feu les touche, elles se volatiliseront toutes au milieu d'un éclair, réduisant en morceaux ceux qui en seront vêtus. Pour les détruire, il faudra les plonger dans l'eau… c'est compris ?

– Oui, murmura Fodor d'un air hébété.

Sur les conseils d'Inga, on lança des cordes autour du mât, puis on le déracina afin de le traîner sur la plage. Là, on le fit rouler dans les vagues. La foule ne comprenait rien à ce manège et se lamentait. Quelques vieilles femmes s'arrachèrent les cheveux en expliquant que Njord ne tarderait pas à se venger d'avoir été si mal traité. Il déchaînerait des tempêtes, et nombre de bateaux feraient naufrage, entraînant leur équipage au sein des eaux noires.

Quand elle regagna la place du village, Inga s'aperçut qu'une flèche venait de se ficher à l'endroit même où se dressait encore la statue un instant plus tôt.

Plantée au fond du trou, elle brûlait en crépitant.

Le souterrain

Les dernières flammèches étouffées, on s'empressa de plonger les manteaux dans les vagues. Trois maisons avaient brûlé. La colère succéda à la stupeur. Les hommes se rassemblèrent autour de Fodor. Ils exigeaient de monter au château pour l'incendier. Cette fois, il n'y avait plus à tergiverser, la guerre était déclarée, il fallait aller jusqu'au bout et détruire la princesse noire.

Un instant plus tôt, Inga avait éventré l'effigie du dieu Njord pour leur montrer la poudre dont le poteau était rempli. Une bouillie noire avait coulé sur le sable, provoquant le recul de la foule. Les commères y avaient vu une espèce de «sang noir, pourri de vice et de méchanceté».

Inga avait eu le plus grand mal à leur expliquer qu'il s'agissait d'une substance minérale. Un enfant avait emporté l'adhésion générale en déclarant : «Des boyaux de poisson! Un grand poisson noir plein de venin…»

Pendant que les pêcheurs s'excitaient, Inga tira Fodor à l'écart.

— Je ne peux pas vous empêcher d'attaquer le château, murmura-t-elle. Mais tu me dois un service. Sans mon intervention vous auriez tous été tués par l'explosion de la statue…

— Que veux-tu ? s'impatienta le chef de village. Ne me demande pas d'épargner Dame Urd et son bossu, les hommes ne comprendraient pas… Je sais que le pardon est une manie de chrétien, mais il n'entre guère dans nos usages.

— Je me moque de Dame Urd, je pense aux enfants. Si vous incendiez le manoir, ils périront dans les flammes, ce serait injuste. Je vous ai sauvés, toi et les tiens, tu me dois un service…

— D'accord, explique-toi…

— Je sais comment me glisser dans les caves du château. J'ai découvert un souterrain. Tu vas m'aider à faire sortir les gosses. Ensuite, tu fractureras la grille qui défend l'accès de la cour, et nous évacuerons les enfants qui dorment là. Ce que tu feras après ne me regarde pas… Tu seras à l'intérieur du château, libre à toi de régler tes comptes.

— Tu veux faire sortir ces gamins bancroches, maugréa Fodor. Cela ne me plaît guère. Ils vont contaminer la campagne et affaiblir notre sang dès qu'ils commenceront à se reproduire. Si notre race est saine et forte, c'est justement parce que nous prenons la précaution de nous débarrasser des infirmes.

— Ils ne resteront pas ici, dit Inga en essayant de dissimuler sa colère. Tu m'avais promis un navire si je t'aidais à vaincre la dame noire, rappelle-toi ! J'emmènerai les enfants sur ce bateau, et nous partirons loin d'ici. Cela te convient ?

— Oui, c'est mieux, mais il faudra faire vite, les hommes ont hâte d'en découdre, je ne pourrai pas les retenir bien longtemps.

– Nous agirons cette nuit, décida la jeune fille. J'ai pris mes précautions. Les gosses sont prévenus, ils savent ce qu'ils devront faire une fois la grille ouverte. Tu m'aideras, toi, toi seul… je ne veux personne d'autre. Ensuite, le souterrain sera à toi, tu pourras y faire descendre tes hommes ; de cette manière vous investirez le château en passant sous les murailles.

– C'est un marché honnête, approuva Fodor. Du moment que tu n'envisages pas de t'installer chez nous avec tes marmots mal fichus. La nuit va bientôt tomber. Nous ferons comme tu dis.

– Emporte des outils, pour la grille, recommanda Inga.

Pendant que Fodor rejoignait les villageois, elle s'étendit sur le sable des dunes et s'efforça de prendre un peu de repos. Son épuisement était extrême. Elle sombra dans le sommeil sans même s'en rendre compte et dormit deux heures.

Quand Fodor la secoua, la nuit tombait. Il lui tendit une calebasse contenant du poisson mariné et une cruche d'hydromel. Elle mangea en silence.

– J'ai eu du mal à retenir les hommes, grommela le géant. Ils ont hâte de se venger. Plus vite nous aurons fait sortir les gosses, plus vite nous pourrons passer à l'attaque. Es-tu prête ?

Inga se leva.

– Il y a pleine lune, ce soir, dit Fodor, cela nous permettra de traverser la lande sans allumer de flambeau.

D'un pas rapide, il s'élança vers la sortie du village. Une besace de cuir battait sur sa hanche. Inga le suivit. L'air empestait la fumée froide et le bois calciné. La jeune fille scruta l'horizon pour localiser le clocher tordu de l'église de frère Jean. Elle craignait de ne pas être en mesure de retrouver l'entrée du souterrain. Après tout la plaine était vaste et l'on n'y voyait plus grand-chose…

— Je dois te parler du prêtre, murmura-t-elle. Tu sais… le naufragé qui a bâti une espèce de chapelle…

— Tu veux dire le fou?

— Oui, c'est lui qui s'en prend à vos moutons et qui se déguise en loup-garou… mais ce n'est pas le plus important; c'est un assassin, un assassin d'enfants… Il se faufile dans les caves du château pour tuer les jeunes aveugles. Je l'ai laissé attaché près de son église, je voudrais que tu t'assures qu'il est bien ligoté. Il est dangereux. Il pourrait nous suivre dans le tunnel.

Fodor haussa les épaules.

— Si tu veux, je peux le jeter du haut de la falaise, proposa-t-il. Ça ne me gêne pas. Je ne l'ai jamais aimé. Tu dis qu'il mangeait les mioches du château? Vrai, il n'est pas dégoûté!

Inga dut expliquer que frère Jean n'était pas un ogre, mais Fodor l'écouta d'une oreille distraite. Qu'on veuille tuer les enfants de la dame noire ne lui semblait pas une si mauvaise idée puisque, de toute façon, ces infirmes auraient dû mourir à la naissance.

— Voilà ce qui arrive quand on ne respecte pas les anciennes règles, grommela-t-il. En les sauvant des loups, la princesse noire les a condamnés à une vie de malheur. Il aurait mieux valu les laisser mourir quand ils n'avaient pas encore conscience d'exister. C'est ce que je dis, moi, et c'est ce que dit la coutume. Tu vas au-devant de graves ennuis en t'obstinant à les protéger, mais cela te regarde. Tu nous as aidés, alors je t'aide. Ainsi nos comptes seront bien tenus.

Ils avaient atteint l'église. Dans la lumière bleuâtre de la lune, le bâtiment semblait une sorte de casque pointu posé sur le sol. Le casque d'un géant…

Inga courut à l'endroit où elle avait abandonné frère Jean après l'avoir assommé. Elle ne trouva qu'une cordelière dénouée.

— Tu l'avais mal attaché, observa Fodor, il s'est enfui. Tu aurais dû le rouler jusqu'au bord de la falaise et le jeter dans le vide. Ç'aurait été plus avisé.

— Mon Dieu ! haleta la jeune fille, je suis sûre qu'il est redescendu dans le souterrain… Maintenant qu'il se sait démasqué il va s'empresser de tuer tous les enfants qui vivent dans la cave. Il faut le rattraper !

Fodor plongea la main dans sa besace et en sortit un marteau qu'il assujettit dans son poing.

— Mène-nous au passage, ordonna-t-il. Si ton frère Jean essaye de nous barrer la route, je lui casse la tête.

Son assurance tranquille réconforta quelque peu Inga, mais elle continuait à nourrir une vive inquiétude quant au sort des jeunes aveugles prisonniers de la crypte.

Haletante, elle tourna le dos à la chapelle et se mit en quête du cratère par lequel le faux prêtre l'avait sortie du tunnel effondré.

La nuit ne facilitait pas les choses. Elle avançait d'un pas hésitant, craignant de tomber dans un trou où elle se briserait les jambes.

— Si nous avions un flambeau… soupira-t-elle.

— Pas question, grogna Fodor. On ne peut pas prendre de risque. Le bossu est sûrement embusqué sur le chemin de ronde. Avec son arc, il n'aurait pas de mal à atteindre la tâche lumineuse que ferait la torche.

Inga poussa un juron. Dans les ténèbres la géographie de la lande se métamorphosait, elle ne reconnaissait rien.

«Depuis combien de temps frère Jean est-il en bas? se demanda-t-elle. Aura-t-il pris les enfants par surprise, ou bien auront-ils eu le temps de courir se cacher dans le labyrinthe des oubliettes?»

Mais les oubliettes ne constituaient pas un véritable obstacle pour un assassin équipé d'une bonne lampe à huile. Les gosses auraient beau ruser, le prêtre fou les débusquerait sans mal.

– Là! cria-t-elle enfin. C'est là!

Elle venait de trébucher sur une racine dénudée par l'affaissement de terrain. Le cratère s'ouvrait à moins d'une coudée de son pied droit. Elle avait failli ne pas le voir et tomber droit au fond.

– Bien, marmonna Fodor. Tu vas passer la première pour me montrer le chemin. Je te suivrai. Si l'homme dont tu parles se dresse devant toi, jette-toi de côté pour me céder le passage. Je me chargerai de lui. Un bon coup de marteau sur la tête et il ne s'amusera plus à jouer les loups-garous, crois-moi.

Inga grimaça. Fodor était brave mais trop sûr de lui. Sa force pouvait facilement être mise en échec par la ruse du dément. Elle fut tentée de l'inciter à la prudence; elle renonça, il se serait vexé.

La tenant par le poignet, Fodor l'aida à descendre dans le trou. Inga fut de nouveau submergée par l'odeur de tombeau qui flottait dans le tunnel. Le pêcheur la rejoignit. Sortant de sa besace une grosse lampe à graisse de phoque, il entreprit de l'allumer au moyen d'une pierre à feu. Inga se sentait très mal à l'aise. Elle ne cessait de tourner sur elle-même pour scruter l'obscurité. Jean pouvait se cacher n'importe où : devant, derrière…

La lumière tremblotante du photophore lui donna l'impression illusoire d'être désormais en meilleure posture.

– Il faut ramper, expliqua-t-elle. À certains endroits le boyau est assez étroit… j'espère que tu pourras passer.

– Allons-y, s'impatienta Fodor. Rappelle-toi ce que je t'ai dit : au moindre mouvement suspect, cède-moi la place.

Empêtré dans sa bonne grosse confiance d'homme sûr de ses muscles, il ne doutait de rien. Pour lui, frère Jean était un gringalet, un insecte qu'on écrase d'un claquement de paume. Le mettre en garde ne servirait qu'à lui faire hausser les épaules.

Inga commença à ramper. Elle avait tout à la fois peur d'avancer dans les ténèbres et grand-hâte de retrouver les enfants.

Pendant de longues minutes ils pataugèrent dans la tourbe et la caillasse, telles des taupes. Quand le passage s'élargit, Inga devint plus méfiante, car frère Jean pouvait désormais se tenir caché n'importe où… En effet, les failles et les niches ne manquaient pas.

Inga progressait, les épaules crispées, s'attendant à tout moment à ce qu'une lame s'enfonce dans sa chair.

Mais le pire, c'était encore d'imaginer le fou occupé à baptiser ses petites victimes avant de leur écraser la tête. En ce moment même, il était peut-être en train d'asperger d'eau bénite le front de Sigrid, dans trois secondes il allait…

Inga déboucha enfin dans la crypte d'où elle était partie quelques heures plus tôt. Une main surgie de nulle part se referma sur son poignet, lui arrachant un cri.

– C'est toi ? fit la voix de Sigrid. Tu es revenue ! J'ai prié pour toi ! Je suis heureuse que les dieux m'aient entendue.

– Tu n'as rien ? balbutia Inga. C'est merveilleux… un homme a dû passer par ici, il y a un moment… C'est un miracle qu'il ne t'ait pas vue. C'est lui le tueur… Il faut le rattraper avant qu'il ne fasse du mal aux autres.

– Personne n'est venu, répondit Sigrid déconcertée. Je suis restée là tout le temps, assise à côté du trou.

Inga poussa un soupir de soulagement.

– Tant mieux ! fit-elle. Alors c'est qu'il a préféré prendre la fuite… J'avais tellement peur qu'il ne descende ici pour vous tuer tous.

– Il… il y a quelqu'un avec toi… murmura la fillette d'une voix tendue. Tu n'es pas seule…

– Non, fit Inga. Je suis venue avec un ami, il va vous évacuer vers le dehors. Il cassera la serrure de la grille et…

– Tu… tu ne comprends pas, hoqueta Sigrid en esquissant un mouvement de fuite. C'est lui… *c'est lui le tueur !* Je reconnais son odeur ! Il sent le bois et le poisson séché… et le sel… C'est lui !

Les mains tendues, la fillette s'enfuit dans l'obscurité avant qu'Inga ait eu le temps de réagir. Alors, seulement, la jeune fille comprit qu'elle avait commis une terrible erreur d'interprétation… Lentement, elle pivota sur elle-même pour faire face à Fodor. Le géant avait posé la lampe sur une pierre. Bien campé sur ses jambes, le marteau à la main, il bouchait l'entrée du tunnel.

– Alors c'est toi, murmura Inga. Je ne comprends pas… Pourquoi les baptises-tu avant de les tuer, tu n'es pas chrétien?

Fodor poussa un soupir de lassitude.

– Je ne les baptise pas, grogna-t-il, je les débarbouille pour voir quelle tête ils ont. Ils sont parfois si sales qu'on n'arrive même pas à deviner s'ils sont fille ou garçon.

– *Tu les laves?* Oh… je comprends, tu cherches quelqu'un…

– Oui, fit sombrement Fodor. Je cherche une ressemblance… des traits qui me seraient familiers. En fait, je cherche mon fils… Je l'avais offert en pâture aux loups à sa naissance, mais cette chienne de dame noire l'a ramassé pour l'emporter ici.

– Ton fils? haleta l'ymagière. Tu l'as exposé!

– Oui, cracha l'homme. Il est né aveugle… les yeux recouverts d'un voile blanc. On ne peut pas devenir marin quand on est ainsi. C'était un inutile… une honte pour mon nom. Je suis Fodor Œil d'aigle. J'ai la réputation de voir plus loin que n'importe qui sur la mer. Un œil d'aigle ne peut avoir pour fils un infirme, un dégénéré…

– Mais pourquoi venir le traquer jusqu'ici? s'étonna Inga.

– Parce qu'il en serait sorti, tôt ou tard! hurla soudain Fodor en agitant son marteau. Je savais qu'elle les libérerait… ou qu'ils finiraient par s'enfuir, ce n'était qu'une question de temps… Un jour ou l'autre, mon fils serait sorti… les gens du village l'auraient vu, zigzaguant sur la lande…

– Et alors ?

– Et alors ils l'auraient reconnu ! Pauvre idiote ! Tous
mes fils me ressemblent comme deux gouttes d'eau.
Pourquoi celui-là ferait-il exception ? S'il s'échappe, si
quelqu'un comprend qui est son père, je suis désho-
noré. On dira que mon sang est vicié, appauvri… que je
deviens vieux ! Un homme qui engendre des enfants
infimes n'est pas un homme digne de ce nom. Il ne
mérite pas de commander aux autres… Peux-tu comprendre cela ? Non, n'est-ce pas ? Tu n'es qu'une
femme ! Si l'on savait que j'ai fabriqué un aveugle, on
s'empresserait de se débarrasser de moi… Tous les
jeunes coqs du village y trouveraient prétexte pour me
défier. La rumeur grossirait. Les commères ne se prive-
raient pas de répéter que la semence de Fodor n'est plus
bonne qu'à engendrer des marmots tordus…

Il s'essoufflait, le visage ruisselant de sueur et de
larmes. Inga recula de trois pas.

– Tu cherchais ton fils, dit-elle dans un souffle, mais
tu ne parvenais pas à le reconnaître. Voilà pourquoi tu
en as tué plusieurs. Tu n'étais pas certain d'avoir fait le
bon choix.

– Oui, avoua le géant. On y voit si mal dans ce cul-de-
basse-fosse, et ils sont si sales… Ils finissent par tous
se ressembler. À chaque fois j'étais sûr d'avoir enfin
trouvé le bon, et puis, une fois rentré au village, le
doute revenait…

– Des enfants, murmura Inga, tu as tué des enfants
pour sauvegarder ton honneur…

– Bien sûr ! gronda Fodor, et quoi d'autre ? Je ne
suis pas un monstre… L'honneur d'un homme compte
plus que tout. C'est votre faute aussi, à vous, les
femelles… toujours à pleurnicher, à vouloir sauver

plus de mioches qu'il n'en faut! Et toi, tu es de la même engeance que la dame noire. Tu veux les faire sortir du château… les amener dans le village pour les faire embarquer sur l'un de mes navires! Tu t'imagines que je vais te laisser promener ton armée de petits monstres dans nos rues? Il n'en est pas question. Pour qu'une commère s'en aille pointer le doigt sur l'un d'eux en criant : «Vous avez vu celui-là, l'aveugle aux yeux blancs, il ressemble à Fodor comme deux gouttes d'eau; et si c'était son fils?» Après cela, ils ne me laisseront plus aucun répit. Ils sont déjà trop nombreux à vouloir me détrôner. Non, je ne leur en fournirai pas le prétexte.

— Tu vas me tuer, c'est ça? chuchota Inga dont les jambes tremblaient.

— Évidemment, confirma Fodor. Toi et tous les autres mioches. Je vais mettre le feu au château. Ceux qui ne brûleront pas seront étouffés par la fumée. Puis le manoir s'effondrera sur lui-même, écrasant les caves. En sortant d'ici, je comblerai le souterrain de manière que personne ne puisse s'enfuir par là… Il y a long-temps que j'aurais dû te tuer… Dès le premier soir où je t'ai trouvée dans la crypte, dormant au milieu des aveugles. Mais tu avais les paupières fermées par des croûtes, et j'ai cru qu'ils t'avaient crevé les yeux. Comme tu ne risquais pas de me reconnaître, je t'ai laissé la vie. C'était une erreur.

Il avança d'un pas, le marteau levé.

— Assez parlé, grogna-t-il, il est temps d'en finir. Laisse-toi faire, tu ne sentiras rien. Mieux vaut mourir d'un coup sur la tête que brûlée vive.

— Non, hurla Inga en faisant un bond en arrière.

«Si je pouvais donner un coup de pied dans la lampe

à huile, se dit-elle, je l'expédierais sur lui. Avec un peu de chance, ses vêtements prendraient feu… »

Hélas, la lampe était hors de portée.

– Suffit ! tonna Fodor dont la voix trahissait une certaine lassitude. Laisse-toi faire ! Je ne prends point plaisir à ce genre de chose.

Il abattit une première fois son outil, manquant de peu la tempe de la jeune fille. Une expression de grande contrariété avait envahi son visage. Il avait l'air d'un ouvrier fatigué pressé d'achever une besogne désagréable.

Il lança sa main gauche en avant, saisissant Inga à la gorge pour l'immobiliser. Celle-ci ne put lutter contre cette poigne de colosse qui l'étouffait. Elle vit le marteau se relever…

– Ne bouge pas, ordonna Fodor. Ce sera rapide, j'ai l'habitude de tuer les bêtes. Aucune d'elle ne s'est jamais plainte.

Inga ferma instinctivement les yeux. Elle entendit un choc sourd, puis les doigts de Fodor se dénouèrent et elle put de nouveau respirer. Quand elle rouvrit les paupières, ce fut pour voir le géant vautré dans la poussière… une pioche plantée entre les omoplates. Derrière lui se dressait frère Jean. Levant la main droite, il dit :

– Ainsi Dieu punit ceux qui causent grand préjudice à ses brebis.

Promenade nocturne

— J'étais caché derrière un buisson, expliqua frère
Jean en aidant Inga à se relever. Tu es passée à trois pas
de moi. Quand j'ai aperçu cet homme, Dieu m'a envoyé
une illumination et j'ai vu le signe du démon s'inscrire
au-dessus de sa tête. Voilà pourquoi je vous ai suivis.
J'ai tout de suite compris qu'il allait te faire du mal. Je
suis descendu derrière vous. J'ai entendu tout ce qu'il
t'a dit. Je suis assez de son avis en ce qui concerne les
enfants du château, mais je l'ai tué parce qu'il allait te
fendre le crâne. Je ne pouvais tolérer qu'un païen assassine une chrétienne ! Ce serait le monde à l'envers…

Inga se massa la gorge. Elle se sentait tout étourdie.

— Écoute, murmura-t-elle d'une voix rendue rauque
par l'étreinte de Fodor, je vais faire sortir les enfants.
N'essaye pas de m'en empêcher.

Frère Jean eut un sourire condescendant.

— Je ne m'intéresse pas aux petits païens, fit-il. J'ai
une mission à remplir. D'après ce que j'ai compris à
travers vos bavardages, il y a dans cette besace assez
d'outils pour forcer la grille qui permet d'accéder aux
appartements du manoir ?

— C'est cela, confirma la jeune fille.

— Très bien, approuva frère Jean. Je vais donc forcer

le verrou, puis je monterai m'occuper de la dame noire… Pendant ce temps tu feras ce que tu voudras. Emmène tes bâtards bancroches ou chante vêpres, peu me chaut !

Les mains tremblantes, Inga se saisit de la lampe à huile tandis que frère Jean s'emparait de la besace de Fodor.

— Sigrid ? appela-t-elle. Sigrid ? Tu m'entends ? Tout va bien… tu peux revenir.

Il s'écoula un long moment avant que la fillette n'ose montrer son nez.

Inga s'empressa de la rassurer.

— N'aie pas peur, lui dit-elle, l'homme est mort… Un de mes amis est arrivé à temps. Il m'a sauvé la vie. Il se nomme frère Jean. Il est à côté de moi.

Inga songea qu'elle s'avançait beaucoup en présentant le dément comme son ami, mais elle n'avait pas le temps d'entrer dans les détails.

— Il va ouvrir la grille, expliqua-t-elle encore. Tous les enfants descendront dans la cave, et nous quitterons le château en empruntant le tunnel. Il faudra être calme et ordonné. Peux-tu expliquer cela à tes camarades ? Répète-leur qu'ils devront marcher lentement et s'interdire toute bousculade s'ils veulent éviter que le souterrain leur dégringole sur la tête.

— D'accord, soupira Sigrid. Je vais essayer, mais je ne te promets rien. Certains ne voudront pas quitter Orök, tu sais ?

— Il leur faudra bien s'y résoudre quand le château sera en feu ! ricana frère Jean.

Inga le fit taire d'un geste. Le visage de Sigrid se contracta.

– Cet homme est méchant, déclara-t-elle. Tu ne devrais pas le garder pour ami.

Dans le désir d'éviter une vaine empoignade, Inga ordonna à ses compagnons de se mettre en marche.

– Que tout soit bien clair entre nous, murmura Jean pendant qu'ils piétinaient dans la poussière humide du sol. Une fois la grille ouverte, ce sera chacun pour soi… Tu t'occuperas des marmots, quant à moi je me glisserai dans le château pour punir la dame noire.

– Le bossu ne te laissera pas faire, observa la jeune fille. Si tu tombes entre ses mains il te cassera les reins.

– C'est à voir, s'esclaffa le faux prêtre. Dieu marche à mes côtés. Je suis le bras armé de sa colère. Il m'accordera la force de punir les méchants.

– Si tu en es convaincu… soupira Inga.

Elle avait décidé de se désintéresser du sort des adultes. Que Jivko, Dame Urd, Arald et frère Jean aillent au diable ! Seul le sort des enfants la préoccupait. Elle espérait pouvoir les évacuer avant que le château ne s'embrase. Elle craignait par-dessus tout que la princesse noire, se sentant perdue, ne fasse exploser une quelconque réserve de poudre dissimulée dans ses appartements.

Dès qu'ils eurent rejoint les jeunes aveugles, Sigrid s'empressa de leur expliquer ce qui se passait. Inga la laissa se débrouiller toute seule car, redoutant une traîtrise de dernière minute, elle voulait surveiller frère Jean jusqu'au bout.

– Ne fais pas de bruit, lui recommanda-t-elle. Le bossu a l'oreille fine. Il est très fort, s'il nous découvre, il nous tuera.

Jean ne se donna pas la peine de répondre, parvenu

au sommet de l'escalier, il fouilla dans la besace de Fodor et s'empara d'outils métalliques à l'aide desquels il s'attaqua aux énormes vis maintenant la serrure en place. Inga serra les mâchoires en entendant l'acier crisser sur l'acier.

— Inga, c'est toi ? chuchota la voix de Skall de l'autre côté des barreaux. Nous sommes tous prêts, nous t'attendions.

L'espoir faisait vibrer la voix du jeune infirme. Dissimulant son émotion, Inga répéta les recommandations relatives à la traversée du souterrain : de l'ordre, pas de bousculade…

La dernière vis ôtée, la serrure finit par céder. La grille pivota sur ses gonds.

Dans la cour, les enfants attendaient en silence, petites silhouettes silencieuses qui, parfois, suçaient leur pouce. Quelques uns portaient de maigres baluchons ou un jouet rudimentaire qu'ils n'avaient pu se résoudre à laisser derrière eux, mais la plupart n'avaient rien.

Inga se précipita vers Skall.

— Fais les descendre un à un, murmura-t-elle. Une fois en bas, qu'ils forment une colonne et se donnent la main. Les aveugles vont les guider. Nous disposons de cette unique lampe, ils ne devront pas avoir peur du noir, c'est compris ?

— Moi j'ai compris, fit l'adolescent, j'espère seulement que les bébés ne se mettront pas à brailler dès qu'il leur faudra marcher dans la nuit.

— Allons-y, s'impatienta l'ymagière. Le chemin vers la sortie est long et compliqué.

Skall fit signe aux gosses d'avancer. Inga s'aperçut

qu'il avait été assez avisé pour faire encadrer les tout petits par des enfants plus âgés. Les fillettes, comme Odi, avaient été affectées au transport des nourrissons.

– J'ai versé de la gnole dans le lait des mioches, expliqua Skall. Avec un peu de chance, ils dormiront pendant le trajet.

Avec une appréhension visible, les jeunes pensionnaires du manoir commencèrent à descendre l'escalier menant aux caves.

« Pourvu que les aveugles ne les accueillent pas par des jets de pierre ! » songea Inga. Elle n'osait imaginer la panique qui s'ensuivrait.

Frère Jean lui toucha l'épaule.

– Nos routes se séparent ici, ma fille, souffla-t-il. Si tu veux un bon conseil, lorsque tu seras sortie du tunnel, fais grimper ces enfants sur un bateau… et coule le navire en haute mer. Ce sera le meilleur service que tu pourras leur rendre.

– Chacun sa besogne, coupa Inga en se détournant. La dame noire loge sur la galerie, mais elle ferme toujours sa porte à clef.

– C'est pour cette raison que je vais mettre le feu, ricana Jean. Personne n'a envie de rester bouclé chez soi quand la maison brûle ! Elle sortira, fais-moi confiance… et je serai là pour la prendre au collet.

Il esquissa de la main une bénédiction fantaisiste et s'enfonça dans la nuit en direction des bâtiments. Inga se désintéressa aussitôt de lui.

Les gosses avançaient lentement, effrayés par les ténèbres des caves. Elle dut les rassurer, leur raconter des histoires pour occuper leur esprit prompt à s'horrifier d'une ombre ou d'un décor inattendu.

L'évacuation traînait en longueur. Au moment de franchir la porte menant à la crypte, certaines gamines se mettaient à pleurer et reculaient. Il fallait alors les bâillonner de la paume et les faire descendre au plus vite avant que les échos de leurs cris n'emplissent la cour.

Quand tout le monde fut en bas, Inga referma doucement la grille derrière elle.

Le plus dur restait à faire : rejoindre le tunnel à travers le dédale des couloirs à demi effondrés.

— Gardez toujours les yeux fixés sur la lueur de ma lampe, expliqua-t-elle. Elle vous montrera que je ne serai jamais loin de vous. Les aveugles vont nous guider, faites-leur confiance. Ils connaissent très bien le chemin.

Au moment où elle prononçait ces paroles, une peur confuse la traversa : et si les fidèles d'Orök décidaient de se débarrasser des voyants en les faisant tomber dans les oubliettes… Étaient-ils assez fanatisés pour cela ?

Elle s'appliqua à feindre la sérénité, car les regards des gosses étaient fixés sur elle. Devinaient-ils son trouble, sa peur ?

La colonne se mit en marche. De temps à autre, Inga levait les yeux pour examiner la voûte. Que se passait-il au château ? Le bossu avait-il déjà cassé les reins de frère Jean ou bien…

Ou bien quoi ?

Elle ne savait pas… Elle ne voulait plus savoir. Elle ne désirait qu'une chose, émerger à l'air libre et courir vers le village pour réclamer la bateau promis par Fodor.

« Je dirai qu'il est mort, tué par Snorri, décida-t-elle. Inutile de leur révéler la vérité, ils ne comprendraient pas. Si le château est en feu, ils porteront l'incendie au crédit de Fodor et en feront un héros. »

La marche dans les ténèbres prit un bon siècle… Ce fut du moins l'impression d'Inga. Elle fut ponctuée de cris, de pleurs, de crises de panique, de fuites avortées. Skall se révéla un formidable meneur d'enfants. Il y avait du chef en lui, et la jeune fille se demanda, l'espace d'une seconde, si ce n'était pas lui, le fils perdu de la dame noire, l'héritier d'Arald la Hache…

– Je n'ai pas trouvé Orök, expliqua Sigrid. Je l'ai appelé mais il n'a pas répondu. Je pense qu'il boudait. C'était couru d'avance, il n'aura pas voulu s'éloigner de sa fichue idole.

« Il avait probablement regagné son cachot pour y dormir, corrigea mentalement Inga. C'est mieux ainsi, son aspect physique aurait épouvanté les gosses du château. »

Au bout d'un interminable périple les enfants commencèrent à sortir du tunnel les uns après les autres. Inga devait les aider à escalader les parois du cratère, car la plupart d'entre eux étaient trop petits pour se débrouiller seuls.

En dépit des piétinements, la voûte du boyau tint bon et personne ne fut enseveli. Skall, qui fermait la marche, émergea le dernier, barbouillé de terre comme un troll.

Personne ne prononça la moindre parole, tous les regards étaient tournés vers le manoir qui brûlait dans la nuit.

Une cassette noire

Le château brûla toute la nuit. Le vent de la mer chassa la fumée en direction des terres. Quand le jour se leva, les bâtiments s'effondrèrent. Le donjon resta debout, ainsi que la section de rempart faisant face à l'océan, tout le reste s'émietta pour ne plus former qu'un monceau de caillasse noircie.

Inga et les enfants furent accueillis au village avec beaucoup de circonspection. La jeune fille s'empressa d'annoncer la mort glorieuse de Fodor qui avait péri en mettant fin aux sinistres agissements de Dame Urd… Sans laisser aux pêcheurs le temps de se remettre de la nouvelle, elle réclama le bateau promis par le défunt en récompense des services rendus à la communauté.

À l'idée de se priver d'un navire, les hommes maugréèrent. L'épouse de Fodor décréta qu'il était toujours mauvais d'aller contre la volonté d'un mort, car cela pouvait l'amener à sortir de sa tombe pour harceler les vivants. On céda donc à Inga une grosse barque de pêche, pas très reluisante, mais encore en état de prendre la mer.

— Fodor t'avait promis un bateau, grommela le nouveau chef du village, mais il n'avait rien dit au sujet du pilote. À toi de te débrouiller pour dénicher un marin qui accepte de te conduire là où tu veux.

Inga ravala sa colère. Elle ne connaissait rien à la navigation et aurait été bien incapable de prendre la mer.

Comme les gosses du village chassaient les infirmes à coups de pierres, elle dut se résoudre à camper dans la barque. Le gros canot, échoué sur le sable, se mua peu à peu en une sorte de fortin où les enfants pouvaient se retrancher dès que les fils de pêcheurs leur cherchaient noise.

Inga fit de nombreuses tentatives pour essayer de convaincre les jeunes matelots de les conduire, elle et ses protégés, jusqu'au continent. Elle multiplia les promesses de récompense, en vain. Personne ne voulait embarquer avec ce qu'on surnommait déjà « la nichée des monstres ».

— Ça nous porterait malheur, lui expliqua le garçon. En nous voyant prendre la mer les dieux n'auraient qu'une idée : noyer cette portée de trolls disgracieux. Ils s'empresseraient de nous envoyer des tempêtes qui nous expédieraient par le fond ! Non ! Il faudrait être fou pour s'embarquer avec cette tribu de bancroches.

Inga commençait à perdre espoir quand une silhouette effrayante sortit de la lande. Noir, le poil roussi, la peau constellée de brûlures suintantes, frère Jean traversa le village, le regard fier, une cassette à demi carbonisée sous le bras.

Il semblait plus calme, comme si, avec la destruction du château sa folie s'était atténuée. Il longea la plage pour se présenter à la proue du bateau échoué qu'il examina sous tous les angles. Le vent achevait de désagréger sa soutane loqueteuse que l'incendie avait réduite à presque rien.

— J'ai appris que tu avais un bateau, mais pas de pilote, déclara-t-il. Je me suis rappelé tout à coup que, dans une vie antérieure, j'ai aussi été marin. Si tu veux, je prendrai la barre. Il est temps que nous rentrions chez nous.

— Et Dame Urd? s'enquit Inga.

— Elle est là, fit l'homme avec un étrange sourire. Elle fera le voyage avec nous.

Il souleva alors le couvercle de la cassette, et Inga put contempler quelques ossements calcinés mêlés à beaucoup de cendre.

Tout ce qui restait de la princesse noire.

Le lendemain, ils partirent avec la marée.

Table

Composition réalisée par Chesteroc Ltd

IMPRIMÉ EN ESPAGNE PAR LIBERDÚPLEX
Barcelone
Dépôt légal Éditeur : 46615 - 05/2004
Édition 2
LIBRAIRIE GÉNÉRALE FRANÇAISE - 43, quai de Grenelle - 75015 Paris.

ISBN : 2 - 253 - 09039 - 5   ❖ 30/1725/8